Hell Gate Story

Du même auteur

*Fuck Up*
La croisée, 2023
10/18, 2024

*Dogrun*
La croisée, 2024

Arthur Nersesian

# HELL GATE STORY

*Traduit de l'anglais (États-Unis)*
*par Charles Bonnot*

la croisée

Titre original :
*Chinese Takeout*

Photographie :
*Brooklyn Bridge, 1947*


Conception graphique :
Karine Picault – Studio Delcourt

Première publication aux éditions Harper Collins, USA, en 2003.


Un label dirigé par Émilie Lassus.

La croisée
Groupe Delcourt
8, rue Léon Jouhaux
75010 Paris
www.editions-lacroisée.fr

*À la mémoire de Tom Reiss,*
*professeur, artiste et ami*
*(1957-2002)*

*Mais nous sommes réduits à dépendre*
*les uns des autres sans nous connaître, seuls toujours,*
*nous n'allons plus sur nos chemins aux beaux méandres,*

*mais tout droit. D'anciens feux en nos fours continuent*
*de brûler pour lever marteaux plus grands et lourds.*
*Mais nous, tels des nageurs, nos forces s'exténuent.*

Rainer Maria Rilke, *Sonnets à Orphée*
traduction de Charles Dobzynski

# 1

Quand j'avais trente-trois ans, vingt ans après l'accident de métro, deux de mes toiles ont été retenues pour une exposition collective à l'Entrance Art Gallery, en bas de Broadway. Nous sommes arrivés en retard au vernissage avec June, ma fiancée, qui s'est précipitée vers une amie au moment même où la galeriste, Laura Vierst, m'attrapait par le bras pour me dire que quelqu'un s'était déjà montré intéressé par l'une de mes œuvres.

« Orloff, m'a-t-elle chuchoté, je voudrais te présenter Barclay Hammel. »

Laura m'a alors poussé vers un petit homme qui, même de dos, avait l'air plutôt jeune et se trouvait en pleine discussion avec Victor Oakridge, le magnat aux cheveux d'argent. Le petit bonhomme ressemblait à un gros dahlia jaune et sentait la rose.

« Les artistes qui comprennent que leurs acheteurs sont leurs partenaires de l'ombre sont si rares, pontifiait Victor auprès de son fortuné complice. Tout le monde se souvient de Michel-Ange, mais si le pape Jules II ne l'avait pas commissionné pour le plafond de la chapelle Sixtine ou pour le *Jugement dernier,* et si les Médicis ne l'avaient pas balancé dans leur caveau, il ne serait resté qu'un obscur tailleur de pierre. »

« Écoute, Or, m'a soufflé Laura pendant que nous attendions, je l'ai convaincu d'acheter ton tableau pour la moitié du prix et je crois que tu devrais accepter. » C'est-à-dire qu'au lieu de huit cents dollars, j'allais en tirer quatre cents, moins la commission de Laura : ça restait deux fois plus que ce que je pourrais en obtenir dans la rue. « Barclay est branché à toute une communauté de mécènes dans la lutte contre le cancer, et je pense que s'il le prend, on arrivera à faire circuler d'autres tableaux à toi dans ce milieu. »

Quand Victor s'est enfin écarté, Laura s'est chargée des présentations avec le type aux notes florales. Barclay m'a dit combien il aimait *Nageur de l'East River*. Il faisait partie d'une série de cinq tableaux à l'acrylique peints sur des panneaux de contreplaqué de trente centimètres carrés dont chacun représentait une vue différente du nageur. Malgré tous les compliments que je recevais pour cette série, je n'avais pas réussi à en tirer tout ce que je voulais et je craignais d'avoir atteint mes limites artistiques.

Je voulais retravailler dessus et en faire une exposition solo mais, comme toujours, j'avais désespérément besoin de fric. Parce que j'avais l'intention de louer un loft immense avec June, j'ai laissé Laura coller une gommette rouge sur le cartel, malgré mes réticences.

Ravi, Barclay m'a serré la main et a chanté les louanges de ma peinture : « Je n'investis pas dans l'art en règle générale, mais votre tableau m'a vraiment saisi. On sent que le type est à la peine. Je vais l'accrocher dans ma chambre, pour ne jamais oublier que la vie est une lutte. » J'avais vendu le fruit de mon labeur à moitié prix pour rappeler à un millionnaire que la vie était dure.

Quand son téléphone a sonné, il s'est excusé et a pris l'appel. J'étais censé attendre patiemment qu'il ait fini. Les collectionneurs étaient une engeance méprisable qui tenait les artistes par une courte laisse verte de style cash nouveau. Un an plus tôt, j'avais peint une série de collectionneurs tels que le pompeux Victor Oakridge. Je les avais représentés sous les traits de Turcs violacés et bouffis détruisant des artefacts arméniens, de nazis précieux et grisâtres pillant le Louvre, et de chiens de race élancés se disputant un morceau de viande sanguinolent. Ironie du sort, ces toiles s'étaient bien vendues.

Seule la crainte constante de mourir de faim me poussait à exposer mon travail en galerie.

L'instant d'après, le fasciste juvénile avait raccroché. Avant qu'il ait le temps de remplir son chèque et de déguerpir, je l'ai mené vers ma belle Junia, que j'ai introduite comme une jeune artiste brillante.

Qualifiée par un critique d'« *ultra*-réaliste photographique », June était aussi douée pour les paysages que pour les portraits. Elle était capable d'adapter immédiatement l'échelle d'une scène – même la plus grandiose – aux limites d'une toile, pratiquement sans retouches. Ses points faibles étaient la conception et la composition. Elle semblait débordée par son propre talent. Elle travaillait plus vite qu'elle ne pensait. Quand on regardait son travail, on voyait bien qu'il manquait de cohésion thématique. Mais cela n'enlevait rien à l'admiration que je lui portais.

J'espérais sincèrement que Barclay lui achèterait quelque chose mais, pour tout dire, c'était aussi ma vanité qui parlait : je voulais lui montrer la beauté incarnée que je possédais et que l'argent ne pouvait acheter. Une fois ses yeux écarquillés et sa mâchoire décrochée, il lui a demandé si elle avait une œuvre d'exposée. Bien sûr que oui. Des abstractions colorées qui semblaient avoir été composées par Rothko sur une balançoire, pas le genre de choses qu'elle faisait habituellement. Pendant qu'il la flattait sur ses t-shirts de hippie encadrés, j'ai vu qu'on dévissait le bouchon noir d'un autre cubi vert sombre de vin rouge.

Klein Ritter l'a atteint avant moi. C'était un homme ratatiné, d'une placidité sournoise, et le critique d'art le plus venimeux de la scène new-yorkaise. Depuis des années, il m'encensait, venait à toutes mes expos, et me promettait perpétuellement d'écrire un article pour présenter mon travail dans une grande revue d'art. J'ai fini par comprendre qu'il en faisait la promesse à tous les artistes hétéros séduisants qui croisaient son chemin.

Quand j'ai commencé à me servir du vin, il s'est placé derrière moi et m'a dit : « Dis-moi, Or, ça fait quoi de savoir que c'est toi qui as la plus belle pièce de toute l'expo ? » Il a vidé son verre d'un trait.

« Je ne crois que ce que je lis dans les journaux, ai-je répondu en remplissant son verre.

— Allez quoi, tu me prends pour qui, Robert Hughes ? Les critiques élogieuses, ça n'a rien de drôle. Sans compter que le succès est la pire chose qui puisse arriver à un jeune talent. » Et puis, comme une mauvaise odeur, il s'est peu à peu dissipé.

Le titre de l'expo était « Corps et âme », ce qui voulait tout et rien dire. En regardant les autres créations, je me suis aperçu que le compliment de Klein était malheureusement légitime. Parmi les nombreuses œuvres péniblement choquantes se trouvaient des Polaroids qu'un artiste conceptuel avait pris de ses selles, série qu'il avait intitulée « Les troncs bruns ». À côté, des giclées de sa semence diversement configurées sur une page noire avaient pour légende : « Oh nan, ô Onan ! »

Quand je me suis retourné pour montrer ces vulgarographes à June, j'ai vu qu'elle était toujours avec Barclay. Elle gloussait tandis qu'il pérorait et j'en étais ravi. Il était visiblement sous le charme. Si ses cheveux noirs, ses yeux en amande et sa poitrine parfaite l'aidaient à arracher un contrat dans la jungle du marché de l'art, alors tant mieux.

Je suis tombé amoureux à mon tour. Une œuvre d'art négligée, l'incroyable portrait d'une petite fille dans une rue bondée m'avait totalement ensorcelé. C'était *lui,* le meilleur tableau de l'expo. L'enfant se grattait distraitement l'intérieur du coude avec une sucette. Ce que l'artiste avait saisi, c'était son inimitable expression. Alors que le visage de la fillette cherchait à afficher le cynisme de celle qui a tout vu, son regard trahissait une confusion qui confinait à la terreur. La foule dans la rue était elle aussi complexe et contradictoire. Même si les visages étaient unis dans une sorte de placidité de masse, chacun s'attardait subtilement sur son petit drame personnel. Un homme avait l'air d'un junkie, un autre, de l'autre côté du tableau, avait l'attitude des gens bien nés d'*uptown*. La palette, la composition, la précision des formes, la délicate ironie des relations entre les sujets : tout était parfaitement équilibré. Je le contemplais avec une telle intensité que j'en ai oublié de respirer et je me suis retrouvé obligé de reprendre brusquement mon souffle.

Laura était en train de travailler un acheteur potentiel dans son bureau quand je l'ai poliment interrompue pour lui dire qu'il fallait à tout prix que je sache qui avait peint le tableau accroché dans l'angle.

« Dans l'angle du fond ? » Visiblement fâchée par mon intrusion, elle a eu un sourire bizarre. « C'est Bethsheba Argus.

— Tu déconnes », me suis-je exclamé en repartant dans la foule. La première fois que j'avais vu cette artiste australienne, elle était assise nue sur une table et posait pour sept dollars de l'heure à la Art Students League. Avec ses jambes épaisses, son cul musclé et sa forte poitrine, Beth était aussi sexy que compacte. Lors d'un vernissage, elle et moi avions picolé et avions fait bien plus ample connaissance. Après plusieurs années à New York, son accent avait complètement disparu. Avec un peu de chance, son style s'estompait lui aussi. Elle était connue pour son minimalisme terne, mais cette toile n'avait rien à voir. Elle était audacieuse et excitante, et ça la rendait tout aussi irrésistible.

J'ai circulé pendant cinq minutes avant de la repérer en train d'écouter un avorton en nœud papillon. Je me suis précipité vers elle pour la prendre dans mes bras et l'embrasser.

« C'est un putain de tableau que t'as fait ! lui ai-je lancé sans autre préambule.

— Ouah, merci », a répondu Beth, manifestement flattée. La tête d'ampoule aux lunettes rosées est retournée faire papier peint entre les œuvres.

« Comment ça t'est venu ?

— C'est assez typique de ce que je fais, a-t-elle modestement répondu.

— Tu la connais cette petite fille ? ai-je insisté en montrant le tableau du doigt.

— Il n'y a pas de petite fille dans mon tableau. »

Elle plissait le nez.

« Attends une seconde. »

Je l'ai conduite devant le chef-d'œuvre.

« Ce n'est pas de moi. » Elle a désigné la toile voisine. « C'est celui-là le mien. »

C'était une énième aquarelle minimaliste un peu chiante.

« Eh bien, il est super aussi, ai-je calmement déclaré dans l'espoir d'étouffer mon énorme gaffe.

— Tu connais Adele Oreckle ? C'est elle qui a peint ça.

— Est-ce qu'elle est là ?

— Je ne l'ai pas vue.

— Je suis vraiment désolé.

— C'était sympa d'avoir été remarquée, même l'espace d'un instant », a-t-elle souri, bonne joueuse.

En repartant du vernissage, June et moi avons fêté ma vente au rabais avec une bouteille de blanc à prix tout aussi cassé et un dîner au resto. Autour d'un verre de pinot gris et d'un plat indien, June m'a expliqué que Barclay lui avait promis de venir visiter son atelier quelques jours plus tard.

« Je lui ai décrit mes trois derniers tableaux et il a eu l'air intéressé. »

Elle testait des choses dernièrement, surtout de grandes toiles abstraites. Je n'avais pas le cœur de lui avouer qu'elles étaient trop gadget et banales. Sa force, c'était le réalisme. Ses premiers tableaux étaient inspirés. Depuis l'adolescence, elle travaillait comme une damnée sur son art et elle avait bien droit à une pause.

Fidèle à sa parole, Barclay est venu une première fois dans son atelier à la fin de la semaine et June est rentrée à la maison en agitant un chèque de mille dollars. Au lieu des abstractions à moitié faiblardes qu'elle espérait vendre, il lui avait acheté rubis sur l'ongle cinq scènes de rue au fusain.

« Je n'arrive pas à croire qu'il n'ait pas voulu prendre tes huiles. » C'étaient ses meilleurs tableaux.

« Je pourrai peut-être les lui montrer la prochaine fois, a-t-elle répondu. On va prendre un café la semaine prochaine.

— Pourquoi ? ai-je demandé, nerveux.

— Je sais pas. Il veut être mon mécène. »

Au cours du mois suivant, elle a mentionné plusieurs fois en passant que Barclay avait appelé. Quand June m'a finalement dit qu'il voulait voir d'autres de ses tableaux, je me suis retrouvé aux prises avec ma jalousie naissante. *Elle m'aime, un peu, beaucoup, passionnément, à la folie*, me rassurais-je. *Pas du tout*, me répliquaient immanquablement mes complexes. Comment pouvais-je douter d'elle ? Après tout, nous étions fiancés, nous allions nous marier. Depuis quelque temps, elle parlait d'avoir des enfants.

Ce que ma jalousie mettait en lumière, c'était mon incapacité à subvenir à nos besoins. Au cours de l'année écoulée, nous avions réussi à subsister ensemble dans notre taudis exigu. De plus en plus souvent, June se plaignait de la misère dans laquelle nous vivions, des souris et des cafards, des meubles abîmés et des mauvaises odeurs dans le couloir. L'austérité ne me dérangeait pas pourvu que je puisse peindre. Mais pour June, la pauvreté était un traumatisme. Pendant toute son enfance, elle avait joué à la marelle sur l'archipel des HLM qui bordaient l'East River : le Lillian Wald, le Baruch et la résidence Jacob Riis, où sa famille dominicaine étendue vivait toujours.

Quelques mois plus tôt, sur un coup de bol, nous avions trouvé un atelier à sous-louer pour la saison pas loin de chez nous. Ça correspondait plus ou moins au moment où j'avais commencé ma série du *Nageur de l'East River*. Chaque jour, nous nous relayions pour peindre frénétiquement dans l'atelier exigu, une salle de classe d'une ancienne école publique sur Suffolk Street. Le matin, pendant que je vendais des livres d'occasion dans la rue, elle peignait. L'après-midi et en début de soirée, j'occupais l'atelier, tandis qu'elle donnait des cours d'anglais pour étrangers, financés par un syndicat.

Notre sous-loc de la salle de classe se terminait mais un bon ami, Shade, était censé louer à Chinatown son loft vaste comme une villa pendant qu'il partait en voyage. Durant ces jours de septembre où Barclay appelait June régulièrement, je me suis pris à espérer que le luxe que représenterait le merveilleux espace de travail de Shade étoufferait miraculeusement mes suspicions.

« Mais c'est quoi ton problème ? a-t-elle hurlé tout à coup au milieu d'un dîner sinistrement silencieux.

— Tu sais ce que je me dis ? » lui ai-je doucement demandé. Pas de réponse. « Je pense qu'on devrait essayer de faire un bébé bientôt. C'est vrai, on ne rajeunit pas et tu veux un enfant, non ?

— Et comment on va le nourrir ? Et il va se mettre quoi sur le dos, de la peinture ? Hors de question que je fasse vivre à un enfant l'enfer que j'ai connu. »

Elle avait évidemment raison. Un bébé était la dernière chose dont je pouvais m'occuper mais j'étais terrifié à l'idée de la perdre.

Après le repas, pendant qu'elle dessinait, j'ai fini par prendre sur moi et, pour tenter d'atténuer mes angoisses, je me suis ouvert sur ma jalousie. Je lui ai expliqué que je trouvais son amitié avec Barclay légèrement éprouvante.

Au lieu de me rassurer et de me dire que je n'avais rien à craindre, elle m'a renvoyé dans les cordes. « Hé, quand je t'ai vu embrasser cette grosse vache devant tout le monde à Entrance Art, je n'ai rien dit !

— Je ne l'embrassais pas elle, j'embrassais son art ! » Et il s'était avéré que ce n'était même pas la toile de Bethsheba que j'aimais.

Elle a laissé échapper un ricanement au-dessus de son carnet de croquis. « Tu me fais pitié.

— Dis-moi seulement que tu ne... *sors* pas avec Barclay !

— Je ne sors pas avec Barclay, a-t-elle répondu en singeant mon ton geignard. Maintenant, lâche-moi ! »

Le risque d'être une artiste figurative, c'est que tout est là, sur la page. Le carnet de croquis ne ment jamais. Environ une semaine avant le jour où nous devions rejoindre le loft de Shade, plutôt que de faire ramper mes vers de peinture huileux sur ma palette, je me suis mis à feuilleter les nombreux carnets de June. Une infinité de blocs A2, 120 grammes, non acides. Elle ne donnait pas dans le papier recyclé. C'était une esquisseuse compulsive. Pendant qu'elle regardait la télé, qu'elle dînait, parfois même sur les toilettes, elle dessinait. Je me demandais parfois si elle s'en rendait compte. Des images, des lieux, des animaux prenaient vie sous ses doigts agiles.

Enfin, au bout de trois heures de recherche frénétique, j'ai trouvé la preuve. Un carnet rempli, page après page, de corps nus enlacés. Une encyclopédie des positions sexuelles. Des actes tabous que nous n'avions jamais osé perpétrer. Le modèle masculin présentait une érection brutalement différente de la mienne. Je sentais mon cœur battre si distinctement juste en dessous de ma fine couche de chair, que j'ai dû fermer les yeux pour reprendre ma respiration. Un acouphène hurlant dans mes oreilles et un cri muet jaillissant dans ma gorge, j'avais obtenu la confirmation que ma copine me trompait pour se venger. J'ai arraché les croquis du carnet, une page après l'autre. Comment avait-elle osé ? ! Mon volcan intérieur commençait seulement à fumer.

J'ai pris ses trois toiles en cours, qu'elle avait posées contre le mur. Le froid sentiment de trahison s'est mué en rage pure. Me saisissant d'un couteau à palette, j'ai tailladé ses grands travaux en voie de dépravation.

Toujours furibond, je me suis tourné vers l'espace de rangement au-dessus de la porte où elle conservait soigneusement ses premiers travaux autobiographiques. Mais en regardant ses œuvres de jeunesse, j'ai eu honte de moi : un portrait de ses grands-parents qu'elle avait peint lors d'une visite à Saint-Domingue, peu avant qu'ils soient tués par l'ouragan Hugo ; un dessin qu'elle avait fait, adolescente, d'un nid de rats vu de la fenêtre de sa chambre ; une chienne donnant la tétée à ses petits dans le terrain vague couvert de détritus près de son ancien immeuble. Huit panneaux patiemment peints représentant les immeubles de grès éventrés avec leurs fenêtres barricadées par des plaques de tôle et les portes condamnées par des parpaings. Ces immeubles abandonnés qui avaient été son quartier avant qu'y fleurissent de nouvelles résidences hors de prix.

J'ai tout remis en place. Elle m'aurait tué si je les avais détruits. J'étais encore enragé mais ce que j'avais fait me semblait une riposte proportionnée.

J'ai remballé mes tableaux et mon matériel et j'ai descendu le tout dans mon van qui était garé en bas. Je me suis ensuite précipité à la maison et j'ai fourré mes vêtements et quelques effets personnels dans deux vieilles taies d'oreiller. J'ai jeté un dernier regard à l'appartement encombré dans lequel nous avions emménagé un an plus tôt seulement. J'ai chargé le reste de mes affaires et j'ai roulé vers le sud.

C'était la première fois de ma vie que je regrettais d'être artiste. Je savais que si j'avais trimé tous les jours dans un bureau, si j'avais pu m'offrir le confort le plus basique, je n'aurais pas perdu le lot de consolation que m'avait accordé ma vie d'infortune : ma future femme, la mère de mes enfants.

# 2

Avant d'emménager avec June, j'avais vécu quelque temps dans mon van Chevrolet cabossé. J'avais acheté le vieil utilitaire à un plombier qui l'avait renforcé avec des poutrelles pour pouvoir transporter des toilettes et des baignoires sur le toit. Il l'avait aussi customisé pour résister aux vols et effractions : les cadenas sur les portes latérales et arrière et la section grillagée du fond en faisaient une forteresse roulante. Les fenêtres étaient en polycarbonate de deux centimètres d'épaisseur et fixées par des rails renforcés. Il y avait même un coupe-circuit, ce qui empêchait de le démarrer en dénudant les câbles, non pas que quiconque aurait eu envie de voler ce tas de boue.

Comme toutes les bonnes choses, il touchait à sa fin. C'était un modèle de 1980 avec plus de trois cent mille kilomètres au compteur. Même toutes les couches de graffitis superposées ne pouvaient enrayer la propagation métastatique de la rouille. Comme je vendais et peignais dans la rue, je stockais mes livres et mes toiles à l'arrière. Ils étaient surplombés d'un vaste panneau de contreplaqué sur lequel était posé un carré de mousse de trois centimètres d'épaisseur qui me tenait lieu de lit. Après avoir entassé encore plus de trucs, je pouvais seulement dégager un étroit couloir pour dormir.

Le sud de Manhattan semblait s'enfoncer inexorablement à mesure que le reste de la ville devenait de plus en plus cher et méconnaissable. Sans même s'en rendre compte, ma génération avait bouclé la boucle. Nous habitions les mêmes rues sordides que nos grands-pères réfugiés. Au sud de Houston Street, les mêmes vieux immeubles crasseux attendaient notre inévitable arrivée, moyennant des loyers devenus obscènes. Stanton, Rivington, Delancey, Broome : le nom des rues évoquait pour moi des camps d'internement. Le quartier sombre et claquemuré qui s'étendait d'Allen Street à l'East River reprenait péniblement vie, presque malgré lui.

Au beau milieu de cette zone se trouvait mon bar, encore trop excentré pour les débiles qui envahissaient le Village chaque week-end. Il affichait toujours l'enseigne de son propriétaire précédent : The Good Will Barber Shop. Il se trouvait sur Orchard Street entre Canal et Division Street, et j'y retrouvais immanquablement certains membres de ma cohorte de bons à rien, aspirants artistes, bouquinistes et sympathiques poivrots. Je me suis garé à quelques rues du pub et j'ai essayé de ne pas trop penser à June tandis que je m'approchais de la porte. Une fois à l'intérieur, je me suis assis au comptoir, où je me suis envoyé trois tequilas en cinq minutes avant que l'happy hour ne fasse la moue.

Cali a lévité jusqu'à moi. C'était une belle femme, forte, avec un visage anguleux unique et des traits intenses et prononcés. Les folles soirées et les célèbres amants de sa jeunesse étaient loin derrière elle. Elle gérait officiellement une petite galerie à deux pas du bar, le Colossus, mais elle n'y organisait plus aucun vernissage. Elle semblait maintenant partager son temps entre ce saloon et son grand salon. Figure exotique et maternelle, c'était grâce à Cali que j'avais fait ma première exposition solo.

« Comment ça va, Calliope ? » ai-je demandé d'une voix lasse. La galeriste traversait une période difficile financièrement et je savais qu'elle souffrait de dépression.

Elle m'a tendu une carte postale qu'elle avait reçue, un appel pour de nouvelles « œuvres figuratives ». Un ami à elle montait une exposition collective à Portland, dans le Maine. Je l'ai remerciée et j'ai glissé la carte dans mon carnet de croquis.

« Je vends mon van, m'a-t-elle annoncé avec sa touche d'accent si sexy.

— C'est vrai ? Ton Ram '94 ? » Ce van était un plaisir à conduire et il était deux fois plus gros que le mien.

« Combien ? » Shaughanessy, l'Écossais au nom irlandais que tout le monde appelait Shade – mon mentor à mi-temps et futur sous-loueur – s'est approché avec un verre de blanc pour elle et un scotch pour lui.

« Trois briques. Juste de quoi rembourser des gens.

— Me rembourser moi, tu veux dire, l'a corrigée Shade.

— Trois mille, c'est bien en dessous du prix du marché », ai-je observé. Son van pouvait facilement aller chercher deux fois plus.

« J'attendais qu'un collectionneur m'achète de nouvelles sérigraphies mais il a laissé tomber et j'ai besoin d'argent rapidement, a-t-elle expliqué.

— Si c'est vraiment l'argent qui t'inquiète, tu devrais vendre un de tes de Kooning », a suggéré Shade. Elle avait dans sa collection plusieurs portraits d'elle peints quarante ans plus tôt, à l'époque de sa relation avec le maître de l'expressionnisme abstrait.

« Je suis dans la mouise, a-t-elle dit en frottant son front gracieux caché par ses épaisses boucles noires.

— Moi aussi, ai-je ajouté, même si je ne voulais pas raconter la douloureuse trahison de June.

— Ce qu'il vous faut à tous les deux, c'est un bon coup de pied au cul, a rétorqué Shade en abattant son verre vide sur le comptoir, ce qui a fait légèrement tanguer les nôtres. Vous passez complètement à côté de l'essentiel.

— Ah bon, il était là ? ai-je demandé.

— Bien évidemment que vous êtes déprimés ! *Vous êtes censés être déprimés*.

— Je voulais simplement dire que j'avais du mal à vendre, a protesté Cali avec un petit sourire, mais pourquoi sommes-nous tous censés être déprimés ?

— Comment ne pas l'être ? a rétorqué Shade. Est-ce que vous êtes riches ? Jeunes ? Célèbres ? Non. Vous n'avez ni famille, ni carrière digne de ce nom… et donc qu'est-ce qui vous reste ? Vous êtes censés être des artistes ! » Cali avait récemment essayé de peindre, puis de faire de la photo, mais elle n'avait ni aptitude, ni talent pour l'une ou l'autre de ces activités.

« Une thérapie occupationnelle, a-t-elle répondu en peignant dans le vide, comme si elle était dans la salle commune de l'hôpital Bellevue.

— Votre cerveau est un atelier non ? C'est un studio et une galerie. Nous sommes balancés dans cette vie tels des déchets. Nous avons droit à un ou deux souffles pantelants et c'est tout ! Il faut jeter tout ce travail sur la toile avant que la mort vous tombe dessus.

— Alors c'est ça qu'on est censés faire. Merci pour les encouragements », a-t-elle rétorqué, maussade.

Une nouvelle tournée est alors arrivée devant nous, marquant le départ d'une course muette pour voir qui porterait le plus vite son verre à ses lèvres.

« Je ne dis pas que je n'ai jamais le cafard, a repris l'Écossais après avoir reposé son scotch. Mais pour moi, la dépression est le signe que je ne travaille pas assez dur.

— Tu n'as jamais peur que tout ça soit vain ? ai-je demandé.

— Hé, je vais sur mes 70 ans, a répondu Shade. À mon âge, Renoir s'attachait des pinceaux aux mains pour continuer à peindre. » Il s'est tu un instant. « Les chances que je sois reconnu de mon vivant sont assez maigres mais ça ne m'empêche pas de croire que mon œuvre a du sens, même si je suis le seul à le voir.

— Tu te berces d'illusions », a conclu Cali avant de se lever et de sortir en flageolant dans le néant de Chinatown.

Je me suis excusé pour aller aux toilettes, où j'ai lâché une longue pisse, le moment le plus réjouissant de ma soirée. Dans la lumière jaune crasseux de la cabine puante, un autocollant vert « Votez Nader » luisait. Juste à côté était collée une étiquette pour enveloppe sur laquelle était inscrit le dernier « powem » de mon ami Pablo : « Rouge ruban d'ambre enchanté. Entre et aimerait mieux penser, non pas vers... » Bien qu'il fût à moitié portoricain, et qu'il se définît comme « newyoricain », ses précieux poèmes n'étaient pas ethniques ni, il faut bien le reconnaître, très clairs. Ils faisaient rarement plus de quelques mots. Je préférais largement les blagues scatologiques griffonnées sur les murs.

Quand je suis revenu dans la salle, Shade avait pris une table. Il buvait seul dans la lueur rougeoyante d'une bougie enfoncée dans une bouteille, les yeux plissés vers la moulure de chérubin brunie par la nicotine sur le mur d'en face. Cet artiste écossais avait quelque chose d'éternel. C'était un géant à la longue barbe poivre-et-sel. Sa tignasse était si emmêlée que des dents arrachées à des peignes brisés devaient encore être plantées dedans.

Shade était arrivé en Amérique quarante ans plus tôt et avait traîné au vieux Cedar Bar avec les expressionnistes abstraits des années 50. Non pas qu'un seul d'entre eux lui ait jamais donné un coup de main une fois devenu riche et célèbre. Comme la majorité des artistes, il était pauvre et buvait comme un trou.

Pour Shade, l'art était tout. Quand je lui avais été présenté la première fois, il m'avait pris de haut. Mais après que Cali lui eut montré certains de mes tableaux, il s'était pris d'affection pour moi.

Je me suis approché de la table et il m'a demandé : « Tu as déjà lu *La lumière qui s'éteint* de Kipling ?

— J'ai dû passer à côté.

— Je n'ai pas peur de mourir, mais je suis terrifié à l'idée de devenir aveugle », a-t-il dit, puis, comme s'il récitait un poème : « Comme la lumière décroît, de plus en plus me presse l'au-delà. »

J'ai commandé un verre. Il a commandé un verre. On les a bus. Puis il a commandé un autre verre et j'ai commandé un autre verre. Il devait sentir que quelque chose n'allait pas car c'était la première fois que j'arrivais à le suivre.

« June m'a trompé, ai-je fini par lâcher en guise d'explication.

— Ça se passe généralement dans l'autre sens, a-t-il tenté de me réconforter. Ce sont plutôt les gars qui vont voir ailleurs, non ?

— Eh bien, cette fois c'est la fille.

— Bah, un tartempion l'a tamponnée, la belle affaire. Pardonne-lui et passe à autre chose.

— C'est trop tard.

— Oh, dis pas ça. » Il m'a alors considéré avec gravité. « Tu l'as pas tuée, si ?

— Bien sûr que non.

— Dieu merci. Je n'ai pas oublié Carl et Anna. » Il a fini son verre à la deuxième gorgée. Il m'avait déjà parlé de ce couple d'artistes sud-américains. Dans les années 1980, ça avait été l'équivalent de l'affaire O. J. Simpson pour la scène artistique new-yorkaise. Leur relation battait de l'aile, et un jour Anna était tombée par la fenêtre de leur immeuble sur Waverly Place, ou en avait été poussée par Carl.

« J'ai tailladé trois toiles à elle, ai-je dit avant de finir mon verre.

— T'as pas fait ça ! » Il était pétrifié.

« C'étaient des tableaux abstraits assez moyens, même pas terminés. C'est vrai, elle aurait dû s'en tenir au réalisme. »

Il a hoché la tête, a eu un petit rire puis a dit : « Le réalisme pour un idéaliste.

— Je ne suis pas idéaliste.

— Tu dors où ?

— Dans mon van, pourquoi ?

— Il se fait tard, viens », a-t-il dit en posant un billet de vingt sur la table. J'ai payé le reste et je l'ai suivi dehors puis dans le bâtiment voisin.

Le S. Jarmulovsky's Bank (depuis 1873) se trouvait à l'angle sud-ouest du carrefour de Canal Street et Orchard Street. C'était le plus imposant bâtiment du quartier, une monstruosité de grosses pierres grisâtres qu'illuminaient onze étages de néons et qui abritait principalement des ateliers clandestins où suaient des ouvriers chinois sans papiers. Un « Enternet » café venait d'ouvrir au rez-de-chaussée.

L'atelier de Shade se trouvait au cinquième étage et donnait sur l'arrière du bâtiment. Il avait emménagé à l'époque où l'immobilier new-yorkais était donné, mais il ne m'avait jamais révélé combien il payait de loyer. On a pris le monte-charge jusqu'à son loft. Il a appuyé sur un interrupteur. Une bonne demi-douzaine de néons ne se sont pas allumés.

« Comment tu fais avec cette lumière ? ai-je demandé en plissant les yeux.

— Arrête de faire le difficile. Autrefois, les artistes peignaient à la chandelle. » Il n'avait pas tort. Une vue déclinante était peut-être ce qui pouvait arriver de mieux à l'art moderne. La plupart des panneaux censés s'accrocher sur les rails métalliques du faux plafond avaient disparu, révélant câbles, tuyaux et poutrelles.

Le loft avait beau être spacieux, il était submergé de bordel. En fait, l'espace de vie me semblait encore plus réduit que mon van surchargé : une table en formica, des chaises pliantes en bois et ce qu'il désignait comme un lit gigogne. De son espace de travail, je ne pouvais voir qu'un vieux chevalet en bois placé devant la fenêtre avec une petite toile posée dessus.

Une bonne partie du gigantesque loft était étouffée par des étagères de métal grises. Je suis certain que ça représentait un risque important en cas d'incendie. Le peu que je voyais du sol et des murs était maculé de milliers de couches de peinture aux couleurs fanées. Fut un temps où l'immense pièce avait dû être uniquement destinée à la peinture mais à mesure que les années productives de Shade s'étaient matérialisées en toiles qui n'avaient pas trouvé preneurs, celles-ci s'étaient retrouvées encoconnées dans du papier-bulle et empilées dans ce dédale d'étagères à l'expansion infinie.

« Tout est là, a-t-il annoncé en réponse à mes pensées. Toute une vie de peinture.

— Tu déconnes. » Il devait y avoir un millier de toiles de toutes tailles. « Tu n'as rien vendu du tout ?

— Oh si, bien sûr, ici et là, au fil des années. J'ai vendu trois toiles à des musées. L'an dernier, Cali en a fourgué deux à un Rockefeller pour cinquante briques pièce, mais le rythme de ma production a toujours surpassé celui de la demande.

— Mais qu'est-ce que tu vas foutre de tout ça ?

— Les donner au New Goo », a-t-il plaisanté. C'était le surnom qu'il donnait au nouveau Guggenheim qui devait être bâti à quelques rues de là et qu'on annonçait dix fois plus grand que celui d'*uptown*.

« Est-ce que je peux voir tes tableaux ? ai-je demandé, tout disposé à croire que j'étais en présence d'un nouveau Rembrandt injustement ignoré de son vivant.

— C'est pour ça que je t'ai fait venir. » Il m'a conduit vers le mur du fond, a fouillé dans une pile de toiles et en a finalement sorti une, grande comme un canapé, emballée dans de la cellophane.

« Voilà, a-t-il dit en l'apportant sous un néon.

— Qu'est-ce que c'est ? »

Il a soigneusement retiré l'adhésif puis l'emballage.

« C'est la terre où j'ai grandi. » Il a alors découvert un tableau éblouissant et complexe : c'était une rangée de petits cottages misérables qui se découpaient sur un paysage de vertes collines. Deux hommes avec des airs de fermiers examinaient de lointains nuages chargés de pluie et les aînés d'un groupe d'enfants les regardaient. Le tableau était fait de petits éléments qui fonctionnaient ensemble : si vous observiez une partie du tableau, vous étiez ensuite conduit vers une autre jusqu'à ce que, très lentement, vous en ayez fait le tour. La composition et les détails étaient parfaits, les couleurs originales. Les enfants au premier plan, bien que petits, avaient des visages étudiés et engageants. L'élégante signature de Shaughanessy apparaissait dans le coin inférieur. Le problème du tableau s'étirait pile au milieu de celui-ci, le dépouillant de sa tranquillité : deux mâchoires d'une fermeture éclair avaient été cousues à même la toile comme une cicatrice sur la créature de Frankenstein.

« C'est ma première grande œuvre, l'a-t-il fièrement présenté. J'avais reçu une offre modeste du lord du coin alors que je ne l'avais pas encore fini. Ça aurait été ma première véritable vente.

— C'est vrai ?

— Eh oui. » Puis, comme si j'avais pu passer à côté de la fermeture éclair, il l'a montrée du doigt en me demandant : « Tu vois ça ? Ma première femme a pris un couteau quand je suis rentré bourré ce soir-là. Elle m'accusait d'être allé courir la gueuse.

— Tu aurais pu recoller la toile derrière. » Si un tableau est entaillé proprement, il peut être facilement repris avec de bonnes chances de guérison.

« Tu crois que je n'étais pas au parfum ? C'est bobonne qui s'est chargée de la restauration.

— Pourquoi ? ai-je demandé en observant la lourde fermeture.

— Va savoir. Le lendemain matin, quand j'ai vu qu'elle avait cousu la fermeture sur la toile, je suis devenu fou et je l'ai cognée. » Il s'est effondré sur son lit comme un chêne que l'on vient d'abattre. « Elle a fait ses valises. Et je suis parti à la poursuite du rêve américain.

— Alors tu m'as amené ici pour me dire que c'était horrible d'avoir entaillé les tableaux de June ? Eh bah je l'emmerde, je l'aimais et elle m'a trompé.

— C'était il y a plus de quarante ans, a repris Shade. Je ne sais pas ce qu'est devenue Sheila, je ne la reconnaîtrais pas si je la croisais dans la rue. Si je t'ai fait venir, c'est pour que tu comprennes que June finira peut-être par oublier à quoi tu ressembles mais que jamais elle n'oubliera ce que tu as fait. Et toi, tu n'oublieras jamais que tu l'aimais.

— Et qu'elle m'aimait aussi. »

Dès que je me suis allongé à côté de lui, il a sombré dans le sommeil. J'avais du mal à dormir, le bruit et la sensation du couteau déchirant les trois toiles de June me revenaient sans cesse. Des images d'une œuvre estropiée envahissaient mes rêves. Un bouquet avec des écorchures et des contusions dont le cadre saignait. L'œuvre disparaissait ensuite mais je me souvenais de ses contours gris haletants et de son teint jaunissant. Des croûtes de sang pourpre sur les bords. Je me suis réveillé les yeux pleins de larmes. Shade ronflait.

Je me souvenais d'un soir où June était rentrée désespérée. Elle avait passé plusieurs jours à Harlem à peindre une rangée de vieux immeubles de grès brun. Elle avait presque terminé quand un enfoiré s'était pointé en lui disant qu'elle devait le payer si elle voulait peindre sur son trottoir. Quand elle l'avait patiemment informé des lois qui régissent le domaine public, il avait rigolé.

« C'est mon trottoir, si tu veux rester, tu payes.

— Va te faire foutre ! » lui avait-elle répliqué.

Le type l'avait balancée par terre, avait attrapé la toile et était reparti avec. Elle avait appelé à l'aide mais les gens n'avaient rien fait.

Le gens ne font jamais rien.

# 3

Les ronflements sismiques de Shade me barraient maintenant la route du sommeil, j'ai donc roulé hors du lit et titubé vers la salle de bains. J'ai pissé en regardant vers Division Street et l'Arc de Triomphe récemment récuré qu'était le pont de Manhattan. Je distinguais le magnifique dôme de l'ancienne East River Savings Bank, vestige du Gilded Age qui avait été racheté par la HSBC. Un immeuble de briques rouges s'élevait juste à côté. Les vendeurs de légumes inondaient cette rue dans la journée. Chatham Square, point névralgique du quartier, était désert. C'était sur cette place que se trouvait le mémorial de Kimlau, du nom d'un soldat sino-américain tué pendant la Seconde Guerre mondiale.

Bien avant de devenir Chinatown, à l'époque où la zone était encore l'extrémité orientale de Little Italy, le quartier avait été réparti entre des gangs d'Italiens qui devinrent ensuite des familles mafieuses. Avant cela, les gangs d'Irlandais et les Native Americans s'étaient disputés ces rues. Deux cents ans plus tôt, ce coin était connu sous le nom de Five Corners ou de Five Points. C'était le premier véritable bidonville américain.

Je regardais fiévreusement les voitures apparaître et disparaître. Je me suis aperçu que je n'avais pas encore fini de dessoûler. J'ai mis ma main en coupe sous le robinet rouillé et j'ai aspiré trois bons litres d'eau au goût métallique. Je me suis ensuite réinséré soigneusement dans mon quart de lit gigogne bosselé sans réveiller Shade et j'ai pensé à June.

Je l'avais rencontrée dans un cours de l'Art Students League. Son travail était aussi saisissant qu'elle. Quand je l'ai complimentée, elle m'a remercié sans cesser de peindre ni même lever les yeux.

« Qu'est-ce que tu peins, toi ? m'a-t-elle demandé à voix basse.

— Surtout des gens en ce moment. »

On a un peu discuté. Sa voix me caressait l'oreille aussi doucement qu'un pinceau.

Je l'ai invitée à prendre un café et peu après elle m'a retrouvé à l'atelier que je sous-louais. Je lui ai montré des dessins de nus faits en cours.

« Ils sont fabuleux. » Il se trouvait qu'ils représentaient Bethsheba, qui posait à ce moment-là. « Tu l'as faite bien plus belle qu'elle ne l'est vraiment, a observé June.

— Ce serait impossible avec toi, mais je voudrais bien essayer.

— Nue ? a-t-elle supposé.

— Si ça ne te dérange pas », ai-je répondu, même si ça n'avait pas été mon intention première.

Sans ciller, elle a alors retiré son lourd pull de laine et dégrafé son soutien-gorge, libérant une paire de seins bien plus gros et plus fermes que dans tous mes fantasmes. Elle a ajouté qu'elle n'avait qu'une heure devant elle. Je l'ai étendue et j'ai entrepris de dessiner mais je n'arrivais plus à respirer. Ma tête tournait. J'essayais d'avancer mon esquisse, ou au moins de faire semblant, mais je savais qu'elle demanderait ensuite à voir ce que j'avais fait. J'ai posé mon fusain et je me suis approché d'elle sans un mot. Elle a relevé les yeux et s'est penchée vers moi. Nous nous sommes embrassés en même temps.

Toute la journée et toute la nuit nous avons fait l'amour jusqu'à, épuisés, tomber de sommeil. Nous avons repris aux premières heures du matin et pendant les infinies journées qui ont suivi. Les jeunes couples ont généralement une phase passionnée de quelques mois. Nous, on a baisé comme des bêtes pendant deux ans.

Mû par une volonté soudaine, j'ai écarté ces souvenirs, me concentrant sur un néant onirique. J'ai dérivé vers un sommeil vide.

Shade m'a réveillé vers midi.

« Allez mon gars, si tu dors plus de douze heures, tu vas te retrouver avec des escarres. » J'avais dormi cinq heures tout au plus.

Je me suis relevé en grognant. Assis à côté de moi dans son caleçon déchiré, il m'a tendu un verre de scotch. « Rallume la chaudière.

— Si j'avale ça, ce n'est pas de la fumée que je vais recracher. » Je me suis levé en frissonnant et j'ai serré une petite couverture de laine autour de mes épaules.

Shade a remis la même tenue que la veille, un pantalon de flanelle noir maculé de peinture, une chemise autrefois blanche qui oscillait désormais entre le jaune et le gris, et un gilet marron déchiré. J'ai moi aussi enfilé mes atours du jour d'avant mais comme j'avais toujours froid, j'ai gardé sa vieille couverture comme un châle. Il m'a conduit à l'escalier encombré, surexploité durant la journée par les nombreuses entreprises de l'immeuble. Nous avons parcouru lentement les quelques pâtés de maisons qui nous séparaient de Division Street. Catatonique, je gardais les yeux rivés sur mes pieds, et je me suis alors aperçu que les trottoirs étaient noirs de crasse. Pendant la journée, ces rues devenaient des aires de chargement surpeuplées au bitume taché d'huile et d'autres denrées alimentaires. Shade et moi devions esquiver de vieux chariots élévateurs Nissan et Toyota qui transportaient des palettes en bois sur lesquelles s'empilaient des produits emballés dans du plastique.

Nous avons traversé Allen Street. Shade est passé sans s'arrêter devant le Triple Eight Palace, un restaurant de dim sums assez chic, a emprunté une ruelle et nous a conduits jusqu'au Delightful Garden, l'un des bouis-bouis les plus cradingues où j'aie jamais mis les pieds. Il y avait même un panneau sur le mur qui disait « Interdit de cracher ». Alors que nous attendions au comptoir, j'ai effleuré une table en formica où un homme corpulent éructait. Un serveur a débarrassé une petite pile d'assiettes de sa table tandis que l'imposant client saisissait sur son chariot deux mets fumants qui ressemblaient à des pattes de corbeau grillées.

Shade a finalement passé commande auprès de l'ancêtre déshydraté caché par la vieille caisse enregistreuse. Le gériatrique caissier a relayé la requête dans un interphone tapissé de graisse, puis a fait une remarque en chinois à Shade qui a répondu dans la même langue. Ils ont ri de bon cœur.

« Tu parles chinois ? ai-je demandé.

— On finit par maîtriser quelques expressions avec les années. » L'instant d'après, le caissier déposait un sac en kraft sur le comptoir. Shade a payé et on est sortis.

Pendant qu'on marchait vers le Happy Lucky Pastry Shop sur East Broadway, Shade m'a expliqué qu'il ne commandait jamais de dim sums en fin d'après-midi parce que « les bactéries de la rue migrent et prolifèrent au cours de la journée ». Nous avons pris à emporter deux épais cafés vietnamiens – sirop de café avec du lait concentré réchauffé – bien trop sucrés. Puis il m'a conduit à son spot de petit-déjeuner sur Allen Street Malls. C'était une rangée de bancs cassés échoués sur un terre-plein qui s'étirait sur toute la longueur de la rue. De vieux journaux et d'autres détritus traînaient autour des pieds en béton désagrégé et des barrières rouillées. Ce tronçon avait miraculeusement échappé à l'apogée de la rénovation urbaine qui sévissait depuis que Giuliani était à la mairie. Nous avons pris place près d'un groupe de junkies qui, appuyés les uns contre les autres, faisaient passer la matinée en socialisant mollement.

« Salut les zombie-boys, leur a lancé Shade.
— Salut Shadito, a répondu celui qui était le plus près de nous.
— C'est qui ces recalés du don d'organe ? ai-je doucement demandé.
— C'est un point d'échange de seringues ici. Ils viennent trois fois par semaine.
— La vache, ils font peur, ai-je soufflé en serrant un peu plus la couverture.
— Ces visages sortent tout droit des tableaux des maîtres classiques, a-t-il marmonné au sujet des toxicomanes.
— Comment tu les connais ?
— Oh bah, je les connaissais avant qu'ils foutent leur vie en l'air ! », s'est-il exclamé un peu plus fort qu'un murmure. D'un mouvement de sa tête hirsute, il a désigné une créature non-identifiable. « Tu vois celle-là, je me souviens d'elle quand elle était encore une nana canon et celle-là, là-bas, je l'ai connue quand elle était encore un gars. » Il a ensuite fait un signe vers des malabars qui semblaient tous plus vieux que lui. « Je me rappelle quand ces deux gaillards étaient gamins. C'est des frères. Les deux petits derniers des sept Gonzalez. Tous les autres sont morts les uns après les autres : Vietnam, overdose, coup de surin en prison…
— Quel enfer, ai-je soupiré avant d'avaler les derniers grains sucrés de mon café.
— Ce sont d'excellents modèles, tu sais, a-t-il insisté. Ils s'assoupissent et tu peux les peindre toute la journée. Ce seraient des anges parfaits pour compléter tes tableaux de démons.
— Quels tableaux de démons ?
— Tes collectionneurs. »
Shade avait décrété que j'avais du talent après avoir vu ma série de collectionneurs. À l'époque, j'avais dit pour plaisanter qu'il faudrait que je peigne des anges pour

contrebalancer tous ces diables. Ces tableaux avaient été vendus ou donnés depuis longtemps.

« Qui paierait pour voir ces monstres ? ai-je demandé malgré ma propre inclination esthétique vers les infirmes et le grotesque.

— Moi. D'ailleurs, en échange du prix très avantageux que je te fais pour mon loft, je voudrais que tu peignes un portrait des occupants de mon petit domaine : représente ces pauvres bougres. Deal ?

— Ouh là », ai-je grogné. Je n'avais jamais été doué pour les commandes. La paranoïa qui accompagnait toutes les tentatives de faire entrer les attentes de quelqu'un dans mon travail me freinait toujours. Je me suis caché sous la couverture.

« Hé, tout le monde ! a lancé Shade. Lui, c'est mon copain Orloff. Or, je te présente Bobby, Andy, Lucy, Donna, Ramone, Kenny et Kid, a-t-il énuméré en les prenant de gauche à droite. Il va vous peindre ! »

L'un des sept nains aux paupières tombantes nous a adressé un signe de la main. Les autres ne semblaient pas avoir entendu, surtout Lucy, qui dormait à poings fermés, ses lèvres baveuses entrouvertes sur ses dents manquantes. Ses paupières s'ouvraient sur le blanc de ses yeux et lui donnaient des airs de goule.

En observant ce Mont Rushmore de cauchemar, il m'est apparu qu'ils étaient eux aussi à peu près aussi dynamiques qu'une montagne. Des objets à mobilité lente, c'était comme ça que la police désignait les toxicomanes.

J'en avais croisé au fil des années. Certains le cachaient bien et étaient plus ou moins préservés, mais ce groupe était de loin le plus ravagé que j'aie vu. Leurs maux étaient gravés dans leur peau aussi clairement que sur un dossier médical : hépatite B, cirrhose, insuffisance rénale, infections bronchitiques et pulmonaires. Ce n'était pas uniquement dû aux narcotiques. L'alcool, un régime malsain et l'absence d'exercice jouaient aussi un rôle. Ces visages saccagés étaient tragiquement uniques.

Shade a séparé ses baguettes prédécoupées, déplié une serviette sur sa chemise sale et versé le petit ramequin de sauce soja sur ses dim sum fumants. Je l'ai imité. Alors que j'enfournais distraitement dans ma bouche à l'haleine aigre la poche de pâte chaude qui renfermait des crevettes ramollies, Shade méditait. « Tu sais, m'a-t-il dit, j'ai fait un rêve dantesque hier soir : un véritable tumulte d'anges, une épiphanie. Ça sortait tout droit de l'Apocalypse.

— Raconte.

— Je me battais contre un dragon à deux têtes. Avec une épée mais sans bouclier. Et je tranchais une tête le cou retombait sur le sol – mais les mâchoires de la deuxième tête se refermaient alors sur moi et la bête m'arrachait le bras. Ça ne me faisait pas mal mais quand j'ai baissé les yeux, j'ai vu mon articulation et mes os, mes nerfs et mes veines d'où giclait du sang. J'étais torse nu, je suais, mais je continuais le combat.

— Ça voulait dire quoi d'après toi ? » À l'écouter, ça ressemblait à une bande-annonce pour *Conan le barbare*.

« Ça ne peut vouloir dire qu'une seule chose, a-t-il répondu avec la soudaine lucidité d'un Carl Jung. Il faut que je tranche la deuxième tête.

— C'est-à-dire ?

— Je me demandais autrefois comment j'allais mourir. Ça me travaillait, ça me travaillait... Je n'en sais toujours rien, mais... » Il a laissé son regard se perdre puis il a avalé un dim sum. « Ça veut dire que, pendant mon voyage en Écosse, il faut que je retrouve Sheila, que je lui présente mes excuses pour lui avoir cassé la mâchoire et que j'accepte les siennes pour avoir tailladé mon chef-d'œuvre.

— Elle s'était excusée ? » J'ignorais qu'il lui avait cassé la mâchoire.

« Bien sûr, pourquoi est-ce qu'elle aurait essayé de réparer la toile sinon ?

— J'ai fait un rêve étrange sur une œuvre d'art qui mourait.

— C'était la créature la plus con que deux cuisses de dinde aient jamais portée. » Shade avait ignoré la mention de mon rêve coupable. « L'épouser était le genre d'erreur que seul pouvait faire un gars de 19 ans agité du kilt. Cette dispute était pour le mieux, à vrai dire. J'aurais passé toute ma vie à me la trimballer. Il aurait fallu que je raccroche mes pinceaux pour me coltiner une tripotée de chiards décérébrés. À leur apprendre des méthodes de survie pour éviter qu'ils crèvent de faim. Je me serais martyrisé pour assurer la propagation de la médiocrité et de l'hypocrisie bourgeoise. Six milliards de raseurs, bientôt soixante milliards.

— Bon, il faut que j'y aille », ai-je fait pour couper court, et inquiet pour mon van. Malgré les fenêtres renforcées et les portes sécurisées, les véhicules étaient aussi souvent vandalisés pour la beauté du geste que par appât du gain, et j'avais en l'occurrence tous mes biens à l'intérieur.

« Attends une seconde, m'a-t-il retenu. Je déconne pas, gamin. Il faut que tu peignes ces gars-là si tu veux louer mon loft.

— À ce propos, je dois te parler d'un truc.

— Ne me dis pas que tu ne veux plus sous-louer.

— Je devais le prendre avec June. Je suis toujours partant mais je ne peux pas me le payer tout seul.

— Hmmm. Voilà ce qu'on va faire. Vu que tu es un Caravage sauvage, le dernier héritier de l'Ash Can School, voilà le topo. Je te baisse le loyer d'un tiers si tu me fais un tableau de cette Bande des Bancs à tomber sur le cul.

— Ok », me suis-je empressé de répondre de peur de changer d'avis ensuite.

Il a regardé sa montre. « Rendez-vous ici à 13 heures demain pour parler de la location. »

J'ai accepté, nous nous sommes dit au revoir, et j'ai marché vers Grand Street entre Allen et Eldridge Street.

À ma grande surprise, personne n'avait essayé de forcer mon van.

En passant au sud de Washington Square, j'ai pu voir que tous les bons emplacements de la Quatrième Rue étaient déjà occupés par les bouquinistes installés de bonne heure. Entre ma gueule de bois du matin et mon cœur brisé de la veille, je n'avais pas l'énergie de batailler. Je me suis garé dans East Village, j'ai sorti mon vélo pliant et je suis parti en quête de livres d'occasion pas chers. J'ai commencé par le magasin Goodwill de Delancey Street, où j'avais un jour trouvé une édition de *Feuilles d'herbe* de Whitman du début du siècle à cinquante cents. Je l'avais revendue pour cent vingt dollars sur Abe.com. J'ai ensuite zigzagué d'un magasin de seconde main à l'autre, en poussant jusqu'à Lafayette Street à l'ouest et l'avenue B à l'est. Une heure et demie et vingt-cinq nouveaux livres plus tard, j'ai achevé ma récolte par les trois magasins qui s'alignaient sur la Vingt-Troisième Rue entre la Deuxième et la Troisième Avenue.

En retournant à mon van, je suis tombé sur Pablo qui sortait de l'église Saint-Mark-du-Bowery. Il était en train d'agrafer un flyer sur le panneau des annonces du Poetry Project pour promouvoir une lecture de son groupe intitulée « L'Empereur n'a pas de powem ».

« Il faut que tu viennes. Après-demain à 18 heures au KGB Bar. » Il a marqué un temps puis a ajouté, avec enthousiasme : « Et ce soir c'est le meeting du Green Party au Madison Square Garden ! Dix balles seulement. »

J'ai répondu que je n'étais pas sûr d'être libre et j'ai promis de venir à sa soirée poésie s'il ne me bassinait pas trop sur le sujet.

Je me suis ensuite souvenu que l'exposition « Corps et âme » était terminée et que j'étais supposé récupérer le *Nageur* à la galerie. J'ai appelé Laura Vierst pour la prévenir que je passerais dans la journée.

« Pas la peine, a-t-elle joyeusement répondu. June l'a récupéré.

— Quoi ? Quand ça ?

— Il y a à peu près une heure, quand elle est venue chercher son tableau.

— Oh merde !

— Qu'est-ce qui se passe ?

— On s'est disputés. Elle a couché avec le collectionneur que tu m'avais présenté.

— Mais non ! Barclay ? » Elle avait glapi son nom, incrédule. « Ce n'est pas le genre.

— Eh bien il se l'est tapée. » Je me suis tu un instant avant de me confesser. « Et puis j'ai perdu mon sang-froid et j'ai détruit quelques-uns de ses tableaux.

— Tu as fait quoi ?

— Je n'aurais pas dû, mais c'est fait. Donc j'imagine qu'elle va détruire le mien.

— Oh, Orloff, a-t-elle soupiré. Comment tu as pu faire une chose pareille ? Qu'est-ce qui t'est passé par la tête ? Pourquoi tu ne m'as pas appelée… je suis désolée. » Ça lui venait assez naturellement de m'engueuler puis de compatir dans le même souffle. « C'était un si beau tableau.

— Je sais. » Je lui ai raccroché au nez.

J'ai marché dans le sud de Manhattan jusqu'à m'étourdir. C'est seulement lorsque les lampadaires ont commencé à s'allumer que j'ai compris que le soir tombait.

J'ai commandé une barquette de riz et de haricots à emporter dans un petit resto portoricain du coin puis, me faufilant dans l'étroit couloir au centre de mon van, j'ai déroulé mon sac de couchage et je me suis mis à table. Mais au bout de quelques bouchées, une colère grandissante m'a coupé l'appétit. J'ai essayé de dessiner de mémoire mon Nageur balafré jusqu'à ce que je n'entende plus que le grattement du fusain. J'avais presque l'impression qu'il venait de l'intérieur de ma tête. J'ai alors compris qu'il provenait en fait d'en dessous : c'était un rat. Ils grimpaient parfois sous les voitures pour se réchauffer contre le bloc-moteur. J'ai tapé du pied sur le sol du van mais le grattement a continué. On aurait dit qu'il rongeait mes fils ou peut-être les câbles de frein.

J'ai rageusement ouvert les portes du Chevy, je suis descendu, j'ai attrapé mon chevalet dont j'ai déplié les jambes, l'installant sous un halo de lumière. Je voulais redessiner les cinq Nageurs de mémoire.

Tableau un : un nageur musculeux nu, d'un rose tirant sur le rouge. Il s'avance timidement dans le flot bleu ridé de touches de blanc. J'avais peint le jeune homme de dos, avec ses bras épais, ses fesses musclées, ses cuisses puissantes. Une simple portion du fleuve.

Tableau deux : une vue lointaine du nageur immergé aux trois-quarts. Seuls son épaule, son bras et sa tête dépassent. Le fleuve est plus large, plus puissant, plus bleu, plus redoutable. Le lointain ruban gris de la voie rapide et la ligne des immeubles se devinent sur la rive opposée.

Tableau trois : le cadre est resserré sur son visage concentré. Son coude droit ressort un peu trop tôt, il est mal coordonné avec son bras gauche. Il est à la peine. Les gratte-ciel se dressent devant lui.

Quand les gens se noient dans l'océan, c'est généralement à cause d'un courant ou d'une vague scélérate qui les emporte. Se noyer dans un fleuve, c'est différent. C'est davantage une erreur d'appréciation. Le nageur se méprend sur sa force et croit le fleuve plus paisible qu'il ne l'est réellement.

Dans le tableau numéro quatre, j'avais espéré ouvrir les possibilités. Le doute, la peur, l'incertitude se lisent subtilement sur le visage du nageur. Il ressort sa tête trop longuement. Il réduit son allonge. Il essaie de ne pas paniquer. Il peut encore atteindre l'autre rive, mais il n'y arrivera peut-être pas.

La dernière toile montre le nageur émergeant sur le sable de la toute-puissante Manhattan, dont les buildings colossaux ne s'élèvent pas de la terre mais descendent des cieux. Le nageur a atteint les lointains rivages, invaincu.

J'avais présenté les deux premières peintures de cette série à l'exposition d'Entrance Art. Au lieu de les refaire sur du contreplaqué, j'ai étiré une toile blanche sur un cadre de bois, je l'ai clouée et j'ai rapidement esquissé la première scène que je comptais peindre. J'ai rempli le fond, j'ai posé la couleur de l'eau et du ciel, et j'ai laissé sécher sur le toit de mon van. Je pouvais la finir le lendemain.

En bougeant des cartons pour avoir la place de dormir, j'ai retrouvé un portrait de Rudolph Giuliani que je voulais accrocher depuis un moment déjà. Épuisé, je me suis faufilé dans mon sac de couchage pour une sieste de quelques heures. Je pourrais monter le portrait plus tard dans la nuit.

Au cours des six derniers mois, j'avais récolté des panneaux absurdes qui donnaient des indications évidentes : « Ne pas klaxonner » ou « Ne pas tourner à droite si le feu est rouge ». C'étaient les toiles de mon projet d'agitprop.

Produire des œuvres de qualité ne suffisait plus aujourd'hui. Pour percer, il fallait plus que du talent : des gimmicks, des expos chocs, des coups de pub. Depuis les métros graffés des années 70 aux SAMO de Basquiat en passant par les dessins de Keith Haring dans les années 80, l'agitprop a toujours été un moyen sûr de faire parler de soi. Il fallait dérober une part de la si volatile attention du public dans la galerie de la rue, j'avais donc fait des scènes ironiques de la vie des politiciens new-yorkais.

J'avais placardé trois tableaux à l'acrylique brillante et waterproof. Le premier représentait Ed Koch en train de sauter à l'élastique du haut d'un pont dans la robe de juge qu'il portait dans l'émission *The People's Court*. Je l'avais accroché sur un abribus à l'angle de la 42e et de la Cinquième Avenue. Le deuxième tableau représentait le Révérend Al Sharpton en jogging en train de manger une grosse part de tarte au citron meringuée. Je l'avais installé sur la Cent-Vingt-Cinquième Rue, près de l'Apollo Theater. Il me restait un tableau d'un minuscule Giuliani en train de faire le clown devant un pupitre pendant que son fils essayait de prononcer son discours d'inauguration. C'était un renversement de la scène qui avait effectivement eu lieu.

Vers quatre heures du matin, je me suis levé, j'ai déplié mon vélo, j'ai pris mon tableau sous le bras et j'ai pédalé sur Broadway jusqu'à Chambers Street, près de l'Hôtel de ville. J'ai trouvé une caisse en plastique pour les bouteilles de lait et je l'ai disposée au pied d'un poteau vert. Puis j'ai sorti le portrait. J'avais déjà vissé deux attaches dessus. J'ai jeté un coup d'œil rapide autour de moi pour voir s'il y avait des flics, puis j'ai sauté sur la caisse, j'ai rapidement aligné les pièces de métal et j'ai serré les deux écrous.

Je suis retourné à mon van à vélo. Il faisait encore sombre. Je me suis vite étendu sur mon étroit duvet. J'allais devoir me réveiller quelques heures plus tard pour vendre des livres d'occasion, mais la vision de June dans le grand lit douillet de Barclay et de mon Nageur accroché au-dessus d'eux perturbait quelque peu mon endormissement.

# 4

Je me suis réveillé à 8 heures, juste à temps pour nourrir le parcmètre, et j'ai bougé le van jusqu'à la Quatrième Rue, devant NYU. Toute le monde était là : Ike le Dingue, Mike Nawak, Larry le Yéti, Pablo le Poète, Bob Pipe-à-Crack et tous les autres avec leur surnom foireux que tout le monde utilisait derrière leur dos. Je n'en connaissais pas la plupart et je n'avais aucune idée de comment eux me désignaient.

Le Loeb Student Center avait été détruit mais NYU en construisait un autre, plus grand. La Elmer Holmes Bobst Library se trouvait un bloc à l'est, il y avait ensuite le Leon Shimkin Hall, la Stern School of Business et enfin la Tisch School of the Arts. En face de ces monuments universitaires nouvellement bâtis s'alignaient des tables pliantes en aluminium sur lesquelles nous vendions nos livres d'occasion. Vêtu d'un t-shirt « Vote Green », Pablo m'a fait signe de le rejoindre dans le petit espace qu'il m'avait gardé à côté de lui. Il m'a aidé à décharger mes cartons, puis nous avons déplié ma table et l'avons basculée sur ses pieds.

« Tu as raté le meeting de Nader au Madison Square Garden, m'a-t-il rappelé.

— Oh, j'avais oublié. » J'ai organisé mon étal et j'ai glissé les cartes indiquant les différentes catégories entre les livres : Fiction, Essais, Biographies, Poésie, Théâtre, Occulte, Mythologie, etc.

« Bill Murray, Tim Robbins, Rage Against the Machine. C'était le feu et...

— June m'a trompé, l'ai-je interrompu, en même temps que ses espoirs de renouveau de la politique américaine.

— Non !

— Elle a couché avec un putain de richard.

— Non !

— J'ai détruit certains de ses tableaux.

— Non !

— Ouais », ai-je répondu calmement, voire psychotiquement.

Le visage de Pablo était figé de terreur. Son innocence brisée rendait ma trahison plus immense encore. J'ai envisagé d'invoquer des circonstances atténuantes en précisant que c'étaient des tableaux abstraits. Mais il se réclamait des *Language poets*, qui n'étaient jamais que les abstractionnistes de l'écrit.

Pablo était là quand j'avais séduit June. Il l'aimait bien et flirtait souvent avec elle. Il connaissait son travail et avait même posé pour elle, mais pas nu comme elle l'aurait souhaité. Tandis qu'il restait planté là en secouant la tête, incrédule, je me suis demandé l'espace d'un instant d'angoisse s'il était aussi choqué parce qu'il avait couché avec elle aussi.

« Pour moi vous étiez le couple idéal. Je n'arrive pas à vous imaginer l'un sans l'autre. Tout ça, ça ébranle ma foi en l'amour, a-t-il expliqué avec émotion.

— Je me sens déjà assez mal comme ça.

— Alors qu'est-ce que tu vas faire, Or ? » J'ai levé les yeux vers l'étendue infinie du ciel bleu et vide sans y trouver de réponse.

« Vous n'habitiez pas ensemble en plus ?

— Si.

— Et tu vis où maintenant ?

— Dans mon van mais j'ai un plan qui arrive.

— Ah oui, chez Fat Shady. » Il avait modifié le surnom du vieil Écossais pour quelque chose qui lui allait mieux.

« Je n'arrive pas à croire qu'elle ait pu me faire ça », ai-je répondu, trop fatigué pour reprendre les cinq actes de ma tragique colère.

Une jolie nana feuilletait l'exemplaire épuisé et légèrement esquinté de *The Destruction of Lower Manhattan* que vendait Pablo. Publié en 1969, c'était un photo-reportage de Danny Lyon sur les bâtiments du Radio Row, le quartier qui avait été démoli pour la construction des Twin Towers. Il coûtait cent cinquante dollars, c'était son livre le plus cher. Pablo est reparti vers sa table. Je ne savais pas si c'était parce que la fille lui plaisait ou parce qu'il s'inquiétait pour son bouquin, mais chacune de ces raisons l'emportait de toute façon. Les affaires étaient les affaires. Et la compassion était, hélas, un luxe inabordable.

J'ai demandé à Pablo de surveiller ma table une minute et j'ai tourné dans mon van jusqu'à trouver une place où me garer. Quatre quarters toutes les heures. Puis je suis passé en coup de vent au deli du coin prendre un bagel au pavot et un grand café fade afin d'avoir de la monnaie sur vingt dollars.

Pendant environ une heure, on a discuté avec Pablo en nettoyant nos dernières acquisitions. On mettait un petit coup de lingette sur les livres aux couvertures pelliculées. On feuilletait les volumes, on décornait les pages, on effaçait les marques que l'on trouvait et on finissait par le prix : au crayon fin en haut à droite de la première page, assez net pour être lisible, assez léger pour que l'acheteur puisse l'effacer ensuite.

Je trouvais rarement des beaux-livres rares, contrairement à Pablo. Il les couvrait avec du film transparent et en demandait un prix conséquent.

Comme la plupart des bouquinistes, je tenais une liste des titres que je vendais, et quand est arrivé le milieu de la matinée, celle-ci était bien courte. Les eaux calmes du temps passé dans cette rue animée ont été troublées par quelques ondulations curieuses. L'une était une vieille dame amaigrie qui semblait avoir été peinte à l'encre de Chine par le regretté Ed Gorey. Ce spectre élancé nous rendait visite une fois par mois environ et cherchait toujours *Amour*, un roman de l'auteur britannique Henry Green. Elle ne voulait pas la dernière édition Penguin, que j'avais, tout comme deux autres de ses livres. Elle cherchait la vieille de chez Anchor, épuisée depuis longtemps. Pire encore, elle expliquait qu'elle ne l'achèterait pas plus de trois dollars quoi qu'il arrive.

Deux adolescents noirs ont ensuite essayé de me vendre des sachets de M&M's bleus deux fois plus cher que le prix normal, soi-disant pour financer la tenue des équipes de leur lycée d'un quartier difficile. La seule autre interruption de la journée a été un inspecteur en planque qui a dégainé son insigne doré et m'a demandé si vers 2 heures la veille j'avais vu un grand type italien courir dans cette rue, possiblement avec un pistolet à la main.

« Il transpirait sûrement et son t-shirt était peut-être trempé de sang.

— C'est une enquête sur un meurtre ? » ai-je déduit.

Il m'a confirmé d'un air sombre que c'était le cas.

« Je n'ai pas travaillé hier », ai-je avoué.

Il a soupiré et interrogé d'autres vendeurs. Pour passer le temps, j'ai essayé de dessiner mon rêve avec l'œuvre d'art mourante de l'autre soir, celui qu'avait fait naître ma culpabilité vis-à-vis de June. Malgré toutes mes tentatives, je n'arrivais pas à le saisir. Ma main ne voyait pas ce que j'avais en tête. Des gens passaient de temps en temps et achetaient parfois mes livres. À midi, la liste était encore bien légère.

*Kamikaze Lust de Lauren Sanders* $6.00
*Mémoires d'un révolutionnaire de Pierre Kropotkine* $3.00

*Vol au-dessus d'un nid de coucou de Ken Kesey* $3.00
*Wisconsin Death Trip de Michael Lesy* $12.00
*Les Clochards célestes de Jack Kerouac* $5.00
*This Life (autobio de Sidney Poitier) (dédicacé)* $20.00
*La Bouche du cheval de Joyce Cary* $4.00

Je me suis soudain souvenu que je devais retrouver Shade à propos de sa sous-loc. Pablo m'a de nouveau proposé de surveiller ma table. J'ai enfourché mon vélo et j'ai roulé jusqu'à Chinatown. Shade était assis sur les bancs verts délavés où je l'avais laissé la veille. J'avais environ un quart d'heure de retard.

Les responsables de l'échange de seringues n'étaient pas encore arrivés, les bancs étaient donc occupés par les habitués.

« Je pensais que tu m'avais planté, m'a lancé l'Écossais. Ce qui ne serait pas grave, si jamais tu veux renoncer.

— Non, non, je suis toujours intéressé.

— Il va me falloir trois mois d'avance, a-t-il annoncé, comme s'il lisait mes peurs.

— Ça représente combien ?

— Cinq cents par mois fois trois : mille cinq cents dollars. » J'ai interprété sa soudaine demande de fonds comme un moyen de me dissuader d'accepter le marché. « Tu les as ?

— Ouais. » Je n'avais pas de liquidités mais mes cartes de crédit étaient encore en forme.

« Je pars dans une semaine.

— J'aurai l'argent d'ici trois jours. » J'étais persuadé qu'il savait bien que son offre était trop généreuse.

Pendant que Shade m'énumérait des informations sur la bonne tenue de son appartement que je n'avais aucune chance de retenir, j'ai regardé les bénévoles du programme d'échange de seringues arriver. On aurait dit un bataillon des Peace Corps en plus débraillé.

Il y avait parmi eux une fille dont le visage brillant se détachait parmi les ternes consommateurs. Ses yeux et ses traits m'ont immédiatement arrêté. Elle n'était pas à tomber par terre et elle avait le crâne rasé mais elle arborait la posture inébranlable d'une jeune déesse.

« Alors on est bons ? » m'a demandé Shade, me tirant de mon observation pénétrée.

Je lui ai assuré que oui et je lui ai dit qu'on se retrouverait au bar. Il m'a serré l'épaule et il est parti. L'instant d'après, la divine rasée m'a abordé.

« Moi c'est Rita. Ta tête me dit quelque chose. On s'est déjà rencontrés ? » Et à cet instant, je me suis aperçu que je l'avais bel et bien vue quelque part mais impossible de me rappeler où. Je craignais de l'effrayer en le lui avouant donc je ne lui ai pas posé la question.

« Je ne crois pas, lui ai-je répondu, lui laissant croire que j'étais, comme les autres, un camé dont il fallait s'occuper. Moi c'est Or.

— Comme c'est chic, a-t-elle plaisanté. Et il vient d'où ce nom, monsieur le marquis d'Or Donc ?

— En fait mon nom de famille c'est Tanzarian, ai-je expliqué, nerveux. Je suis arménien.

— Ah ouais, le génocide. » C'était la raison pour laquelle je rechignais toujours à mentionner mes origines. Entre 1915 et 1923, les Turcs ont brutalement massacré la moitié de la population arménienne et l'ont chassée de ses terres, bien que le gouvernement turc refuse toujours de le reconnaître. Entre notre douleur irrésolue et nos terres volées, nous étions pour toujours enfermés dans notre position de victime.

« Et Or c'est un prénom arménien ? a-t-elle demandé.

— Non, je suis né pendant la guerre du Vietnam et mon père a été incorporé. Ma mère a fait partie du mouvement de protestation et ils ont choisi mon nom en hommage au poème pacifiste de e.e. cummings.

— “Je chante d'Olaf heureux et grand / dont le cœur chaleureux répugnait à la guerre :/un object-eur de conscience[1].” » Elle avait déclamé la strophe en toute décontraction.

« Oh la vache, personne ne le connaît ! me suis-je exclamé, ébahi.

— Mais le personnage de cummings c'est Olaf le Suédois. Toi tu es *Or*loff.

— Mes parents m'ont russifié.

— Tu as déjà fait l'échange de seringues ? » Elle était revenue aux affaires sans autre transition.

Je secoué la tête. « Tu sais comment nettoyer le matériel et tout ?

— Je crois pas, ai-je répondu, hypnotisé par ses grands yeux bleus si intenses.

— Alors, tu n'es pas inscrit ?

— Non, ai-je admis tout continuant de chercher où je l'avais rencontrée.

— On est financés par la ville. On échange environ trois millions de seringues par an et on a environ trente mille inscrits. » Elle m'a parlé pendant une vingtaine de minutes des dangers de la consommation de drogue et m'a fait la liste des différents programmes qui pourraient m'aider à me tirer de ses griffes. Puis elle m'a assommé avec une demi-douzaine de questions, parmi lesquelles le nom de jeune de fille de ma mère et ma date de naissance. Sur la base de ces deux informations, l'énigmatique Rita m'a donné un code secret.

« Ça te donne droit à dix nouvelles seringues. On aimerait que tu rapportes tes seringues usagées et que tu donnes ce code. » Elle m'a tendu un dépliant avec les autres points d'échange. Je l'ai remerciée

« Regarde. » Elle a pris un sac en cellophane et l'a ouvert. Elle en a d'abord sorti un petit récipient qu'elle a secoué. « C'est de l'eau oxygénée pour nettoyer l'aiguille. » Elle a sorti un deuxième petit pot fermé. « C'est de l'eau

1. *Poèmes choisis*, e.e. cummings, traduit par Robert Davreu, José Corti, 2004. *(Toutes les notes sont du traducteur.)*

pure pour préparer ton héroïne. » Elle l'a remis dans le sachet et a pris des petits cotons emballés. « Sers-toi de ça pour filtrer les impuretés. » Elle m'a aussi montré ce qui ressemblait à un bouchon de bouteille métallique dans lequel j'étais supposé faire bouillir ma drogue avec un peu d'eau.

Elle a enfin exhibé un carré de gaze et m'a dit : « Tu te sers de ça pour nettoyer la zone où tu injectes. Promets-moi de le faire. »

J'ai promis puis j'ai repéré une capote au fond du petit sac. « Et ça c'est quoi ?

— Un ballon parce que tu as été un bon garçon, a-t-elle souri.

— Elles sont où l'héroïne et la seringue ?

— On ne t'offre pas non plus un kit de petit chimiste. L'héro, c'est illégal. Tu l'achètes où tu veux. Et pour l'aiguille, il faut faire la queue. » Elle m'a désigné l'angle du terre-plein. Un carton doublé d'un sac-poubelle vert sur lequel était inscrit « Déchets biomédicaux » était gardé par un autre membre de l'association.

Celui-ci comptait les seringues propres tandis que l'un des vieux mastodontes déposait ses seringues usagées dans un petit trou sur le dessus du carton.

« Je sais que ça fait très cliché, mais est-ce que je peux te peindre ? lui ai-je lancé avant qu'elle file.

— J'ai un grand mec méchant à qui ça ne plairait pas du tout.

— Tu peux lui dire de venir, je n'essaie pas de te draguer.

— Comment ça ? Je ne suis pas assez jolie ?

— Si, tu es très belle.

— Tu vois bien que je te plais !

— Je disais juste…

— Détends-toi, je te charrie.

— Hé Rita, a lancé un responsable des échanges. Tu peux venir t'occuper de Carl s'il te plaît ?

— Je vais y réfléchir », m'a-t-elle poliment promis avant d'aller servir et informer un autre toxicomane. J'ai sauté sur mon vélo et je suis reparti vers le nord, retrouver mon stand près de NYU. Je ne m'étais absenté qu'une demi-heure.

Après avoir quitté Mercer Street et tourné sur la Quatrième Rue, j'ai eu une vision d'horreur. Ma table était renversée sur le trottoir. Les pieds en aluminium qui la soutenaient et mes cartons de cinq millimètres d'épaisseur étaient déchiquetés et brisés. Tous mes livres étaient éparpillés sur le sol. Certains avaient été empilés. Pablo parlait à un client à qui il essayait de fourguer une édition des *Fleurs du mal* à couverture cartonnée.

« Mais qu'est-ce qui s'est passé putain ?

— C'était un accident, a-t-il expliqué en faisant une pause dans son pitch. June est passée et elle t'a attendu. Elle s'est appuyée sur la table l'espace d'une seconde et elle l'a fait basculer.

— Je suis sûr que ce n'était pas accidentel.

— Je te promets, je l'ai vu de mes yeux. Mais elle est en colère. Elle dit qu'elle ne t'a pas trompé et qu'elle veut en parler. Elle a empêché les gens de te voler tes livres. C'est elle qui a fait les piles.

— C'est l'édition variorum ça ? » a demandé un vieux. Pablo est retourné à ses ventes.

J'ai passé quinze minutes à remettre mes livres dans les cartons. Ma table était antédiluvienne et un peu bancale, je lui accordais donc de mauvaise grâce le bénéfice du doute. Ça allait me coûter au moins soixante-quinze dollars d'en racheter une neuve.

« Appelle-la, a insisté Pablo. Je parie que si tu t'excuses…

— Qu'elle aille se faire foutre ! Elle m'a trompé », ai-je crié. C'était encore trop humiliant de rentrer dans les détails.

Il a tristement hoché la tête. J'ai balancé ma table défoncée et j'ai fini de remballer. En chemin vers Chinatown, à hauteur de Houston Street, j'ai cru voir

Rita, l'échangeuse bénévole, passer la tête par la fenêtre d'une voiture pour parler avec quelqu'un. Je n'ai pas bien vu le type mais il avait une plaque du New Jersey.

J'ai lâché soixante-quinze dollars pour une nouvelle table que j'ai traînée jusqu'à mon van en réfléchissant à ma situation avec June. Si Pablo disait vrai et si elle avait effectivement détruit mon étal involontairement, cela voulait peut-être dire qu'elle était venue mettre les choses à plat. J'avais lacéré ses tableaux et elle considérait sans doute que m'en voler un puis aplatir ma table nous remettait à égalité.

J'avais le plus grand mal à l'admettre mais je ressentais une véritable douleur physique depuis que je l'avais perdue. Le choix qui s'offrait désormais à moi était simple : je pouvais lui pardonner et essayer de faire la paix ou je pouvais rompre et ne plus jamais lui parler. J'ai alors opté pour le pardon. Depuis une cabine téléphonique à l'angle de Division et Allen Street, j'ai composé son numéro. Ça sonnait occupé et je me suis alors souvenu que c'était elle qui avait fauté. C'était à elle d'initier la réconciliation. Ce serait alors à moi qu'il reviendrait de l'absoudre.

# 5

Ce soir-là, je suis allé au Mekong Delta, un resto sino-viet sur Allen Street, et j'ai commandé des nouilles au sésame froides à un caissier à grosse bedaine. Je me suis ensuite garé à l'angle de Hester et Norfolk Street, pour utiliser la prise électrique cachée sous une plaque au pied d'un lampadaire du carrefour. J'ai déroulé une rallonge de chantier depuis l'arrière de mon Chevy et j'ai pu regarder ma télé portable pourrie en gobant mes nouilles. Ça ne me dérangeait pas de vivre en nomade dans ma huche à pain sur roues si c'était le prix à payer pour mon art, mais ça m'embêtait de ne pouvoir peindre que des petits formats en attendant de récupérer un atelier. Pour une vente à six chiffres, il fallait une toile de six mètres carrés minimum. J'espérais y remédier une fois dans le loft de Shade en peignant de gigantesques toiles, vastes comme des pans de mur.

J'ai été réveillé de bonne heure le lendemain matin par le bourdonnement du camion balayeur qui approchait. Encore nu, j'ai bondi sur le cuir déchiré du siège conducteur et j'ai tout juste eu le temps de démarrer avant que la pervenche puisse apposer sur ma vitre le grand autocollant vert citron « Cette rue n'a pas pu être nettoyée correctement à cause de votre véhicule » et me coller cinquante-cinq dollars d'amende.

Mon moteur agonisant avait à peine assez d'énergie pour crachoter d'une place de stationnement à l'autre. Ça coûtait vingt-cinq dollars pour accéder à un parking où je savais qu'on ne forcerait pas mon van. Ma vie était désormais une course contre la montre. Je devais rembourser ma montagne de contraventions et essayer de racheter le van de Cali avant que le mien rende l'âme. Je redoutais sans cesse l'unité mobile de la police municipale. Ces barracudas venaient de temps à autre rôder dans les rues et entraient les numéros des plaques d'immatriculation dans leur petit ordinateur de bord. Il faisait peu de doute qu'ils embarqueraient mon van s'ils tombaient dessus, ne laissant plus rien entre moi et la rue.

La journée avait commencé tard. Je suis retourné à mon emplacement de la veille. Pablo avait pris sa journée. Profitant de la lumière acceptable, j'ai sorti mon carnet pour essayer de dessiner le cours du fleuve dans ses diverses textures. J'ai mélangé les couleurs des différents tubes de peinture que j'avais dans le van pour m'approcher du ton que prend l'East River en début d'après-midi.

Plus tard, j'ai examiné différents livres de photos qui montraient le littoral de New York. J'ai alors pu dessiner l'arrière-plan que je pourrais utiliser pour le moment où le nageur s'approche de Manhattan. À la fin de la journée, je n'avais même pas gagné soixante balles.

Déprimé, j'ai chargé mon van et j'ai roulé vers l'est, trouvant à me garer au sud de Tompkins Square Park avant de gagner le KGB Bar, où j'ai pu assister à la fin de « L'Empereur n'a pas de powem », la lecture de Pablo.

« Votez Ralph Nader parce que Républicains et Démocrates, c'est pareil, a-t-il lancé en guise de conclusion.

— Il n'y a qu'un républicain pour dire un truc pareil », a crié Cecil, un ancien avocat devenu bouquiniste.

« Regardez qui voilà. » Une voix m'a ramené dans la fresque de l'instant présent. J'ai posé mon verre savonneux et j'ai alors vu Micah, l'aquarelliste qui peignait depuis peu sur des couvertures de livres cartonnés.

« Il paraît que tu as rompu avec June », m'a-t-il dit. Je n'ai pas pris la peine de lui expliquer que j'avais en fait décidé de lui pardonner et que j'attendais qu'elle m'appelle. « Je l'ai vue hier soir à un pince-fesses au Guggenheim. » L'aquarelliste travaillait dans la restauration.

« Des pourceaux avec des perles, ai-je commenté. Elle avait l'air déprimée ?

— La seule dépression que j'ai vue, c'est le gouffre de son décolleté. Sa robe devait bien coûter mille balles. »

Je m'efforçais de rester impassible mais ça m'a foutu un coup. Comment pourrais-je rivaliser maintenant que June était avec Monsieur LaThune ? Je suis resté encore une heure au bar, à me demander comment je pourrais générer plus de revenus. Finalement, bourré et anxieux, j'ai remercié Pablo pour cet aperçu de l'avenir de la poésie et j'ai repris mon vélo jusqu'à mon van, je me suis déshabillé et j'ai sombré dans un sommeil en dents de scie.

Le lendemain matin, impossible de démarrer. Je suis sorti, à la recherche d'un coin où pisser. J'ai pu utiliser les toilettes à l'arrière de Blackout Books, une librairie anarchiste sur la Quatrième Rue et l'Avenue B. J'ai acheté un bagel que j'ai mâchonné dans Tompkins Square Park, puis je suis remonté vers le bureau de poste de Stuyvesant Street. Ça faisait des semaines que je n'y étais pas allé. Ma petite boîte postale était pratiquement impossible à ouvrir tant elle débordait de calendriers et d'invitations pour à peu près tous les vernissages dans l'hémisphère nord au cours des six prochains mois. C'était la raison pour laquelle je n'avais jamais accroché avec les mails, ces nouveaux égouts destinés à charrier des offres indésirables et des invitations.

En triant mon courrier, j'ai trouvé deux lettres de refus accompagnées des diapositives de mes œuvres que j'avais fournies. Je les envoyais en roulement à toutes les fondations et galeries de New York et des États voisins.

À l'époque où j'avais commencé à soumettre mes toiles, je me servais de guides tels que la *New York Contemporary Art Gallery* qui listaient toutes les galeries de la ville et les genres d'œuvres qu'elles recherchaient. C'est ainsi que j'ai découvert les différentes catégories qui existaient, comme les *vanity galleries*, qui profitaient des jeunes artistes et des étrangers à qui elles louaient des espaces d'exposition pour qu'ils entassent autant de merdes que possible sur un seul mur sans jamais rien vendre. Je préférais les galeries autogérées. À mes débuts, je m'étais plusieurs fois associé avec d'autres copains artistes. Chacun donnait de l'argent et de son temps pour s'occuper d'un lieu où nous exposions chacun notre tour. Mais ce dont rêvait chaque peintre, c'était d'accéder à une galerie privée, où un galeriste de Chelsea prendrait en charge tous les frais pour présenter les œuvres à de riches collectionneurs dans l'une des lumineuses cathédrales qui bordaient l'Hudson. Leurs 50 % de commission étaient une affaire compte tenu des prix apoplectiques qu'ils affichaient.

Parmi les sollicitations et les offres foireuses qui m'étaient parvenues, se trouvait une invitation de Ned Tanner. Il avait vendu des assortiments de mes toiles au fil des années, ce qui m'avait rapporté quelques milliers de dollars hors taxes. La carte postale disait que sa dernière exposition ouvrait le lendemain soir au P.S.1. Je me sentais obligé d'y aller.

Tout en bas de la pile, j'ai découvert, à ma grande surprise, deux lettres d'acceptation. John, le manager du Starbucks d'Astor Place voulait deux de mes Nageurs. Malheureusement, il s'agissait des victimes collatérales de « Corps et âme ». Deux autr es tableaux avaient été acceptés pour « Traverser le Styx », une expo collective montée par Persephone Miller qui, en hommage à la grenade de son homonyme grecque, avait baptisé sa galerie de Brooklyn The Pomegranate. Malheureusement, il ne m'en restait qu'un, le dernier d'un petit cycle que j'avais peint l'été précédent représentant des pêcheurs latinos le long de l'East River. L'un d'eux avait tellement aimé son portrait qu'il avait voulu l'acheter mais il était fauché. Bien sûr, je n'avais pas eu envie de le céder gratuitement, mais ça me semblait mesquin de ma part. Les millionnaires commandent régulièrement des portraits d'eux, mais ils prennent rarement la pose plus de deux minutes. Compte tenu de tout le temps que ces pêcheurs m'avaient accordé, ça me semblait injuste que leurs tableaux terminent chez des connards blindés. Il m'avait finalement échangé son vieux radiocassette contre son portrait. Dans la lettre, on disait que je devais remettre le dernier tableau de la série le soir même au plus tard.

Alors que je marchais vers le sud, j'ai entendu quelqu'un crier mon nom. Je me suis retourné et j'ai vu Bethsheba qui agitait la main sur le trottoir d'en face. Elle a traversé d'un pas décidé les cinq périlleuses voies de la Première Avenue. Au moment où elle atteignait la dernière – *bam !* Une petite Volkswagen noire a pilé en klaxonnant. Beth a atterri sur le capot et a fait environ deux mètres avant de tomber sur le cul.

« Oh merde. » Je me suis précipité sur elle. Elle essayait de se relever. « Reste par terre ! » Je me suis agenouillé, la prenant dans mes bras.

« Je crois que ça va.

— Reste par terre, tu peux toucher le pactole avec les assurances.

— Hé, a-t-elle protesté, c'est pas parce que je suis pauvre que je suis une arnaqueuse. » Elle s'est relevée d'un bond. La femme asiatique qui conduisait est sortie de sa voiture. Il y avait un énorme impact au milieu de son capot brillant.

« Va t'acheter des lunettes ! a lancé un mec typique de l'East Village depuis la foule de badauds qui s'était amassée sur le trottoir.

— Lâchez-la, a crié Beth, c'était de ma faute.

— Est-ce que ça va ? a demandé la conductrice, son portable à l'oreille. J'appelle une ambulance.

— Non merci, pas la peine. Je suis désolée, j'aurais dû regarder où j'allais.

— Ok. » La dame a refermé son téléphone à clapet puis a sorti un stylo et un morceau de papier sur lequel elle a griffonné quelque chose avant de le tendre à Beth. « C'est mon nom, mon numéro de téléphone et mon numéro de permis de conduire. Appelez-moi si vous ressentez des douleurs plus tard.

— Merci. » La conductrice est remontée en voiture puis elle est partie.

« Incroyable, a tranquillement repris Beth, d'abord je croise June, puis je tombe sur Or.

— Où est-ce que tu l'as vue ?

— Il y a quelques minutes, sur la Treizième Rue. Tu peux encore la rattraper si tu veux.

— On s'est séparés.

— Quand ça ? m'a-t-elle demandé, un léger éclat dans les yeux.

— Tu te rappelles l'expo 'Corps et âme' ? Elle y a fait la connaissance d'un corps plus fortuné que le mien, à l'âme plus corrompue que la mienne. » Je me sentais trop con pour préciser que c'était moi qui les avais présentés.

« Je suis vraiment désolée. » Une merveilleuse chaleur se dégageait de son grand sourire.

« Alors qu'est-ce qui t'amène sur cette rive ? lui ai-je demandé, sachant qu'elle vivait à Fort Greene. On n'aime pas trop les artistes pouilleux de Brooklyn par ici.

— J'ai quelques courses à faire, une ou deux bricoles à régler et je mets le cap sur le nouvel East Village : j'ai nommé Williamsburg.

— C'est vrai ? Je vais à Williamsburg ce soir », ai-je répondu, sans plus de précision. Je l'aimais bien, mais pas au point de lui parler de l'expo collective.

« Super, je suis prise toute l'après-midi mais ensuite tu peux m'emmener, on ira dîner, a-t-elle imposé plus que proposé.

— Retrouve-moi à 17 heures sur mon stand, je serai sur la Quatrième Rue, entre Mercer et Greene. »

La minimaliste des antipodes est partie de son côté et moi du mien. Un demi-pâté de maison plus loin, j'ai été frappé par une incommensurable solitude. Mon esprit s'est emballé. Quelques années plus tôt, quand j'avais 21 ans et que j'étais encore à l'Arts Students League, je n'avais besoin de rien. J'étais confiant, doué, un élu. Mon vorace appétit intellectuel me promettait d'obtenir un jour tous les trésors que la vie peut offrir. Je lisais beaucoup, je travaillais mon art et j'allais voir toutes les œuvres sur lesquelles je pouvais poser les yeux.

J'ai très vite ingurgité les différents courants de l'histoire de l'art et j'étais capable d'identifier les œuvres clés qui avaient été peintes, tartinées, barbouillées, maculées ou enduites au cours des deux mille dernières années. Mais, très vite, savoir n'a plus suffi. Il fallait que je *fasse*. Je devais imprimer ma marque avant mes 27 ans. J'avais l'impression que c'était un âge limite, que tous les génies dignes de ce nom avaient fait leurs preuves avant cette date fatidique. Je bossais comme une brute. J'ai fait une étude de mon grand moment de terreur – l'accident de métro. Et l'année suivante, alors que j'avais 25 ans – et grâce à Cali – j'ai eu ma première exposition solo à Chelsea : les tableaux du métro. J'ai vendu quelques pièces et j'ai eu trois critiques correctes. C'est à ce moment-là que j'ai compris que je n'étais pas aussi génial que j'avais espéré le devenir. Mais ça ne faisait rien : je pouvais toujours devenir un honnête compagnon des arts. Mon œuvre ne serait peut-être aux yeux des autres qu'une note de bas de page dans l'histoire de la peinture, cela ne m'empêcherait pas de produire suffisamment de tableaux variés et fascinants pour avoir un jour droit à une foutue rétrospective et à un beau livre bien épais à cent dollars avec mon nom sur la couverture.

Huit ans s'étaient écoulés depuis cette première expo. Dans l'intervalle, au prix de centaines, voire de milliers, de toiles et carnets de croquis, j'avais perfectionné mon savoir-faire et je m'étais appliqué à constamment forcer mon talent, à produire des œuvres toujours plus difficiles. Mais c'était de plus en plus dur. J'avais maintenant 33 ans et après avoir engendré et mal vendu un corpulent corpus d'œuvres, j'avais atteint une sorte d'épiphanie. Ça ne suffisait pas de les avoir créées, ces œuvres. Qui les avait vues ? Qui les avait recherchées ? Où étaient la gloire et la fortune ? Alors que les anciens buts avaient été modestement atteints, de nouveaux objectifs plus complexes les avaient remplacés. Je ne rayais pas non plus toute ma carrière d'un trait de plume, mais toutes mes illusions et mon idéalisme avaient disparu. Je ne pouvais plus me prendre pour autre chose : j'avais déjà échoué à répondre à mes propres attentes et je craignais de mourir dans la rue.

Quand je suis arrivé sur la Quatrième Rue pour y déplier ma table et disposer mes livres, il était déjà 11 heures. Les best-sellers d'autrefois, qui ne faisaient plus parler d'eux depuis bien longtemps, et les chefs-d'œuvre injustement ignorés qui avaient progressivement vu se former de petites niches de lecteurs, se vendaient gentiment. J'ai aussi sorti les deux nageurs que je reprenais hardiment, ceux que j'avais perdus à l'expo de l'Entrance Art Gallery. Je travaillais nerveusement pour essayer de gagner les faveurs de cette toile.

« Ils sont vraiment magnifiques », a lâché une femme d'âge mûr en pantalon de tailleur gris, ce qui m'a fait sursauter. Je me suis retenu de lui crier d'aller se faire foutre.

« Ils sont à vendre, est intervenu Pablo, qui ne manquait jamais une occasion d'employer ses talents commerciaux.

— Pas du tout ! » ai-je protesté. J'essayais de ne plus me vendre au rabais. Et puis ce n'étaient pas de vraies œuvres : c'étaient des travaux funéraires qui devaient m'aider à me remettre de la perte des originaux.

« Vous êtes sûr que vous n'en vendriez pas un pour cent dollars ? » m'a demandé la Dame au tailleur. Avec sa coupe de *butch* et son costume de femme puissante, je l'ai immédiatement reconnue pour ce qu'elle était : un demi-dieu de l'outre-monde des semi-riches.

Pablo a rigolé. « Allez, Orlofsky, cent balles c'est plus que ce que Picasso demandait à ton âge.

— Madame, ai-je fait en me levant doucement pour étirer mes muscles depuis trop longtemps engourdis. Vous voulez savoir combien de temps j'ai passé sur ces peintures ? Vous voulez savoir combien de douleur et de peine il a fallu pour...

— Laissez tomber, m'a-t-elle coupé, de toute façon je préfère l'abstrait.

— Je prends cinq cents pour les deux », ai-je crié. Ce n'étaient que des imitations et loin de me rappeler les originaux, ils me faisaient penser aux deux personnes qui m'avaient dépouillé. Je comptais bien reprendre les Nageurs mais il fallait repenser toute la série.

« Je vous en donne deux cents. » L'enchère était lancée.

« Madame, ça ne couvrirait même pas le prix de la peinture », lui a dit Pablo. Elle s'est retournée pour repartir.

« Et deux cent cinquante ? » ai-je pathétiquement gémi. La seule idée de garder ces tableaux une seconde de plus me dégoûtait désormais.

« Les deux pour deux cent cinquante ? a-t-elle demandé pour confirmer.

— Tu ne peux pas faire ça, Or, est intervenu Pablo. Ils sont superbes ces tableaux.

— En liquide », ai-je précisé. Je ne vendais pas assez de livres et après avoir vidé mes cartes de crédit pour payer Shade, j'allais me retrouver avec environ vingt-cinq dollars en poche. Le démon habillé sur catalogue a disparu quinze minutes le temps de trouver un distributeur puis elle est revenue avec ses espèces sonnantes et très puissantes.

« Si vous avez des toiles abstraites, je serais très curieuse de les voir. » Elle m'a glissé sa carte de visite. Ms. Camilla Hennessy, clamait immodestement celle-ci, sans rien dire de sa profession. Elle a contemplé ses deux nouveaux tableaux. Je me demandais ce qu'elle voyait en eux.

« Comment vous vous appelez ? » a-t-elle insisté. Je ne les avais pas signés.

« Or Trenchant. Je vous rappellerai pour un barbouillage abstrait mais ça ne sera pas aussi bon marché. »

Après avoir décrété que j'avais « du talent », elle a attrapé un taxi et elle est repartie avec mes reproductions hâtivement réalisées.

« Je lui en filerai, moi, de l'abstraction », a dit Pablo en serrant ses gonades.

Même après avoir fini la journée avec une centaine de dollars de bénéfices, je ne regrettais pas d'avoir vendu les peintures. Trois cent cinquante dollars, ça faisait léger comme matelas, mais c'était mieux que rien.

Bethsheba est arrivée vingt minutes en retard. Je lui ai demandé de surveiller mon stand pendant que j'allais chercher le van et elle m'a aidé à charger mes livres. Nous avons roulé vers le sud avant de nous engager sur le pont sempiternellement en travaux de Williamsburg.

« Tu te souviens du tableau à l'expo d'Entrance Art, celui que je croyais que tu avais peint ? » ai-je demandé avec un sourire. J'étais encore un peu gêné de cette histoire.

« Oui, et ?

— Tu connais l'artiste ?

— Ouais, c'est Adele.

— Elle ressemble à quoi ?

— Je ne me souviens plus. » Elle a marqué un temps. « Ça veut probablement dire qu'elle n'était pas jolie.

— Je pense qu'elle est belle, ai-je soupiré. Tu lui as déjà parlé ?

— Quelques mots, une fois. Je me souviens seulement qu'elle a un loft à Dumbo. Pourquoi tu me poses toutes ces questions ?

— Pour rien.

— Il t'a fait un truc son tableau hein ? » En plein dans le mille. « Il n'y a pas de honte à avoir. J'ai eu un coup de foudre le mois dernier à l'Armory. Tu te rappelles le cyber-paysagiste, Gunter ?

— Oh non, pas l'immense tableau sans âme qu'il avait fait ! On aurait dit un morpion géant.

— Mon Dieu, je mangerais du Gunter tous les jours », s'est-elle pâmée.

Nous étions au milieu du pont quand j'ai commencé à le sentir : il se passait quelque chose d'atroce dans les profondeurs de ma chétive transmission. Toute la puissance du moteur s'épandait sur le sol. Bethsheba s'en est vite aperçue. « Qu'est-ce qui se passe ?

— Il semblerait que nous rencontrions un léger souci technique », ai-je répondu en rétrogradant sous le concert des klaxons. Le van roulait maintenant à 15 kilomètres/heure. Je priais pour qu'on atteigne le sommet du pont et que l'on puisse ensuite profiter de la pente. Pendant que nous ralentissions, nous avons commencé à nous balancer d'avant en arrière, comme des enfants sur une balançoire géante.

« Qu'est-ce qu'on va faire ? a demandé Bethsheba tandis que le van s'immobilisait.

— Prends le volant », lui ai-je dit avant de sauter. La voiture qui nous suivait était un pick-up puissant. Le conducteur, un gars à l'air sportif avec une casquette des Mets, m'a regardé avec un air complètement ahuri quand, l'épaule contre le pare-chocs, j'ai entrepris de pousser mon estafette vers le sommet de la côte.

« Remonte », a-t-il lancé sur un ton de légionnaire. Il a collé le pare-chocs de son monstre contre mon épave. Je me suis précipité dans l'habitacle et j'ai repris le volant à la pauvre Bethsheba. Le pick-up nous a poussés sur les derniers mètres qui nous séparaient du sommet du pont, puis nous avons pu poursuivre en roue libre. J'ai bifurqué vers la sortie puis nous avons continué de rouler dans la vieille rampe en colimaçon. Le moteur a alors miraculeusement guéri et j'ai pu atteindre la Pomegranate Gallery sur Bedford Avenue.

« D'abord je me fais renverser par une voiture, puis on tombe en rade. Franchement, tu portes malheur, Or. La prochaine fois que je te vois, je prévois une combinaison rembourrée et un parachute », a plaisanté Beth.

Nous étions tous les deux soulagés d'avoir traversé le fleuve.

« Alors où est-ce que je te balance ? lui ai-je demandé.

— Je croyais que tu allais me nourrir.

— On peut laisser tomber cette partie ? Je suis un peu juste.

— D'accord. Ici, c'est bien. » Elle est descendue à deux rue de ma destination. Je lui ai fait une bise et je suis allé me garer un peu plus loin.

J'ai attrapé mon dernier portrait des pêcheurs latinos de East River Park avant de fermer mon van, puis je suis allé à la Pomegranate Gallery. Et quand je suis entré, qui était en train de passer ses dessins minimalistes à la propriétaire des lieux : Bethsheba en personne.

« Mais qu'est-ce que tu fous là ? ai-je demandé, sous le choc.

— Oh mon Dieu, toi aussi tu fais partie de l'expo ? » a-t-elle répondu avant d'éclater de rire. Elle était rouge comme une tomate. « Mais quelle lamentable paire de rapias on fait !

— Pas un pour rattraper l'autre », ai-je ajouté à cette observation sévère mais juste. Persephone, la galeriste, a pris nos œuvres respectives en nous demandant si nous étions assurés. Beth l'était, moi non. Après nous avoir exposé le calendrier et les détails financiers, Persephone nous a fait signer nos contrats puis nous sommes repartis.

Il y avait un petit resto mexicain quelques rues plus loin. On a pris deux burritos au porc à emporter et deux Corona. Bethsheba nous a fait marcher quelques blocs vers l'ouest puis vers le nord, dans des rues désertes et austères où nous croisions de temps en temps des traînards d'une vingtaine d'années. Au dernier pâté de maisons, parallèle au fleuve, nous sommes passés devant des aires de chargement et des entrepôts abandonnés, notre repas à la main. Je n'étais pas forcément rassuré.

« Et si on allait plutôt manger dans mon van ? ai-je proposé.

— Fais-moi confiance », m'a-t-elle dit alors que nous approchions d'un trou dans le grillage. Bethsheba en a écarté les deux pans, nous nous sommes faufilés par l'ouverture et nous avons traversé une étendue de béton projeté. On aurait dit les fondations d'un ancien entrepôt titanesque. Au milieu de l'esplanade se dressait la sculpture métallique d'un monstre assemblé par un artiste anonyme. Sa tête était un poste de télé.

Quelques Mexicains se trouvaient sur le terrain vague. Ils se lavaient. Bethsheba m'a conduit à la rive contre laquelle l'East River clapotait doucement. Elle s'est assise sur les restes d'une ancienne jetée en bois pourri. Elle a sorti son burrito et sa bière de son sac. Je me suis assis à côté d'elle et je l'ai imitée. J'ai mangé en contemplant la vue. Plus je regardais de l'autre côté de l'eau, plus Manhattan me semblait proche. Autrefois surnommée Hell Gate, la « porte des enfers », l'East River n'était en fait pas du tout un fleuve mais un chenal reliant le détroit de Long Island aux Narrows. Je ne pouvais m'empêcher de me dire que je pouvais traverser facilement cette petite étendue d'eau à la nage pour regagner Chinatown.

« Je suis un bon nageur, ai-je déclaré à Bethsheba, et le fleuve est assez paisible. Il y a cinq ans, j'ai fait la Gallagher Cup. C'était une course en eau vive autour de Manhattan, 45 kilomètres avec un départ de Battery

Park. Ça doit représenter cinquante fois cette distance et il y avait du vent et des vagues d'un mètre cinquante.

Tu déconnes.

— Pas du tout. Je me suis inscrit pour la refaire il y a deux ans mais ils ne prennent qu'une douzaine de concurrents et je n'ai pas été sélectionné.

— Ça ne t'a pas inquiété d'avoir de l'eau dégueulasse qui te contaminait par tous les trous ?

— Elle n'est plus si sale. Avec les Chelsea Piers, il y a une plage de sable sur l'Hudson à hauteur de la Vingt-Troisième Rue.

— Avec la chance que j'ai, je me ferais sans doute taper par un ferry ou bien je gèlerais. »

J'ai plongé la main dans l'eau. Elle devait être à vingt degrés.

« Elle n'est pas si froide. Je nageais jusqu'en novembre avant. Je te jure que je pourrais aller jusqu'à Corlear's Hook.

— C'est où ?

— Tu vois la partie un peu plus basse au bord de l'eau ? ai-je demandé, le doigt pointé vers Manhattan. Ça s'appelle Corlear's Hook. »

Les haricots, le riz et le porc étaient délicieux. La sauce n'était pas trop pimentée. Il faisait doux, il y avait une légère brise. On entendait au loin une radio qui passait « Bizarre Love Triangle ».

Après notre festin, nous avons regardé le soleil descendre lentement. Le ciel donnait l'impression de passer au-dessus de nos têtes comme un perchiste. La lumière qui perçait les nuages créait un prisme qui allait du coquillage clair au rose poudré. Alors que notre planète porteuse de montagnes et d'océans nous faisait tournoyer à un millier de kilomètres/heure dans le sens inverse des aiguilles d'une montre, les piliers invisibles qui soutenaient la voûte céleste semblaient s'enfoncer dans les eaux. Le bleu pâle tirait sur le violet à mesure que le jour mourait. J'essayais d'imaginer le dernier instant de la planète quand, dans des milliards d'années, cette ligne d'horizon disparaîtra dans une supernova.

« Je pourrais tuer pour peindre avec ces couleurs », a soupiré Bethsheba. Elle avait raison. Même le plus grand artiste ne pouvait espérer mélanger des teintes s'approchant de la beauté de ce coucher de soleil.

Quand le spectacle pyrotechnique s'est terminé et que le bleu sombre a envahi le vide infini, Bethsheba s'est rapprochée pour qu'on se tienne chaud. J'ai passé mon bras autour de son épaule et je me suis blotti contre elle.

« Dis donc, coquin », a-t-elle dit quand j'ai passé la main sur son chemisier gonflé par le vent. J'ai posé mes lèvres sur sa douce nuque. Elle s'est tournée vers moi et nous nous sommes embrassés délicatement. Au bout d'une vingtaine de minutes, elle a ouvert ma braguette, a posé sa tête sur mes cuisses et a commencé à me sucer.

« Retournons au van », ai-je suggéré, moins effronté qu'elle.

On a marché environ quinze minutes jusqu'à ma maison sur roues. Seulement, il m'a fallu une demi-heure de plus pour déplacer les cartons et réarranger le bordel. J'ai fini par libérer assez d'espace pour dérouler le matelas en mousse. On s'est étendus et on a recommencé à s'embrasser et se caresser. Ses cheveux, ou plus exactement son shampoing, avaient une odeur de pomme granny. Je ne pouvais plus m'arrêter de l'embrasser. Elle a retiré son jean serré et là, sur la fesse droite de son incroyable cul rebondi comme une poire, sous un petit tatouage de cupidon, j'ai découvert un énorme hématome bleu-noir.

« Oh putain ! C'est la voiture qui t'a fait ça ?

— Ouais, mais ça ne fait pas trop mal. » J'ai déposé un délicat baiser sur son bleu et on a repris à partir de là.

On a entendu un groupe de jeunes qui passaient à côté de nous et Bethsheba a dû se retenir de rire. Quand ils se sont éloignés, elle a murmuré : « On dirait presque qu'ils sont ici avec nous.

— Je peux aller me garer dans un coin plus tranquille si tu veux.

— Oh non ! Ça me plaît ici. »

L'instant d'après, c'était parti, on s'envoyait en l'air des bêtes, rebondissant sur le matelas et mettant au supplice les vénérables amortisseurs de mon van. On a encore entendu des pas et des voix mais ça n'a pas empêché Beth de crier « *Baise-moi !* » de toute la force de ses puissants poumons.

Puis, couverts d'une pellicule de sueur nous sommes restés étendus, rafraîchis par l'air tiède de Williamsburg. Il y avait une lumière magnifique et je savais que c'était là la plus grande joie de la jeunesse. J'ignorais les millions de personnes pour qui la vie était sans doute meilleure que la mienne et je pensais aux milliards d'autres pour qui elle était pire et qui m'auraient envié à cet instant. Beth a interrompu le flot de mes pensées.

« Qu'est-ce que c'est ?

— De quoi ? » Elle désignait le châssis de train que j'avais peint sur le plafond un soir d'ivresse et que je regrettais désormais.

« C'est le dessous d'un wagon, ai-je expliqué succinctement.

— Un wagon genre tchou-tchou le petit train ?

— Un wagon de métro », ai-je répondu d'un ton las. Je n'avais pas envie d'en parler.

« Ah oui, c'est le... Tu es... » Elle s'est tue. Elle se souvenait de ce qu'elle avait entendu dire et elle savait que je ne voulais pas en parler. Elle m'a regardé, sans doute pour vérifier si j'étais en colère ou si je souffrais d'un syndrome de stress post-traumatique quelconque. Elle m'a serré dans ses bras et, tendant la main, s'est mise à jouer avec mon pénis. L'instant d'après, on remettait le couvert. Cette fois-ci, plutôt que de courir après l'orgasme, on a baisé lentement pendant deux heures avant d'accélérer et de jouir tous les deux. Puis elle a tiré le drap sur nous. Je me suis dit que si June m'avait appelé, je n'aurais jamais fait ça.

# 6

Il y a deux qualités indispensables pour faire un artiste sérieux : une esthétique intéressante et un trauma profond. La première est : une méthode ; la deuxième : une raison de peindre.

J'aimais l'art depuis l'époque où j'étais un petit gamin maigrichon. J'avais été accepté à la High School of Music and Art quand elle se trouvait encore à l'angle de la Cent-Trente-Troisième et de Convent Avenue, avant qu'elle migre vers *midtown*.

Un matin, à l'heure de pointe, j'attendais distraitement le train express sur le quai bondé quand j'ai vu les deux petits phares de l'IRT 2 approcher. Je ne me rappelle pas avoir pensé quoi que ce soit jusqu'à ce que mon corps se retrouve soudain éjecté, seul, de la masse de membres et de torses de mes frères voyageurs. J'ai été propulsé vers l'avant et j'ai atterri un mètre et quelques plus bas. Je me suis retrouvé allongé sur le dos, encadré par deux rails lumineux, juste devant le train qui entrait en gare. Au moins un millier de personnes, sur mon quai et sur celui d'en face, ont assisté à la scène. J'aurais vraiment aimé voir la tête du conducteur. Quelle expression passe sur votre visage au moment où vous comprenez que vous allez écraser un ado ? Des bras, des jambes, des organes éparpillés. J'ai essayé de peindre cette vue sous tous les angles. Le détail dont je me souviens le mieux, c'est la terreur. Les yeux levés depuis l'étroite petite gouttière d'eau souillée qui baptisait mon corps, j'ai vu défiler le ventre métallique et graisseux du train. Je me souviens d'un premier wagon. Puis d'un suivant. Puis d'un autre. Et d'encore un autre. J'en étais à me demander quand se terminait ce train infini, quand il a enfin freiné dans un immense crissement.

Hurlements, cris, glapissements hystériques.

« Oh mon Dieu ! Oh non ! Mon Dieu ! » Et puis, « Où il est putain ? Est-ce que quelqu'un voit le corps ?

— Il est là ! En dessous ! »

Des corps sont descendus tant bien que mal sur les voies.

« Oh mon Dieu ! Il bouge !

— Tu es vivant ? » ai-je entendu. Un type sur la voie voisine me regardait entre les roues d'acier, dont j'ai appris par la suite que chacune pesait trois cent cinquante kilos.

« Ouais, ai-je soufflé.

— Reste allongé ! Ne te redresse pas et ne bouge pas, tu peux encore te faire électrocuter. »

Un filet d'eau fétide a coulé au centre des rails répugnants. Je ne m'étais même pas rendu compte que je m'étais fait dessus.

Soigneusement, lentement, on m'a extirpé de ma cage d'acier électrifié de cinquante centimètres de haut.

« Est-ce que quelqu'un t'a poussé ? » m'a demandé un type costaud avec un talkie-walkie. J'ai haussé les épaules.

« Tu n'as pas essayé de te suicider, si ?

— Je ne sais pas, ai-je répondu, en tremblant comme une feuille.

— Tu ne sais pas quoi ? a demandé un autre gars.

— Je ne sais pas si quelqu'un m'a poussé. On m'a poussé, mais je ne sais pas qui c'était, ni si c'était un accident. » Je ne pouvais plus m'arrêter de trembler.

« Du calme, petit. Respire doucement. Tu es sous le choc. »

Un flic est arrivé en parlant dans son émetteur radio. Un grand mec en chemise blanche et parka bleue m'a fait asseoir sur un banc en bois et a évacué le quai. Le trafic a été totalement interrompu. Une ambulance est arrivée, on m'a attaché à un brancard et emmené à l'hôpital.

J'ai appris plus tard que le métro m'avait touché. Un élément m'avait ouvert une plaie au bas du ventre. J'avais aussi la clavicule cassée mais les médecins supposaient que c'était à cause de la chute.

Pendant toute une période, je me suis régulièrement réveillé en pleine nuit parce que j'avais rêvé qu'un train me passait dessus. Mais au moment où c'était arrivé, quand j'avais regardé les roues et les essieux de cette machine gargantuesque, j'avais eu l'impression de me faire avaler, que je passais dans l'œsophage strié d'un Léviathan d'acier. Peut-être que ce qui s'approche de l'expérience du Jugement dernier, c'est le fait même de croire que ça va se produire. Et à l'instant précis où le train m'est passé dessus, je me suis dit que Dieu n'était plus très loin.

Ce châssis de métro, qui était resté gravé dans ma mémoire et que j'avais peint une décennie plus tard, a été ma première grande œuvre d'art. J'en ai fait une série de longues toiles étroites que j'ai accrochées au mur comme une suite de wagons.

C'est Cali qui les a vues la première. On avait été présentés et elle est venue dans mon atelier. Elle m'a à son tour introduit auprès d'un ami influent qui a parlé de moi à un marchand prestigieux. Il les a exposées dans une grosse galerie de Soho. C'était il y a environ huit ans, avant que les dernières grandes galeries soient délocalisées à Chelsea. Les toiles se sont vendues trois mille dollars par wagon. Quelques jours avant le vernissage, une femme avait été poussée sous le R par un sans-abri psychotique, ce qui m'avait fait de la pub. J'avais par la suite eu droit à des papiers dans les principaux magazines d'art. « Une vision audacieuse et obsédante de l'enfer mécanique », avait écrit Rodney Helix dans *Artful*.

Tout le monde avait lu ces articles sur l'artiste qui était passé sous le train, avait survécu et l'avait peint. Quand votre première exposition est un franc succès, un petit nombre de personnes attendent de grandes choses de vous, mais j'ai bientôt appris que la plupart espèrent surtout vous voir retomber sur votre cul.

Même si j'ai eu l'impression de produire d'autres œuvres qui se tenaient, rien de ce que j'ai fait par la suite n'a jamais été aussi accrocheur ou pertinent. Et plus rien n'a donc jamais été aussi bien accueilli que ma première exposition. À la deuxième puis la troisième, seules quelques pièces se sont vendues. J'ai perdu le droit de faire des expos solo dans une galerie branchée et j'ai récolté l'abominable stigmate du loser. Revenant aux sources de mon inspiration, j'ai même fait une expo pathétique autour de différents aspects du métro : un tourniquet, une cravate, des phares, des tunnels, une foule au bord du quai. Mais l'originalité et l'intensité s'étaient évanouies. Les critiques les plus cruelles ont parlé d'auto-caricature.

Il y a quelques années, j'ai appris que l'un de mes wagons avait été revendu pour dix mille dollars à un cabinet d'avocats spécialisé en droit des sociétés. J'étais complètement fauché à l'époque. C'est à ce moment-là que j'ai recopié de mémoire la toile sur le plafond de mon van. C'était ma chapelle Sixtine : mon seul souvenir de l'attente avant mon rendez-vous avec Dieu.

Allongé, Beth endormie contre moi, je savais que j'avais ce qu'il fallait pour « faire un comeback ». Il ne me restait qu'à le prouver au reste du monde. Alors que je regardais le ventre du train dessiné au-dessus de ma tête, je me suis rendu compte que c'était cette première expo qui m'avait foutu dedans. Comment pouvais-je espérer peindre un jour quelque chose d'aussi exubérant, effrayant, authentique ?

Bethsheba m'a réveillé vers 9 heures et demie le lendemain. Assise sur le bord du matelas, elle était déjà rhabillée et prête à partir.

« Je te raccompagne, ai-je bafouillé.

— Or, quand ta camionnette bringuebale, je veux bien être la bringue que t'emballe, a-t-elle plaisanté, mais plus jamais je roule dans ce kart géant.

— Mais normalement…

— Il y a le G à deux pas d'ici. » Alors qu'elle marchait à quatre pattes vers la porte, elle m'a demandé : « Je te revois quand ?

— Il y a la foire de Dumbo ce week-end, on pourrait y aller ensemble ?

— Super, appelle-moi en fin de semaine. »

Elle m'a embrassé tendrement sur la bouche et a descendu la Metropolitan Avenue vers la station du G. Mon espoir secret, c'était que June appelle, que je lui pardonne et que je sois forcé d'annuler ma sortie avec Beth.

C'était le jour de mon échange loyer-contre-clés avec Shade. J'ai fait quelques tours dans Williamsburg pour donner du courage à mon moteur puis j'ai remonté à toute allure la rampe qui menait au pont. Le valeureux petit tacot a cahoté mais sans trop protester. Alors que j'arrivais au pinacle du pont, j'ai jeté un coup d'œil nerveux vers l'East River. Il y avait beaucoup de courant. Entre une barge qui allait vers le sud et un remorqueur qui mettait cap au nord, j'ai cru voir sortir de l'eau la tête d'un nageur qui luttait contre les flots. Je l'imaginais très clairement, battant des pieds et tirant sur ses bras entre les bateaux, glissant héroïquement sur les eaux houleuses en direction de la grande ville.

Une soudaine salve de klaxons m'a fait me rendre compte que je zigzaguais. Au moins la transmission fonctionnait toujours.

Le van avait l'air en moyenne forme. Dans la descente, même pied au plancher, je ne dépassais pas les 60. Quelques minutes plus tard, je me suis garé, j'ai retiré tout mon pognon à un distributeur et je me suis assis parmi les toxicos sur les bancs de Allen Street Malls.

En scrutant leurs visages hagards et tirés, je me suis souvenu que j'avais vaguement accepté d'en peindre plusieurs portraits. Leurs corps semblaient pulvérisés par la drogue. L'héroïne et les autres substances leur avaient fait passer le mur du son, jusqu'à ce que leur propre mortalité enfonce le frein des deux pieds. Résultat, tout chez eux paraissait avoir traversé le pare-brise. Leur ventre et leurs cuisses, autrefois maigres, se transformaient finalement en masse graisseuse. Leurs lèvres décharnées étaient striées de cicatrices. Il leur manquait des dents. Ils avaient les yeux et les joues enfoncées. Leurs peaux, pâle et ridée, semblaient sécréter en permanence une profusion de sueur.

Au bout d'un moment, un groupe du programme d'échange de seringues est arrivé et a monté son stand. Les morts-vivants se sont alignés. Les drogués donnaient leur mot magique et déposaient leurs vieilles aiguilles dans une boîte pour en récupérer de nouvelles. Au milieu de cet enfer, une vision m'est apparue : Rita, Notre Dame de la Seringue. Élancée, lumineuse, avec ses grands yeux, elle apparaissait plus belle à chaque visitation.

C'était un ange des temps modernes. Sa peau brillait. Des éteules de cheveux blonds pointaient sur son crâne rasé. Elle avait un corps grand et fin. Je l'ai regardée distribuer ses petits kits de préparation de drogue.

« Merci, Rit, t'es un amour », lui a dit l'un des habitués. Il lui suffisait d'oindre leurs plaies et instantanément ils étaient guéris. Un autre a doucement murmuré une question.

« Luke, a-t-elle crié, c'est à quelle heure la réunion des Narcotiques Anonymes de la Vingt-Troisième cette semaine ?

— Je ne sais pas, a répondu un associé boutonneux. Je crois que c'est Sam qui a le planning. »

Son innocence qui n'avait rien d'innée et son sourire hésitant donnaient presque l'impression qu'elle s'excusait d'être aussi parfaite. Elle laissait régulièrement échapper un petit rire qui disait « hé, je suis comme vous les gars » à ces lamentables créatures. Toute la scène avait quelque chose de triste et d'un peu drôle. Puis elle a soudain lancé : « Hé, le peintre arménien, ça roule ?

— Nickel. Tu as réfléchi à ma proposition de poser pour moi ?

— Tu sais, dans le secteur j'en croise pas mal des soi-disant artistes qui pensent surtout à tremper leur pinceau, m'a-t-elle dit en s'approchant. Montre-moi ce que tu fais et j'y réfléchirai.

— Ça marche. »

Bientôt, les seringues furent dûment échangées et les bons samaritains s'apprêtaient à repartir. Tels les lutins du Père Noël, ils se dépêchaient de préparer la suite de la tournée. Rita a été la dernière à traverser la rue, en courant, et elle a manqué de se faire renverser par un camion. C'est à cet instant que je me suis rappelé d'où je la connaissais. Je l'avais vue à une soirée quelques années plus tôt. Elle était avec cet enfoiré de Victor Oakridge. C'était à un banquet pour une œuvre de charité. Elle avait de magnifiques cheveux blonds et portait une robe de cocktail sans bretelles. Elle avait même de longs gants blancs qui lui remontaient jusqu'aux coudes. Elle ressemblait alors à une débutante qui faisait ses premiers pas dans le grand monde. Mais qu'est-ce qu'elle foutait là aujourd'hui ?

Quand Shade est arrivé quelques instants plus tard, il m'a doucement attrapé par le revers de ma veste et m'a conduit à son immeuble.

« Où est-ce qu'on va ?

— J'ai un boulot pour toi. »

Des piles et des piles de toiles, de cartons et d'autres merdes encombraient son palier. Il a poussé la porte, découvrant un espace vide, éviscéré. La plupart des étagères métalliques avaient été démontées. Il ne restait que le sol couvert de peinture et le plafond partiellement ouvert.

« Où sont passés tous tes tableaux ?

— Ils sont empilés sur le palier, m'a-t-il expliqué. Je veux que tu les jettes quand tu prendras possession des lieux. Ce sera le jour des encombrants.

— Mais pourquoi tu voudrais que je fasse une chose pareille ? ai-je demandé, flairant une blague.

— Mon jeune ami, il vient un moment dans la vie où il faut ouvrir les yeux sur ce que l'on est et ce que l'on n'est pas. Je n'ai pas tout bazardé. Je garde mes meilleures œuvres, mais jusqu'à présent je conservais tout en me disant que le jour où je serais découvert, il y aurait quelqu'un pour s'intéresser à l'ensemble de mes archives. Mais qui y croit maintenant ? Je suis cuit. Je ne sais pas comment je passerai à la postérité, mais ce que je suis maintenant, je le resterai.

— T'en sais rien, ai-je dit pour le rassurer. Qui est capable de se juger soi-même ?

— Non, non, c'est rien. Je ne suis pas au fond du seau et je ne vais pas me foutre en l'air, mais regarde toute la place que prenait l'espoir. L'espoir était devenu mon amant toxique. Je sais que je continuerai de créer et de vendre quelques pièces mais j'ai décidé d'échanger toute cette vaine espérance contre le grand loft que je n'avais pas revu depuis des années. Ça va me rendre la vie plus facile. »

C'était un marché bien triste mais juste. Contrairement à Shade et aux artistes de sa génération, je ne pourrais jamais me payer un espace de stockage à bas prix. Sans-abri motorisé, je ne pouvais conserver que quelques pièces de mon œuvre enroulées dans mon van.

« Shade, je voulais te dire que je suis vraiment très reconnaissant que tu me laisses ton loft.

— N'en abuse pas non plus. Tous mes biens matériels se trouvent ici. Assure-toi qu'ils soient toujours là à mon retour. » Je lui ai dit de ne pas s'inquiéter et j'ai sorti mes billets.

« Au fait, je n'ai pas besoin d'ajouter un dépôt pour le téléphone et les charges, si ? m'a-t-il demandé.

— Pas du tout, l'ai-je rassuré.

— Tu m'as toujours semblé réglo, Or, donc je pense que ce n'est pas la peine de te prévenir que si tu me la fais à l'envers, je te retrouve et je te brise la nuque. » Il a abattu son énorme main sur mon épaule, comme pour me rappeler sa force herculéenne.

« Pas besoin de me le dire », ai-je confirmé. En dehors de June, il n'y avait guère que moi que j'avais baisé au cours de ma vie.

Il m'a donné un ou deux numéros à appeler en cas d'urgence, puis m'a dit que je devais lui prendre son courrier en bas et le laisser dans un carton près de la porte d'entrée. Il attendait une lettre d'un marchand et des chèques de collectionneurs. Quand les factures de téléphone et d'électricité arrivaient, je devais les payer pronto.

« La plupart des résidents de l'immeuble sont chinois, a poursuivi Shade. Ils ne te regardent pas et ne te parlent pas. Tu ne les regardes pas, tu ne leur parles pas. » Puis il m'a conduit dans un couloir où nous avons croisé un couple de Chinois. Le mec devait avoir la cinquantaine, il avait d'épais cheveux noirs méticuleusement peignés vers l'arrière. Il était grand et maigre et avait l'air mauvais. Sa jeune copine ne devait pas avoir plus de vingt ans. Elle gardait les yeux rivés au sol.

« Lui c'est Hong Kong Don Juan, a dit Shade après qu'on les eut croisés. Il a une poule différente chaque soir. Que des ados.

— Il pourrait peut-être me filer des conseils.

— C'est un sale petit enculé. Tu lui adresses pas la parole. »

On a débouché sur un escalier de secours extérieur.

« Pour les déchets. Il faut les balancer dans ces bennes et surtout, tu remets toujours le couvercle parce qu'il y a encore plus de gaspards que de grains de riz dans ce quartier, facilement une centaine par habitant. » Apparemment, les Chinois ne signalaient jamais les rats, dont la population ne cessait de grossir.

Alors qu'on descendait l'escalier, j'ai découvert sur le dernier palier un gros monolithe gris de pierre sale d'un mètre de large pour un mètre vingt de profondeur. En grattant des années de pollution et des couches de crasse, j'ai compris que c'était un bloc d'albâtre blanc. Je n'ai jamais été fort en maths mais il devait peser une tonne au moins.

« Quelqu'un m'a filé ça il y a trente ans, a commenté Shade.

— Tu sculptes ?

— Autrefois oui. Des petites statues, quand j'étais plus jeune. Je voulais réessayer. J'ai toujours mon maillet et mes ciseaux en haut. Le type qui me l'a déposé me l'a donné comme avance pour une sculpture que je devais lui faire. »

Ça avait dû coûter au moins deux mille balles de transporter un bloc pareil jusque-là. J'avais suivi un cours de sculpture à la fac, j'avais bien aimé faire apparaître une nouvelle forme abstraite en taillant dans une autre.

« Alors pourquoi tu ne l'as pas fait ?

— J'ai essayé, a-t-il grogné. C'est une foutue tannée. »

J'ai remarqué quelques encoches anciennes laissées par son ciseau. Le *David* de Michel-Ange avait été taillé dans un bloc de marbre abandonné par un autre sculpteur parce qu'il était trop dur.

Shade m'a ramené devant l'immeuble. Je l'ai remercié et je suis remonté en van jusqu'à la Quatrième Rue, où j'ai installé mon stand entre un immigré d'Europe de l'Est qui vendait des hot-dogs et un immigré africain qui fourguait de l'encens. Entre la bouffe et les senteurs aromatiques, la littérature était à la peine.

Sur cent personnes qui passaient, une prenait un livre pour regarder le prix et sur le lot, environ une personne sur dix achetait quelque chose. J'ai dessiné différentes perspectives et vues de corps immergés dans l'East River : nage indienne, dos crawlé, brasse. J'ai enfin trouvé un angle qui semblait marcher et j'ai commencé mon esquisse sur la toile. Mais au bout d'un moment, j'ai eu du mal à me concentrer.

En regardant passer une rafale de jeunes étudiants, j'ai repensé à ma nuit avec Bethsheba. Son corps tonique et courbe était parfait, mais Bethsheba maintenait toujours une distance. Même quand elle baisait, elle conservait une forme de réserve émotionnelle.

Avec June, le sexe était un acte physique désespéré, une manière d'explorer plus profondément le mystère même de notre existence. Pendant des heures après l'amour, je retrouvais bon nombre de ses longs cheveux noirs sur moi et je sentais son goût, comme du chocolat musqué qui traînait en bouche. Quelque part au milieu de toutes nos frictions sexuelles, notre amour avait dû s'essouffler. Pour quelle autre raison m'aurait-elle trompé ? Comment avait-elle pu autant investir sur moi pour ensuite tout reprendre sans trembler ?

Je commençais à en avoir plein le cul d'attendre son appel. Tout au long de l'après-midi, j'ai été tenté de l'appeler, mais je me rappelais alors les dessins obscènes qu'elle avait faits. Les corps fins et sans visage entremêlés dans des actes innommables. Des images serrées de lui en train de l'envahir.

« Combien pour *Cent Ans de solitude* ? » m'a demandé un vieil homme esseulé.

Des larmes me sont montées aux yeux quand je lui ai dit qu'il coûtait trois balles. Lentement, tristement, les livres se vendaient.

À 17 heures, j'en étais à cent trois dollars de recettes. NYU, cette usine de conditionnement des cerveaux pour la jeunesse de Long Island, fabriquait depuis quelque temps un produit médiocre. Les étudiants étaient tout simplement moins curieux que la fournée précédente.

J'aurais habituellement gagné deux fois plus à cette heure de la journée. Le bilan était décevant.

*La dynastie des Forsyte de John Galsworthy* $7.00
*Le chat chapeauté de Dr Seuss* $6.00
*Vol au-dessus d'un nid de coucou de Ken Kesey* $3.00
*De grandes espérances de Dickens* $2.00
*Les frères Karamazov de Dostoievski* $6.00
*En liberté dans les champs du Seigneur de Peter Matthiessen* $4.00
*Picasso* $8.00
*Histoire de la décadence et de la chute de l'Empire romain de Edward Gibbon* $4.00
*Catch 22 de Jospeh Heller* $3.00
*Abattoir 5 de Kurt Vonnegut* $3.00
*Mêmes les cow-girls ont du vague à l'âme de Tom Robbins* $3.00
*L'aliéniste de Caleb Carr* $5.00
*La guerre des Salamandres de Karel Capec* $3.00
*Poésie complète de Thom Gunn* $8.00
*Flashman de George MacDonald Fraser* $5.00
*L'année des Français de Thomas Flanagan* $3.00

En réfléchissant à ce que j'allais faire de ma soirée, je me suis souvenu de l'invitation colorée envoyée par Ned. J'espérais secrètement que June irait et que l'on pourrait enfin se réconcilier, mais je ne voulais pas paraître trop désespéré. Vers 18 heures, comme les gens rentraient chez eux, j'ai empaqueté, replié et chargé mon matériel.

Une place s'est libérée sur la Cinquième Rue entre la Première et la Deuxième Avenue, près du Commissariat Numéro 9, et je me suis garé. J'ai fait une petite toilette au lavabo de l'Astor Riviera Diner et je me suis rasé. J'ai sorti ma tenue de vernissage : chemise blanche, pantalon noir, blazer marine aux boutons de cuivre luisants. Je suis ensuite allé attendre le F sur la Deuxième Avenue. J'ai jeté des pennies sur un gros rat qui filait le long des voies, jusqu'à ce que le train arrive : le dernier plaisir que l'on pouvait s'offrir avec un cent.

Le P.S.1 était une ancienne école primaire. Elle avait été dessinée comme toutes les écoles publiques de la ville bâties pendant la Grande dépression : de vastes halls avec des salles de classe en coursives. Avec tous les jeunes en chemise noire qui étaient là, on se serait cru dans un centre de formation pour les nombreux gamins qui tenaient tacitement lieu de service d'ordre dans les quartiers difficiles.

Au fond de quelques saladiers en verre traînaient des bretzels mous et des grains de raisin abîmés. Les trois inévitables cubis de blanc frais de quatre litres étaient déjà vides. Tous les légumes attendus étaient dans la salade.

J'ai rapidement parcouru l'assistance du regard sans voir June. Outre les riches collectionneurs que Shade surnommait « les buveurs en série », il y avait les vendeurs cinglés, les artistes timbrés, quelques critiques excentriques et les étranges esthètes kitsch. Les plus vieux paradaient dans les nippes froissées qu'ils avaient sorties des bacs de dons de l'Armée du salut. Les plus jeunes, eux, faisaient carrément peur. Dix ans plus tôt, aucun d'entre eux n'aurait osé porter autre chose que du noir. On croisait à l'époque plus de variété chromatique aux enterrements. Je me souviens de vernissages à Chelsea où j'étais le seul à ne pas arborer une tenue Agnès B anthracite.

Les mélanges colorés étaient désormais à l'ordre du jour : des crânes rasés selon d'étranges motifs avec des cheveux teints et une pilosité faciale créative. De grands chapeaux du théâtre kabuki se balançaient aux côtés de fez en velours rouges et de calots africains. Des chemises col Mao et des vestes Nehru trouvées dans des surplus militaires fraternisaient comme leurs éponymes n'avaient jamais su le faire. Des pantalons parachutes gonflés croisaient des culottes de cheval moulantes. Les hommes étaient soit androgynes, soit dans une panoplie de macho réac. Chez les femmes, c'était coupe à la garçonne ou frange. Je me demandais toujours comment ces spécimens rejoignaient ces vernissages sans se faire tailler en pièces dans les rues de cette ville sauvage où il n'y avait pas que la mode qui faisait des victimes. Un type avec un t-shirt sur lequel était écrit « L'Art Moderne, c'est chiant » m'a servi un verre de ginger ale tiède et plate.

Le t-shirt n'avait pas tort. L'art moderne était chiant, mais c'était aussi le cas de la majorité des films, livres, émissions de télé, restos et de la plupart des gens. Pourquoi l'art n'aurait-il pas reflété cet état de fait ? J'ai fait le tour pour contempler toute la médiocrité qui tapissait les murs : une photo d'une hôtesse de l'air fatiguée, les cheveux remontés en chignon, traînant sa petite valise dans une rue de New York embruinée, un dessin pixellisé à la Lichtenstein, un message bien trop intello en lettres noires façon Barbara Kruger (mais en raté), une photo d'un pigeon qui prenait son envol. Tout était subtilement ironique, sans craindre d'être chiant. Les expos comme celle-ci m'angoissaient : est-ce que toute mon œuvre, qui comptait tant à mes yeux, était aussi naze ? Aussi vide ? Aussi imitative ? À ce point dénuée d'originalité et de puissance ? Combien de mes tableaux faisaient réellement s'arrêter les gens ?

J'ai scruté la salle à la recherche de Barclay, le mini milliardaire, mais je n'ai repéré que Victor Oakridge, multimillionnaire aux bonnes manières qui avait récemment fait l'acquisition d'un loft avec clocher à Dumbo. J'ai décidé d'aller lui soutirer des infos sur la mystérieuse Rita. Alors que je m'approchais de lui, il m'a lancé d'un ton léger : « Ne t'en fais pas, Or, tu auras peut-être froid cet hiver mais tes tableaux seront au chaud. »

Comme Barclay, il avait acheté des œuvres à moi, notamment deux grands tableaux de wagons lors de ma première exposition. Un portable a alors tinté et tout un groupe s'est tu, le temps pour chacun de vérifier si c'était sa sonnette personnelle. On aurait dit une maman phoque essayant de reconnaître le cri d'un de ses petits. C'était le téléphone de Victor. J'ai été mis en attente pendant qu'il discutait.

Quelques mois plus tôt, pendant qu'il était au Paraguay, il nous avait gracieusement prêté, à June et moi, sa maison de plage octogonale sur Fire Island pour un week-end de trois jours caniculaire.

C'est à cette occasion que j'ai pu voir comment vivaient les vraiment riches et, franchement, j'ai été déçu. J'ai fouillé ses placards. Sa garde-robe était d'aussi bonne facture qu'on peut l'imaginer, sans être incroyable. J'ai jeté un œil dans le frigo. Il y avait des steaks Omaha congelés mais aussi du fromage en tranche. Dans le garde-manger, des chips Lay's et des cookies Pepperidge Farm. Pire que tout, ses CD et ses cassettes vidéos étaient désespérément communs.

Quand il a refermé son téléphone, je lui ai demandé : « Je sais que ce n'est pas très précis, mais est-ce que tu te rappelles un gala de charité, il y a un an ou deux, où je t'ai croisé au bras d'une belle blonde ?

— Les galas, c'est mon train-train, les blondes, c'est mon dada, a-t-il répliqué. Il va falloir que tu sois beaucoup plus précis.

— Elle s'appelle Rita. »

J'ai essayé de la lui décrire mais, après m'avoir écouté une minute, il m'a répondu : « Or, je ne vois absolument pas de qui tu me parles, désolé. » Puis il a disparu dans la foule.

« Est-ce que j'ai vraiment entendu que tu louais l'appart de Shade ? a glapi le critique Klein Ritter de sa voix diabolique.

— Je sous-loue pour la saison, l'ai-je corrigé.

— Ce tableau transformerait un hyperactif en narcoleptique », a fait Klein en regardant une toile. Puis, revenant vers moi. « J'adorerais jeter un œil à l'antre de l'homme des Highlands.

— J'ai promis de ne ramener personne.

— Quand est-ce que tu as eu ta première expo, Or ? »

Je lui ai répondu. Puis il a enchaîné sur une série de questionnements biographiques avant de me cuisiner sur mon art, mes principales séries, mes influences, mes plus gros acheteurs et le prix de différentes toiles que j'avais pu vendre.

« Mais pourquoi tu me demandes tout ça, Klein ? » Ses questions m'inquiétaient tout d'un coup.

« Je prépare un catalogue pour quelqu'un. » Avec n'importe qui d'autre, je me serais méfié, mais ce type était en plus un fouineur et un monsieur je-sais-tout. Quand il a fini par m'interroger, comme je pouvais m'y attendre, au sujet de l'influence que June avait eue sur mon œuvre, j'ai fait la grimace.

« Alors, j'ai entendu dire que ta belle avait ferré un sacré espadon », a-t-il cruellement enchaîné en penchant son verre à long pied vers ses lèvres minces, sans pour autant le boire. Il contenait du vin blanc et je savais que Klein conserverait ce demi-verre tiède toute la soirée, ne serait-ce que pour montrer qu'il était arrivé avant tout le monde.

« Elle traverse une phase, c'est tout, ai-je éludé.

— Tu crois vraiment que ce n'est qu'une phase ? » Un sourire diabolique s'est dessiné derrière son verre.

J'ai haussé les épaules. Il voyait bien que je n'avais pas envie d'en parler, ce qui le poussait à insister sur le sujet.

« Je sais que tu l'aimais… tendrement. Je le voyais dans tes yeux, m'a-t-il torturé. Vous sembliez inséparables tous les deux. »

Je ne crois pas que Ritter le faisait exprès. Il paraissait obsédé par la douleur. C'était de l'ordre de la névrose. Quand il sentait un point faible, il ne pouvait plus se retenir, il fallait qu'il tourne lentement le couteau dans la plaie.

« Tu as fait fleurir tout le potentiel de cette Latina. » Il avait une voix si douce et veloutée qu'elle semblait presque télépathique.

« Ça suffit. » J'avais vraiment envie de l'oublier et de me la sortir de la tête, ne serait-ce que pour la soirée.

Le paradoxe était que Klein était quant à lui très démonstratif dans ses souffrances. Par deux fois il avait pleuré dans mes bras pour une raison débile. Peut-être s'agaçait-il que personne d'autre n'étale ses douleurs aussi librement.

« J'ai l'impression que tu n'as pas entendu la nouvelle, Or, a-t-il poursuivi.

— Ils ont eu un ou deux rencards, et alors ?

— Or, mon pauvre ami, tu ne sais pas que ton exotique beauté va se marier ?

— Qu'est-ce que t'as dit ? » ai-je rugi. Puis, aveuglé par la rage, je l'ai serré à la gorge et l'ai plaqué contre le mur.

« *Non !* Arrête ! C'est vrai ! On a tous été invités ! » Il a renversé son verre sur sa chemise blanche.

Je l'ai relâché. Il s'est relevé péniblement, tout en ricanant.

Je me suis écarté du pervers arachnoïdien et je suis allé m'isoler dans un coin. Elle l'avait vraiment fait. C'était bel et bien fini. Je suis resté à regarder dans le vide jusqu'à ce que Ned s'approche.

« Je pensais que tu étais au courant, sinon je t'aurais prévenu.

— Apparemment je suis le seul à ne pas avoir été informé.

— Je ne veux pas te peiner, Or, mais pour tout dire ça m'étonne que tu le prennes comme ça.

— Comment tu veux que je le prenne ? La seule fille que j'aie jamais… » Je ne pouvais pas finir ma phrase.

« Elle m'a dit ce que tu as fait.

— Ce que moi j'ai fait ? Elle a couché avec ce blaireau et…

— Ce n'est pas ce qu'elle m'a raconté. Elle m'a dit que tu avais détruit ses tableaux parce qu'elle était meilleure peintre que toi. »

J'ai laissé échapper un rire qui ressemblait plus à un dernier souffle. « Et c'est aussi moi qui l'ai poussée à épouser son mécène ?

— Or, je ne veux pas me mettre au milieu de tout ça, mais elle m'a dit... » Il s'est soudain interrompu, comme s'il était allé trop loin.

« Tu crois vraiment qu'elle se marierait avec lui s'il n'avait pas d'argent ? » ai-je demandé. Il n'a pas répondu. « C'est bon, vas-y : qu'est-ce qu'elle a dit ?

— Bon, peut-être que c'était juste pour se venger, a-t-il prévenu.

— Je suis sûr que quoi qu'elle ait pu te raconter, c'était dans l'espoir que ça me revienne aux oreilles, alors vas-y, fais revenir.

— Elle a dit qu'elle n'avait vraiment pas couché avec Barclay. Du moins pas avant que tu détruises ses tableaux.

— Arrête. » J'affichais un sourire rageur. « Passe me voir un jour et je te montrerai ses confessions sexuelles. Elle m'a littéralement fait un dessin.

— Comme je te l'ai dit, peut-être qu'elle ment, et je ne veux vraiment pas en rajouter mais...

— Mais quoi ? Crache le morceau !

— Elle dit que ces dessins remontaient à plusieurs mois avant tout ça, qu'ils étaient inspirés d'un roman porno ou d'un truc qu'elle lisait. »

Je me suis figé à l'idée que j'aie pu me tromper mais je ne me rappelais pas l'avoir jamais vue lire un roman porno, ou même un roman tout court.

« Écoute, j'ai eu tort de faire ce que j'ai fait, mais elle t'a bourré le mou. »

Ned devait me laisser parce qu'un peintre du genre dandy se plaignait auprès d'un employé parce que son œuvre était « mal orientée », c'est-à-dire accrochée à l'envers. Je l'ai félicité pour sa super expo et j'ai fui vers la ville. De retour à Chinatown, j'ai acheté une mignonnette de Stoli, puis j'ai trouvé une place de stationnement dans une rue sombre, sous le trafic hurlant du pont de

Manhattan. C'était une nuit chaude et humide pour un début octobre. Allongé sur mon sac de couchage, les yeux tournés vers la peinture du train qui me passait dessus, j'entendais la pluie tomber sur le toit de mon van. J'ai bu ma vodka, redoutant que June ne m'ait pas trompé. Était-il possible qu'elle dise vrai ?

Le plus probable, c'était qu'elle m'avait piégé. Je lui avais dit que j'étais jaloux. Je la soupçonnais déjà de coucher avec ce fils de pute. Il était donc facile de me faire tomber, comme par hasard, sur les dessins incriminants et de me faire péter un plomb. Elle pouvait ensuite nier qu'il s'agissait d'autre chose que d'esquisses osées puis me quitter pour lui – et même l'épouser – ce qu'elle avait toujours compté faire de toute façon. Sauf que maintenant, elle avait tout loisir de raconter à qui voulait l'entendre que c'était moi le monstre et que je l'avais poussée dans les bras de Barclay.

La Stoli commençait à se diffuser dans mon organisme et à me donner chaud, j'ai donc ouvert la porte arrière. La bruine continuait de tomber et j'avais l'impression d'être en feu. La rue était déserte. Je suis sorti, nu, avec ma bouteille de vodka, et je me suis assis le cul à l'air sur un perron. La pluie tombait et je doutais de tout.

J'ai d'abord pensé à toutes les causes de foirade envisageables : sa pauvreté, la mienne, la richesse de ce type. Puis je me suis mis à m'en vouloir : si seulement je lui avais montré les dessins et que je l'avais laissée s'excuser, si seulement je l'avais vue quand elle était venue à mon stand, ou si je l'avais appelée après. Puis, légèrement ivre, je me suis aperçu que si quelqu'un peignait la scène – un homme au cœur brisé, assis nu sur un perron, une bouteille de vodka à moitié vide à la main – ça aurait donné une croûte facile empreinte de mélancolie. Curieusement, j'avais beau avoir perdu ma gonzesse, être à moitié bourré et trempé par la pluie, je me sentais plutôt bien.

# 8

Le lendemain matin, j'ai été réveillé par une secousse provoquée par quelque chose qui cognait contre mon van. Ce n'était qu'un petit choc, à l'avant. Je me suis levé d'un bond pour découvrir qu'une dépanneuse venait de se coller contre moi. L'opérateur sortait les chaînes pour m'attacher. Ivre, j'avais oublié que j'étais garé sur une place livraison.

Nu comme un ver, j'ai sauté à l'avant et j'ai mis les gaz. L'autre enfoiré a frénétiquement essayé de glisser le bras sous mon van pour s'accrocher à un de mes essieux. Je l'ai entendu m'insulter pendant que je filais. J'avais encore l'amende de cinquante-cinq dollars sur le pare-brise. S'il m'avait accroché, ça aurait été terminé pour moi.

Après ce début de journée prometteur, je suis allé sur la Quatrième Rue et j'ai trouvé un super emplacement pour mon stand, juste en face de la Bobst Library. C'était mon jour de chance. Je me suis habillé et j'ai déchargé six cartons de livres. Bizarrement, aucun autre bouquiniste n'était encore arrivé, je n'avais donc aucune concurrence. Mais ça voulait aussi dire que je n'avais personne pour surveiller mes livres et que je ne pouvais donc pas encore garer mon van. Ceci étant, les affaires tournaient et j'ai vendu six bouquins avant même d'avoir fini de déballer.

Ce n'est qu'une demi-heure plus tard, alors que j'avais pratiquement fini d'organiser ma table, que j'ai vu s'amonceler les premiers nuages gris. Je n'avais pas pris le temps de regarder la météo de la journée, ce qui est toujours une erreur. Au moins, je ne voyais passer aucune contractuelle. Au bout d'une quinzaine de minutes, une fine bruine est arrivée. J'ai déplié ma bâche transparente. C'était pour ça que les autres vendeurs n'étaient pas venus. Bientôt, il s'est mis à tomber des seaux. Ma chance avait tourné. Les grosses gouttes crépitaient et formaient de petits ruisseaux dans les ornières et les ravines de ma couverture en plastique. Heureusement, je n'avais pas encore déplacé mon van. Je me suis réfugié dans ma grotte mobile pour laisser passer l'averse. J'avais un jour commis la terrible erreur d'essayer de remballer pendant un orage. J'avais perdu l'équivalent d'une centaine de dollars en livres détrempés.

Plus je restais assis là, plus j'étais obligé de penser au mariage surprise de June. Comme pour tout trauma, plus je passais de temps à ruminer, plus je m'éloignais de ma propre douleur. En repensant en détail à tout ce qu'elle avait dit et fait au cours des années, je me suis rendu compte que, si June avait toujours aimé l'art, fonder une famille était dans le fond son véritable but dans la vie.

Un océan qui traversait une passoire géante : les caniveaux new-yorkais se sont rapidement transformés en torrents et les bouches d'égout au coin de la rue en mares triangulaires.

Au bout d'une heure d'orage, j'ai eu une révélation : notre relation était la source de ma culpabilité et de mon insécurité grandissantes. Malgré mes espoirs, je ne m'étais jamais vraiment cru capable de lui offrir ce qu'elle désirait tout en restant un artiste digne de ce nom.

Vers 16 heures, cinq heures après les premières gouttes, il pleuvait toujours. Au même moment, à New Delhi, des Indiens devaient lever les yeux vers un ciel d'azur en se demandant où était passée leur mousson.

Ça n'était pas près de s'arrêter. J'avais toutefois atteint une conclusion concernant June : la véritable preuve d'un amour était, ironiquement, d'être prêt à le sacrifier plutôt que de détruire le bonheur de l'autre. Ce n'était pas encore ce que je ressentais à proprement parler mais j'avais décidé que c'était un horizon à atteindre.

Je pouvais continuer de me mentir et me dire qu'elle était méprisable et que je la détestais mais je l'aimais. Je ne pensais pas pouvoir être un jour réellement heureux pour elle, mais il fallait que je m'emploie à la pardonner. Autrement, mon amour pour June n'aurait été rien d'autre que de l'égoïsme. Avec cette idée en tête, j'ai décidé que j'avais gagné le droit de sortir de cette boîte de conserve moite.

L'insulte finale de cette journée atroce est arrivée après que j'ai fini de charger mon dernier carton de livres humides et de replier ma table : la pluie s'est alors arrêtée. J'ai roulé jusqu'à Utrecht Art Supplies pour essayer de trouver une teinte de jaune dont j'avais besoin pour mes nouveaux Nageurs. C'était un ton ambre foncé que j'avais découvert dans un tableau du XIXe. On disait qu'il avait au départ été fabriqué avec de l'urine de chameaux nourris de feuilles de manguier. Ils n'avaient cette couleur que dans une marque hors de prix. J'ai filé au coin de la rue au New York Central Art Supply pour essayer d'en trouver un tube. Ils avaient une couleur pratiquement identique faite par un fabricant bon marché totalement inconnu et je m'en suis contenté.

J'avais froid, j'étais trempé et pratiquement sur la paille, et la bonne nouvelle c'était que je n'aurais pas à passer la nuit dans ce con de van. Le loft de Shade était enfin libre. J'ai roulé jusqu'à l'ancienne banque sur Canal et Orchard Street pour me garer devant l'entrée de service. Après avoir empilé mes affaires sur mon diable, je suis monté. J'ai slalomé entre les toiles abandonnées qui encombraient toujours le palier et j'ai déposé mes biens essentiels dans le salon vide.

J'ai décollé mes vêtements mouillés de ma peau puis j'ai pris une longue douche brûlante, la première depuis des jours. Je me suis rasé, rhabillé et j'ai cherché où je pouvais ranger mes affaires. Dans un coin de l'immense pièce, j'ai remarqué une petite pile des toiles que Shade devait considérer comme ses principaux chefs-d'œuvre. Je savais qu'il ne valait mieux pas y toucher.

Tout artiste se fait une idée particulière de ce qu'il pense être ses meilleurs travaux. Je savais que si je devais mourir à cet instant, mes tableaux du métro seraient sans doute retenus comme supérieurs. Mais mon grand-œuvre n'était pas encore advenu : ce serait un projet immensément ambitieux et tentaculaire que je n'avais même pas encore entamé. Quand j'étais en école d'art, je l'avais imaginé sous la forme d'une fresque, mais il avait évolué depuis. Même s'il était encore impossible d'en faire une description complète et claire – notamment parce que je n'avais pas encore fini de le concevoir – il impliquerait une hiérarchie céleste d'aujourd'hui et le système de justice divine auquel nous devrions tous tôt ou tard nous soumettre. Bien évidemment, je m'inspirais de Dante.

Il allait me falloir un espace ouvert vaste comme Grand Central – et pas uniquement le plafond, mais aussi les murs et le sol. Dans sa version la plus aboutie ce projet nécessiterait des millions de dollars de financements rien que pour le matériel. Plus je l'élaborais, dans divers cahiers et carnets, plus il devenait pharaonique. C'était après tout là que l'ambition pouvait se développer dans sa radicalité la plus absolue. Pour le réaliser complètement, j'allais devoir faire appel à des programmeurs, des vidéastes, un orchestre classique au complet, une compagnie de danse moderne. Ce serait une œuvre qui transcenderait le visuel. Elle serait musicale, théâtrale et performée. Elle exigerait au moins cinq ans de ma vie. Il me faudrait aussi une équipe d'assistants. Elle mènerait à une nouvelle façon, holistique, d'envisager l'art. Tout grand artiste doit, d'une façon ou d'une autre, essayer de sublimer les conventions formelles. Ce n'est que de cette façon que la perspective de l'homme peut être constamment enrichie.

Quand June a lu les brouillons de mes premières demandes de financement auprès de la NYSCA et de la NEA, elle m'a juré qu'ils prendraient ça pour une blague. Mais rien ne pouvait me décourager.

Tout cela me faisait revenir à la question de la véritable définition du grand art. Dans ce moment de faiblesse, je n'avais que les tableaux de Shade pour tenter de répondre à cette interrogation existentielle. J'ai saisi un vieux couteau à palette couvert de peinture durcie et j'ai soigneusement sectionné l'adhésif. J'ai ensuite déplié le papier bulle qui protégeait l'une de ses plus petites toiles. Le tableau, qui datait de 1963, était un simple cercle au milieu d'un carré noir net et précis. Au premier plan, une série de huit couleurs patinées et délavées divisait la sphère en neuf parties. Shade était un merveilleux coloriste mais ses formes étaient clichées. J'ai déballé une autre toile et j'ai découvert le portrait en pied d'un homme chauve, assez vieux, qui souriait. Il avait une peau olivâtre et grêlée. Sous un monosourcil sombre et arqué, le sujet avait de petits yeux froids. Ses bras musclés enserraient les douces épaules de deux ravissantes jeunes femmes. Leurs visages étaient partiellement coupés, ce qui laissait entendre qu'elles auraient pu être n'importe quelles filles.

Le chauve était si suffisant, tellement haïssable. J'ai rapidement dû arrêter de le regarder parce que ça me mettait de plus en plus en colère. Il m'apparaissait comme l'homme qui avait tout ce qu'il voulait. Il était l'obstacle à toutes les expositions solos dont j'aurais pu rêver. Il avait refusé toutes mes demandes de bourses et de résidences d'artiste, fait capoter toutes mes grosses ventes. C'était probablement lui le flic responsable de toutes les prunes que j'avais prises. Il semblait se rire de toutes les déceptions de ma vie. J'ai rageusement déchiré le papier-bulle d'un autre tableau. Celui était un simple carré noir. Mais il n'était pas que noir. Il était si noir que rien n'en réchappait. Le tableau semblait manger la lumière. La changer en glace. Il avait l'air peint avec un mélange de goudron et de stratifié, avec peut-être une touche de bakélite. Le fond n'était pas simplement blanc, il évoquait le blanc étincelant du Pôle Nord.

J'essayais de comprendre ce qui privait Shade de reconnaissance. Son œuvre était à la fois puissante et sacrée. En ouvrant un autre tableau, j'ai découvert un nu d'une belle fille. Le portrait avait quelque chose d'étrange. Alors que la touche était très visible sur le tableau du malfaisant, on ne distinguait pas sur celui-ci le moindre coup de pinceau. La date au verso indiquait qu'il n'avait que quelques mois, mais il y avait un je-ne-sais-quoi de désuet chez cette fille. Sa coupe de cheveux, sa posture, ou peut-être son visage, donnaient l'impression qu'elle sortait des années 1950. Il avait quelque chose d'une réminiscence. Un artiste âgé qui survole cinquante années pour effleurer le précieux souvenir d'une jeune maîtresse : voilà ce qu'il m'inspirait. J'ai ensuite compris que ce devait être Sheila, son ex-femme à qui il avait enfin pardonné, après tant de temps, d'avoir défiguré son premier vrai chef-d'œuvre.

Ce tableau me rendait triste, pas à cause de ce qu'il représentait mais parce qu'un jour, dans dix ou vingt ans, je rechercherais cet instant spécifique, avec toute sa vigueur et son urgence, et il aurait disparu, oublié pour toujours. Il serait remplacé par un tout autre présent, un présent plus sage, plus calme, plus paisible.

Et c'est à ce moment-là – alors que j'avais prévu de continuer à travailler sur mes Nageurs – que j'ai attrapé un carnet et que j'ai commencé à dessiner June, son corps nu dans toute sa sensualité, tant qu'il était encore frais dans mon esprit. Je faisais généralement des brouillons avant de me lancer, mais je ressentais en cet instant une telle confiance et une telle force, que je savais exactement ce que je cherchais. Alors que je la dessinais, des larmes me sont venues. Des sensations et des souvenirs remontaient. Quand j'ai fermé les yeux, j'ai entendu sa voix dans mes oreilles.

Son fantôme m'a enveloppé. En regardant ce que j'avais fait, j'ai vu que le carnet de croquis était trop petit, trop fragile. Je n'avais qu'une petite toile et quelques morceaux de contreplaqué. Je me suis précipité sur le palier et j'ai attrapé trois toiles de Shade d'un mètre vingt sur un mètre cinquante chacune. Même si une grande partie de ses œuvres abandonnées étaient des abstractions avec peu de substance, elles donnaient de super arrière-plans. Les grands artistes demandaient souvent à leurs assistants de peindre le fond de leurs toiles, je n'avais donc pas la sensation que réutiliser les siens posait un problème éthique.

J'ai disposé les trois toiles, puis j'ai soigneusement tracé le corps de June, nue, debout devant moi, comme lorsqu'elle avait posé pour moi la première fois. Quand j'ai terminé, j'ai appuyé la première toile contre un mur et j'ai commencé la deuxième. Sur celle-ci, je l'ai positionnée assise, le visage à moitié caché derrière ses genoux, comme lorsque nous avions fait l'amour pour la toute dernière fois. Sur la troisième toile, je l'ai faite allongée sur le côté, ainsi que je la découvrais chaque matin. Enfin, j'ai ouvert une boîte chevalet remplie de petits blocs de peinture. Je les ai aspergés d'un peu d'eau et, m'étant décidé pour de l'aquarelle, j'ai mélangé les couleurs. Je n'en avais que neuf, autant que Michel-Ange quand il a peint la chapelle Sixtine. Pendant environ une heure, j'ai fait des tests et mixé différentes quantités de peinture pour essayer de capturer l'essence exacte de sa peau olive. Quand j'ai trouvé, j'ai délicatement appliqué la peinture sur sa silhouette. J'ai essayé de créer une atmosphère et un ton particulier pour chacune des trois toiles.

J'ai pris un pinceau fin en poil de martre et j'ai rempli la couleur de ses yeux et ses milliers de mèches de cheveux, ses sourcils, ses cils et enfin ses poils pubiens. Après avoir fini, cinq heures plus tard, j'étais exténué et dégoulinant de sueur. J'avais l'impression d'avoir survécu à un exorcisme. En contemplant celle que j'avais autrefois si absolument aimée, j'ai eu l'impression d'avoir séparé son image de son être véritable – elle, la menteuse, elle, la traîtresse. À cet instant, peut-être parce qu'elle avait été réduite à autant de postures intimes mais propres à elle, j'ai eu le sentiment de l'avoir expulsée de moi par la peinture.

Dans le couloir, j'ai repéré dix grandes toiles réutilisables que j'ai traînées à l'intérieur de l'appartement de Shade. La plupart des toiles bazardées étaient soit trop vieilles et cassantes, soit trop petites et épaissies par le relief d'innombrables tourbillons de peinture à l'huile. J'ai descendu les irrécupérables et je les ai posées à côté d'une grosse benne métallique. Peut-être que quelqu'un tomberait amoureux d'elles et déciderait de les emporter chez lui.

Le seul restaurant encore ouvert dans Chinatown était le Mekong Delta, le petit boui-boui graisseux à l'angle d'Allen Street qui faisait à emporter. Chaque fois que j'y allais, je commandais les nouilles au sésame froides ou le Buddha Delight, des légumes sautés au wok et un minuscule carton de riz blanc. Pas cher, pas compliqué et ça pouvait se manger froid.

Je n'avais jamais vu la nouvelle caissière, qui était bien foutue. Elle avait l'air d'être au milieu de sa vingtaine et même si elle a croisé mon regard en prenant ma commande, elle ne m'a pas parlé, souri ou même regardé de nouveau.

J'ai pris l'un des rares sièges de l'étroite zone d'attente et j'ai contemplé le délabrement d'Allen Street et l'entrepôt de briques cradingue de l'autre côté de la rue par la vitrine sale du restaurant. Dans le reflet de la vitre grasse, j'ai peu à peu remarqué que la jolie caissière asiatique avait les yeux fixés sur mon dos. Quand un autre type est entré pour commander, je me suis discrètement tourné pour la regarder.

Elle a mécaniquement préparé la commande, balançant les sachets de sauce soja, les baguettes enveloppées et les serviettes en papier dans le sac en papier kraft. Elle a ensuite plié un menu sur le dessus et a agrafé le tout. Je l'ai vue réprimer un sourire en me regardant.

Je me suis approché en souriant du comptoir en formica fatigué. « Commande pas prête, a-t-elle fait, en regardant par terre sans cesser de sourire.

— Alors, c'est quoi ton nom ? ai-je demandé.

— Mon nom ? a-t-elle demandé avec un accent pas possible.

— Ouais, moi Or, toi…

— Moi Lynn, a-t-elle répondu, puis elle a détourné les yeux avec un petit rire nerveux.

— Lynn, tu habites dans le coin ? » Je me suis accoudé au comptoir.

« Je mange poisson, s'est-elle exclamée. Hmmm. Poisson. Bon.

— Non, non, où est-ce que tu habites ? ai-je repris en articulant.

Toi Américain rigolo, a-t-elle dit, puis, se couvrant la bouche, elle a laissé échapper un gloussement. Toi très rigolo.

— Non, non. » J'ai réessayé en la montrant du doigt. « Où est-ce que tu vis ?

— Non pas que ça te regarde, a-t-elle répondu bien trop normalement, mais je vis à Flushing.

— Je t'ai vue… me regarder, ai-je expliqué lentement en désignant ses yeux. Et je me suis demandé pourquoi.

— Allez, ça suffit les conneries. » Elle parlait maintenant avec un accent on ne peut plus américain. « Qu'est-ce que tu veux ? »

Le petit numéro du moi-pas-parler-anglais, c'était pour se foutre de ma gueule.

« Je suis parano ou tu me matais ?

— Même si tu es sans doute le plus bel homme de l'univers, techniquement je matais toute la merde que tu as sur la figure. »

En me regardant dans la porte vitrée, j'ai pu voir que j'avais encore sur les joues les teintes chair de June. J'avais l'air un peu taré. Mon repas est sorti de la cuisine juste à ce moment-là. Pendant que je payais, elle m'a demandé sur quoi je travaillais.

« Un portrait de ma copine.

— Ah ouais, de ta copine ?

— De mon ex », me suis-je corrigé.

Alors qu'elle glissait ma boîte de Buddha Delight dans un sac, j'ai eu envie d'ajouter que cette salope était partie avec un collectionneur d'art prétentieux, mais je ne voulais pas avoir l'air aussi lamentable. J'ai payé, je l'ai remerciée, et je suis sorti. La rue était totalement déserte. Pour la première fois de la saison, je sentais une fraîcheur dans l'air. J'étais soulagé d'avoir trouvé un toit pour l'hiver. Je pouvais dormir dans mon van sept mois de l'année sans problème, mais à partir des dernières semaines de novembre, mon véhicule se transformait en chambre froide.

Cela étant, j'avais appris à supporter de mieux en mieux le froid. Le seuil de tolérance varie d'une personne à l'autre. J'avais lu que le froid était de l'ordre de l'acquis. En 1800, un petit garçon avait été retrouvé en France dans les forêts de l'Aveyron. Il avait survécu, presque nu, par des températures négatives. Les archives montrent qu'il pouvait se baigner dans l'eau glacée sans même frissonner. J'avais moi aussi essayé de m'adapter à la dépravation générale. Je prenais facilement des douches froides mais je ne supportais pas aussi bien la faim. Dans la mesure où le projet de l'Amérique reposait sur la possibilité de bouffer vite et pas cher, je ne redoutais pas vraiment la disette.

Je suis remonté avec mon carton de chinois, j'ai ouvert la lourde porte et j'ai regardé le premier nu de June. C'était le plus sensuel des trois. Pendant que je mangeais, je me suis aperçu qu'il avait l'air différent maintenant qu'il avait séché : le miroitement incertain qui lui donnait vie avait disparu. Elle semblait maintenant plus dure, plus froide. La peinture fraîche avait capturé tout ce que je trouvais sexy chez elle mais le temps de ma brève sortie, les couleurs avaient foncé. Les formes avaient évolué. Elle avait l'air plus distante, ce qu'elle s'était révélée être dans la vraie vie.

Comme je commençais à voir flou, je me suis brossé les dents, je me suis déshabillé et, pour la première fois depuis six nuits, j'ai sauté dans un lit non-motorisé.

Je me suis réveillé à 7 heures le lendemain matin. J'ai remonté la Quatrième Rue : il restait quelques interstices dans la muraille de vendeurs qui s'étirait devant la bibliothèque de NYU.

Je gagnais deux fois plus avant, quand j'étais devant Astor Wines. Mais l'année précédente, bien que la vente de livres soit protégée par le code de la ville, la police avait décidé de s'en prendre spécifiquement aux bouquinistes qui travaillaient là. Ils n'avaient pas touché au chariot de hot-dogs, ils étaient passés à côté du vendeur de chouchous et des refourgueurs de livres d'art neufs, et je soupçonne les revendeurs de cassettes porno de leur avoir filé des exemplaires gratuits. C'était donc pour ça que je vendais surtout sur la Quatrième Ouest. Cela dit, la semaine précédente, Jake, un autre bouquiniste, avait installé son stand directement sur Cooper Square juste en face du grand cube noir. Il racontait que les flics n'avaient même pas ralenti en passant à sa hauteur. Il prétendait aussi qu'il s'était fait 1 500 dollars sur le week-end. En traversant le croisement de la Neuvième Rue et de la Troisième Avenue, j'ai vu que le bloc n'était pas aussi surveillé qu'Astor Place, ni aussi surchargé que la Quatrième Rue. Un vieux vendeur de *comics* que je connaissais, Jerry Comics, était déjà installé et vendait des BD sur un guéridon pliant. Je me suis garé à côté de lui, j'ai déchargé mes bouquins, ma table et d'autres objets et j'ai demandé à Jerry de surveiller mes affaires pendant que je tournais pour trouver une place.

Je suis revenu en vitesse et j'ai entrepris d'installer ma table en aluminium. Nous étions légalement autorisés à vendre des livres sur des tables qui ne devaient pas dépasser deux mètres de large sur soixante centimètres de profondeur. Une fois seulement, quelques années plus tôt, j'avais pris une amende par un flic qui avait sorti son mètre pour constater que mon stand excédait la limite de cinq centimètres.

Avant même d'avoir fini de classer mes livres, j'ai vendu trois vieux bouquins d'art à un homme élégamment vêtu qui portait un chapeau à larges bords. Ils étaient à 30 dollars pièce, ça me faisait donc 90 balles sur les dix premières minutes. Compte tenu du fait que j'avais trouvé ces trois volumes empilés sur une poubelle, j'avais l'impression que c'était là un signe des dieux pour la journée.

« Il est vraiment à cinq dollars celui-là ? » m'a demandé un révolutionnaire à bouc qui ressemblait à un Trotsky miniature en brandissant le petit format à couverture rigide du *Staline* d'Isaac Deutscher.

J'ai regardé la page de garde sur laquelle j'avais inscrit le prix au crayon, puis j'ai acquiescé.

« Il y a écrit 1 dollars 95 ici, a-t-il protesté en montrant le prix imprimé dans le coin supérieur droit.

— Tout comme vous, ce livre a subi l'inflation des dernières années et... »

J'ai senti quelqu'un derrière moi et quand je me suis retourné, j'ai vu June qui se tenait là. Elle avait le visage totalement crispé et j'ai cru l'espace d'une seconde qu'elle allait m'en coller une.

« Où sont mes 75 dollars ? ai-je préventivement crié.
— Qu'est-ce que tu racontes ?
— Pour la table que t'as cassée !
— Et les trois tableaux que tu m'as détruits, tu les oublies ?
— Tu m'as fait cocu !
— Écoute, même si je t'avais trompé, a-t-elle repris plus doucement, est-ce que tu crois vraiment que ça justifie ce que tu as fait ?
— J'ai trouvé les dessins de cul que tu as faits, ceux où tu lui suces la bite et tu le baises !
— Je les ai faits avec toi ces dessins ! Quand tu as ramené une cassette porno à l'appart ! » Un petit attroupement s'était formé autour de nous.
« Quoi ?
— La cassette que tu as louée.
— De quoi ?
— Mais ta cassette putain !
— Tu mens !
— Reloue cette cassette à la con et regarde-la, tu retrouveras exactement les mêmes scènes », s'est-elle écriée. Ned avait parlé d'un roman porno, mais c'était un film.
« J'étais avec toi toute la soirée et je t'ai pas vue dessiner un seul putain de...
— Tu t'es endormi, ducon !
— Et comment tu as pu dessiner tout ça à partir d'un film ?
— J'ai mis pause, connard !
— Tu mens ! ai-je à nouveau riposté. Comment tu aurais pu te fiancer aussi vite avec l'autre con sinon ? » J'avais toutefois l'effroyable sensation qu'elle disait la vérité.

Un soir, il y a longtemps, on avait dîné dehors et, sur le retour, on était passés chez Kim's Video. Comme on ne trouvait rien qui nous plaise, on était allés traîner dans la section des films pour adultes. On était encore dans la phase exploratoire de notre relation, alors on avait loué un porno. Une fois à la maison, j'avais effectivement dû m'endormir car je ne me souvenais pas qu'elle ait évoqué son désir de dessiner ces images charnelles. C'était quand même un peu trop commode.

« J'y crois pas une seconde !

— C'est exactement ça ton problème, en tant que personne et en tant qu'artiste. Tu es complètement incapable de faire confiance à qui que ce soit et de ressentir quoi que ce soit qui ne soit pas directement lié toi.

— Je comprends parfaitement ce que tu ressens, ai-je répondu avec colère. Les 75 dollars que j'ai mis dans cette table étaient tout le cash que j'avais d'avance. Maintenant file-moi ma thune. »

À ma grande surprise, elle a shooté de toutes ses forces dans un pied de ma table et s'est éloignée. La table a vacillé. Je me suis jeté dessus pour essayer de la rattraper, mais elle a basculé et moi avec. Mon visage a heurté le trottoir. Je suis resté allongé sur le sol, la main contre ma joue entaillée, au milieu d'une pile de livres.

Le type avec le bouc et les petites lunettes métalliques, qui avait assisté à toute la scène, m'a demandé : « Est-ce que je peux vous payer le *Staline* ?

— Prenez-le, c'est bon », ai-je conclu, tout à ma douleur, pour me débarrasser de lui. Je suis resté assis par terre jusqu'à ce que j'arrête de saigner. Ma nouvelle table s'était fendue en deux. Jerry Comics, qui avait tout vu lui aussi, m'a regardé me relever lentement et m'éloigner.

« Tu veux que je surveille tes trucs ? m'a-t-il lancé.

— Ouais », ai-je répondu d'un ton absent. Complètement accablé par cet épisode, je me suis traîné comme un mort-vivant jusqu'à Shafee's Hardware sur la Septième Rue et la Première Avenue et j'ai mécaniquement acheté une table de pique-nique en alu flambant neuve à soixante-dix balles. Les quatre-vingt-dix dollars envoyés par les dieux n'avaient pas tenu longtemps. Le caissier indien a poliment attiré mon attention sur le fait que je saignais du visage. Je l'ai remercié pour sa prévenance, j'ai sorti la table de son carton et j'ai rapporté mon encombrant achat à mon spot sur la Neuvième et la Troisième. J'ai laissé ma table cassée à côté de la poubelle pleine à l'angle de la rue et j'ai déplié la nouvelle. Puis j'ai entrepris de rempiler mes livres. Je me suis alors aperçu que la toile sur laquelle j'avais dessiné l'esquisse d'un nouveau nageur, qui se trouvait sous l'autre table, avait elle aussi été détruite.

« Tu sais, m'a crié Jerry tandis que j'essayais de remettre de l'ordre dans mon biblio-chaos, tu aurais dû les empiler avant de partir. Y a des gens qui ont essayé de t'en chourer.

— Toute ma vie j'ai laissé les autres se servir. »

Les affaires ont bientôt pu reprendre. La journée ne faisait que commencer. Ma lacération faciale avait cessé de saigner et j'étais toujours endetté. À 13 heures 30, j'avais vendu quatre livres et gagné 22 dollars. À 16 heures, j'en avais vendu quinze et gagné 100. Ma plaie au visage semblait susciter une pitié opportune. À 18 heures, j'en étais à 182 dollars. Optimiste, j'ai décidé de rester jusqu'à avoir atteint les 250. Aussitôt après avoir pris cette décision, j'ai atteint les latitudes des chevaux. J'ai dérivé dans les eaux calmes, à l'écart des routes commerciales au cours de l'heure et demie qui a suivi, sans pouvoir fourguer quoi que ce soit, même gratuitement.

Au départ, mes pensées ont répété des variations du même message, aussi régulières que le courant d'une clôture électrifiée : *impossible* qu'elle ait pu faire ces dessins à partir de ce boulard. Pourtant, à mesure qu'elle s'insinuait dans mon mantra d'incrédulité, sa version a gagné en vraisemblance. Elle avait sans doute fait ces croquis ce soir-là et plus j'y croyais, plus je me haïssais. J'avais merdé dans les grandes largeurs.

Ma rage muette a finalement été interrompue par un flic qui m'a demandé de voir mon timbre fiscal. C'était un petit document délivré par les services des impôts que les bouquinistes devaient détenir pour exercer. Je ne le lui aurais pas montré si cela m'avait valu la peine de mort. Mais je ne risquais qu'une amende, j'ai donc sorti mon papier de mauvaise grâce et il est reparti.

À 20 heures, Jerry m'a annoncé qu'il s'était fait cent balles et qu'il allait au bar. Je lui ai demandé de surveiller mon stand et je suis parti chercher le Chevy en vitesse.

Dès que je suis revenu, il est parti. J'ai ensuite passé quarante-cinq minutes à tout remballer.

# 9

Sur le chemin de l'appart, j'ai repensé au grand peintre viennois Egon Schiele, qui avait été accusé de peindre des images pornographiques. Le juge a condamné le jeune artiste à voir ses magnifiques tableaux brûlés devant lui. Schiele a été ensuite emporté par une pneumonie à l'âge de 27 ans, laissant derrière lui une œuvre magistrale bien que réduite. Pendant des années, j'avais trouvé ce juge méprisable, coupable d'avoir privé l'humanité du génie de Schiele. Mais après ce que j'avais fait à la pauvre June, est-ce que je valais mieux que lui ?

Trop fatigué pour déballer mes livres et le reste de mes affaires, je me suis garé dans un parking d'Allen Street, j'ai marché jusqu'au Mekong Delta, j'ai commandé un Buddha Delight et je me suis laissé tomber sur un vieux fauteuil près du comptoir. Lynn, la caissière à l'anglais faussement haché, a transmis la commande au minuscule cuistot qui s'affairait à l'arrière puis elle m'a lancé : « La dernière fois que tu es venu, tu étais couvert de peinture, c'est quoi ce coup-ci ? » Elle avait remarqué l'entaille sur mon visage.

« Je me suis pris une porte et je suis tombé dans l'escalier, ai-je répondu pour éviter de me couvrir davantage de ridicule en lui racontant mes emmerdes.

— Oh mon Dieu ! » Elle a soudain pris conscience que mes cicatrices étaient récentes. « Est-ce que tu t'es fait casser la gueule ? a-t-elle demandé, à peine plus fort qu'un murmure. Il n'y a pas de honte à avoir tu sais.

— C'est une longue histoire. » À ma grande surprise, elle a contourné le comptoir et elle est venue tapoter délicatement mes coupures avec une serviette humide.

« Aïe ! ai-je grimacé une fois que je me suis senti suffisamment à l'aise pour exprimer ma douleur.

— Mon pauvre », a-t-elle soupiré, l'air sincèrement navrée. J'étais réellement touché par la tendresse dont elle faisait preuve. « Je me suis fait... mal moi aussi. L'été dernier.

— Qu'est-ce qui s'est passé ?

— Une porte et un escalier. »

J'ai hoché la tête, sentant qu'elle ne tenait pas à en dire plus.

« Alors, ça avance ce tableau ? m'a-t-elle demandé pour changer de sujet.

— Je vais essayer de m'y mettre en rentrant.

— Je suis trop crevée pour peindre la nuit moi.

— Tu bosses sur quoi ?

— Peinture à l'encre noire.

— Oh, j'ai vu une super expo sur le style sumi-e au Met il y a quelque temps. »

Avant que la conversation puisse se poursuivre, des chauffeurs de bus baraqués sont entrés avec la ferme intention de déboîter les plats des colonnes A, B et C. Quelques minutes plus tard, Lynn m'a tendu mon petit carton de délices orientaux. Elle a souri poliment en comptant ma monnaie puis elle a dit : « Rentre te soigner. On parlera d'art une autre fois.

— Avec plaisir, ai-je répondu dans un bâillement.

— Hé, au fait, a-t-elle ajouté avant que je file, préviens-moi si tu entends parler d'une place pas trop chère dans un atelier.

— Sans faute. »

Quelques minutes plus tard, j'étais sous la douche. Puis, toujours nu, j'ai déplié le grand chevalet de Shade et j'ai posé une petite toile dessus. J'ai allumé la radio pour me réveiller un peu et j'ai essayé de réfléchir au tableau. Depuis le début de la journée, j'avais l'intention de commencer le nouveau *Nageur de l'East River*, mais l'altercation avec June avait anéanti toute ma tranquillité d'esprit. J'ai tracé au fusain les grands traits du nouveau premier tableau. Au lieu de refaire un nageur entrant dans l'eau, je travaillais sur un portrait serré de son visage concentré. Les immeubles de Manhattan qui s'élevaient à l'horizon évoquaient les rangées de dents dans la mâchoire d'un requin menaçant.

J'ai déposé différentes couleurs sur une palette et j'ai commencé à les mélanger délicatement mais j'avais du mal à me concentrer. J'ai allumé une autre lampe et j'ai ressenti le léger vertige que provoque l'épuisement. Je tenais malgré tout à fixer l'image que j'avais en tête avant qu'elle ne disparaisse mais il fallait que je m'assoie. J'ai posé la tête contre le dossier et j'ai fermé les yeux.

Je me suis réveillé neuf heures plus tard exactement. J'ai éteint la radio et les lampes restées allumées. La toile était encore posée sur le chevalet. La peinture avait séché sur la palette comme autant de vers de terre aux couleurs vives. Le Buddha Delight était froid et toujours emballé dans son sac en papier. Nature morte d'une journée inachevée.

En me réveillant ce matin-là, j'en avais marre d'être artiste mais comme un mauvais rhume, je savais que ça passerait.

Quelques années plus tôt, alors que je franchissais le cap de la trentaine, j'avais essayé d'abandonner la peinture. J'étais décidé à aller à la fac de droit. Gagner un salaire. Bâtir une vie, avec une femme qui travaille et les indispensables enfants auprès desquels je vieillirais, comme coincé avec eux dans un ascenseur pour l'éternité. À vrai dire, je ne recherchais pas réellement un travail et une famille. Ce qu'il me fallait, c'était une autre douleur, une forme qui suppose moins de créativité brûlante et plus de sécurité monotone. Je voulais être au chaud ne serait-ce qu'un hiver et rester au frais un été durant, une impression de stabilité qu'un logement motorisé ne pouvait m'offrir. Tout le sketch de la pauvreté était d'un ennui étouffant : les fringues de seconde main trouvées en friperie, les visites régulières dans les dispensaires gratuits et les banques alimentaires, les innombrables heures de travail éreintant qui n'étaient presque jamais rémunérées. Puis je me suis souvenu qu'il n'y avait en fait rien d'autre.

L'un des rares souvenirs que j'avais de mon père était une promenade dans un cimetière durant laquelle il s'était lancé dans une tirade avinée pour m'expliquer que si on était honnête, on graverait sur les pierres tombales toute la nullité des gens qui reposaient en dessous.

« Si ces foutues pierres pouvaient parler, elles diraient : 'Aurait voulu écrire', 'N'a pas percé comme réalisateur', 'N'a pas eu les couilles de devenir architecte'. » Il considérait les emplois de bureau comme un renoncement à tout véritable rêve. Il se comportait comme s'il avait été forcé de se marier, de trouver un boulot, d'avoir un enfant. Son seul geste rebelle et vaguement créatif fut son suicide. Sa grande tirade et son autodestruction avaient participé à ma vocation.

Et voilà ce que j'étais devenu : le glamour alternatif.

Tandis que je remontais Allen Street en fin de matinée, j'ai repéré les juvéniles travailleurs sociaux du programme d'échange de seringues en plein troc avec leurs narco-habitués. Mon premier instinct a été de courir chercher mon carnet de croquis. Je voulais à tout prix montrer mon travail à Rita pour la convaincre que j'étais un artiste digne de ce nom et qu'elle pouvait poser pour moi. Mais je ne l'ai pas vue.

Pablo m'avait parlé d'une bibliothèque de *midtown* qui organisait une grosse vente de son fonds. J'y suis allé pour jeter un œil aux « retirés » et j'ai aperçu d'autres bouquinistes parmi les acheteurs. Je suis reparti avec une sélection de poches dans un état correct puis je suis retourné à mon spot de la veille, juste à côté de Jerry Comics. J'ai sorti ma table neuve et mes vieux livres, ainsi que ma peinture, mes pinceaux et une toile blanche : le vaillant petit nageur, quatrième prise.

J'ai regardé l'esquisse que j'avais faite sur la première toile, le visage concentré du nageur. Je venais de finir les lignes et les formes de base quand un groupe de filles de première année à NYU sont descendues de la navette violette de la fac. Jean serré, cheveux lâchés, la main lourde sur le maquillage, elles ont commencé à tourner mes pages et à me les briser. Combien pour celui-là ? Vous avez *La Cloche de détresse* de Sylvia Plath ?, *La Source vive* d'Ayn Rand ?, *Vol au-dessus d'un nid de coucou* de Ken Kesey ? Et ainsi de suite avec les autres livres qui apparaissaient sur la liste de lecture des première année, ceux que moi j'avais dû lire en entrant au lycée.

Aucune d'entre elles n'a acheté quoi que ce soit, ce qui ne les a pas empêchées de parasiter vingt minutes de mon temps. J'ai ensuite pu m'attaquer de nouveau à quelques esquisses. J'ai dessiné pendant quinze minutes environ avant de me rendre compte qu'un sans-abri observait la toile par-dessus mon épaule. Ça ne me dérangeait plus qu'on me regarde, mais la plupart des spectateurs étaient des raseurs qui essayaient de faire la conversation : « C'est un petit minet que vous dessinez ? Parce que moi, j'adore les chats », m'a un jour demandé une petite vieille. Ouais, c'est ça, un chat – maintenant tu vas prendre tes cachets et au dodo.

Le temps que je commence à gagner un peu d'argent, soit au bout d'une heure environ, j'étais trop nerveux pour peindre. J'ai nettoyé ma palette, plongé mon pinceau fin dans un pot d'eau, et je suis resté assis à attendre des lecteurs, espèce en voie de disparition que chaque année qui passait rendait plus précieuse.

Les livres partaient lentement, et j'ai repris un peu le pinceau. À 16 heures, quand les premières gouttes de pluie ont commencé à tomber, j'avais gagné 106 dollars. J'ai jeté une nappe en plastique sur la table, j'ai demandé à Jerry de me la surveiller, et je suis passé à la poste de Stuyvesant Street pour relever mon courrier. Une série de diapos que j'avais soumises à la Spectacular Gallery de Los Angeles avait été rejetée.

En observant les diapos à la lumière, je me suis rendu compte que ce refus était plutôt une bonne nouvelle. Je n'avais plus la majorité de ces toiles en ma possession. En réalité, après avoir peint d'innombrables tableaux, il ne m'en restait qu'une poignée, principalement des œuvres issues de séries et restées orphelines. Comme une mère irresponsable avec ses enfants, une foi aveugle me poussait à croire qu'ils étaient tous là, quelque part. Mêmes les invendus avaient trouvé un autre foyer. Des trois tableaux de Manhattan sous la pluie que j'avais peints un peu plus tôt dans l'année, un seul n'avait pas trouvé d'acquéreur. Il était en prêt chez un ami qui vivait à Forest Hills, dans le Queens. Il avait aussi accroché dans sa salle de bains le dernier de mes quatre tableaux de scènes de crime. Au cours de la décennie écoulée, j'avais aussi vendu des œuvres dans des galeries, dans la rue et par correspondance. J'en avais perdu de vue, d'autres étaient roulées et entassées dans mon van.

Après avoir inspecté les diapos, j'en ai glissé six dans une enveloppe que j'ai envoyée pour l'expo collective organisée à Portland, dont Cali m'avait parlé. J'en ai mis quatre autres dans une deuxième enveloppe destinée à un cybermillionaire de Summit, New Jersey, dont on m'avait dit qu'il collectionnait les petits formats représentant des scènes de la vie new-yorkaise.

Sur le chemin du retour, j'ai acheté une Budweiser de grand garçon pour Jerry. Il avait arrêté de pleuvoir depuis un moment, et quand je suis arrivé, j'ai découvert qu'il avait retiré la bâche de ma table et avait vendu huit livres – il avait oublié lesquels – pour un total de soixante-deux dollars.

Je l'ai remercié et je lui ai passé cinq dollars, puisque j'étais parti pendant près d'une heure. Il m'a dit que ce n'était pas la peine, et je me suis alors demandé s'il n'avait pas gagné plus que ce qu'il m'avait dit. Avec six cents livres par table, personne ne faisait d'inventaire de son stock. Si Jerry avait vendu cinq livres de plus et s'était fait vingt-cinq dollars, je n'avais aucun moyen de le découvrir.

Environ une heure et vingt-trois dollars plus tard, j'ai rapproché mon van, j'ai remballé et je suis parti vers le sud. Je me suis garé sur une place de livraison, j'ai remonté mes cartons et je suis redescendu dare-dare avant de me prendre une prune. Ça me tuait qu'une femme ait pu se faire violer en plein *midtown* à l'heure de pointe il y a quelques années, mais qu'il suffise de garer une mob de travers pendant quelques minutes au trou du cul de Staten Island pour se faire aligner.

Quand je suis rentré, il devait être 20 heures. J'avais envie de voir Lynn, l'encreuse vietnamienne, je suis donc allé lui commander un rouleau de printemps.

« Alors, ça peint ? m'a-t-elle demandé une fois que j'ai passé ma commande.

— Ouais ouais, je commence à en mettre plus sur la toile et moins sur moi. Et toi ?

— J'ai un peu de mal en ce moment, a-t-elle avoué avec un sourire avant de se reprendre. En fait je suis censée terminer une série de peintures de parades.

— Une série ?

— Ouais, il m'en reste trois : le Défilé des Sirènes, la Gay Pride et la parade d'Halloween. J'ai une expo prévue fin novembre et après j'ai une bourse pour passer un an à peindre au Vietnam.

— Mon père a combattu au Vietnam, ai-je révélé, par association d'idées.

— J'espère qu'il n'a pas été tué.

— Non, il s'est suicidé il y a une vingtaine d'années.

— Je suis désolée, a-t-elle dit après un silence gêné. Au fait, t'es de quelle race ?

— Moitié setter irlandais, moitié autre chose.

— Quelle autre chose ?

— Arménien à poils longs », ai-je confessé. Elle a froncé les sourcils avec circonspection, alors je me suis repris : « Américain. Ça fait longtemps que tu peins ?

— Depuis toujours.

— Tu as étudié où ?

— Rhode Island School of Design. Et toi ?

— Art Students League. Tu as fait des expos que j'aurais pu voir ?

— J'en ai eu deux solos l'an dernier, m'a-t-elle révélé.

— Tu déconnes, où ça ?

— Cho Gallery.

— Ouah ! » C'était l'une des galeries les plus cool de Chelsea. « Tu as eu des critiques ? Des ventes ?

— Ouais, ça va, a-t-elle modestement répondu.

— Mais alors pourquoi tu bosses dans ce boui-boui ?

— Euh pardon, s'est-elle indignée, mais c'est le restaurant de mon cousin et puisque je suis en ville, je me suis dit que j'allais en profiter pour étoffer mon vietnamien et gagner un peu d'argent avant de partir. » Elle s'est tue un instant puis elle a repris : « Je suis née là-bas. Mon père était colonel dans l'Armée de la République du Vietnam. On est arrivés ici juste avant la chute de Saigon.

— Tu te considères vietnamienne ou américaine ?

— Je m'appelle Lynn Nugyen et ma famille est au Vietnam depuis la nuit des temps, m'a-t-elle répondu avec un accent californien parfait, donc je dois être vietnamienne. »

Mon rouleau de printemps était prêt. La princesse vietnamienne déchue l'a fourré dans un sac, y a glissé différentes sauces colorées et m'a tendu le tout.

« Je sais que je te l'ai déjà dit hier, mais si tu entends parler d'une place dans un loft du quartier, je cherche désespérément un atelier, a-t-elle conclu.

— Tu es prête à mettre combien ?

— Je sais pas, six cents.

— Pour combien de temps ?

— Je pars dans un mois et demi.

— Il te faut beaucoup d'espace ?

— Environ quarante-cinq mètres carrés, plein sud et avec une cheminée, ce serait parfait », a-t-elle délicatement plaisanté.

J'ai fait la moue tout en réfléchissant.

« Tu as un endroit en tête ou tu te fous de moi ? »

Ça me plaisait de vivre seul et je savais que Shade ne voulait personne chez lui. Je savais aussi que quiconque vivait ou travaillait trop longtemps avec moi finissait généralement par ne plus me saquer, ce qui voulait dire que si je lui sous-louais l'atelier je tuais toute chance d'un jour coucher avec elle. D'un autre côté, je n'avais pas l'impression qu'elle était de quelque façon intéressée. Et avec les 200 mètres carrés qu'il y avait chez Shade, ça faisait dans tous les cas trop d'espace pour moi tout seul. Si je lui faisais payer six cents dollars par mois, je n'aurais plus à passer toutes les froides journées sans pluie à fourguer des livres d'occasion dans la rue.

« J'ai un plan, ai-je avoué. À six cents dollars par mois.

— Où ça ?

— Au bout de la rue. Au cinquième étage de la Jarmulovsky's Bank.

— Au-dessus de l'Enternet café ? s'est-elle exclamée.

— Exactement.

— Tu charries.

— Non, mais je te préviens que j'y habite, bien que ce ne soit pas un immeuble d'habitation.

— Tu fais pas partie de ces gars qui fantasment sur les Asiatiques ?

— Non.

— Tu es un délinquant sexuel ?

— Pas de condamnation.

— Tu as déjà agressé une femme ? » Elle avait l'air sérieuse.

« J'ai offensé des femmes par mon mauvais goût seulement.

— C'est grand comment ?

— Environ 200 mètres carrés. Tu auras ton coin à toi mais ce n'est pas habitable. » Shade ne me l'avait pas dit mais je savais qu'il faisait partie des nombreuses personnes qui occupaient un loft sans certificat d'habitation, un document exigé à New York pour toute occupation résidentielle.

« Moi je suis à Flushing, c'est pas la porte à côté, a-t-elle simplement répondu. Quand est-ce que je peux venir visiter ?

— Quand est-ce que tu termines ?

— Je peux prendre dix minutes de pause dans quelques instants.

— À tout de suite alors », lui ai-je dit après lui avoir expliqué où me retrouver.

Je suis rentré et j'ai fait un peu de rangement jusqu'à ce qu'elle sonne. Elle a inspecté la spacieuse caverne de Shade. C'était l'atelier d'artiste parfait, tout beau, tout sale. Il n'offrait pas la place pour la distraction.

« Mon Dieu ! Mais comment t'as chopé un endroit pareil ? » C'était le coup de foudre, mais pas pour moi.

« Par un copain. C'est six cents par mois, pour deux mois. » Je l'ai conduite à un coin propre et bien éclairé. « Ce sera ton espace de travail.

— C'est tes tableaux ? » a-t-elle poliment demandé. Elle a regardé mes nus de June et a dit : « J'aime bien ceux-là.

— Ils ne sont pas tout à fait finis mais si tu veux en acheter un… ?

— Je peux envoyer des diapos à mon galeriste.

— C'est très gentil de ta part. » Les artistes proposaient rarement ce genre de contact. « Je vais attendre un peu pour avoir de quoi faire une expo et à ce moment-là je te redemanderai peut-être.

— Tu sais, j'adore vraiment l'arrière-plan. » Elle a soigneusement examiné la peinture abstraite de Shade qui se cachait derrière June. « C'est de l'acrylique ?

— Probablement, ai-je répondu sans cacher ma déception.

— Qu'est-ce qu'il y a ?

— C'est pas moi qui ai peint les fonds.

— Je n'ai pas dit que je les préférais au premier plan, détends-toi. C'est juste qu'ils ont un côté patiné.

— C'est parce qu'ils ont été peints il y a des années. »

Elle avait raison, il fallait que je me détende. S'il voulait durer, un artiste devait se nourrir du désintérêt et boire le rejet au goulot, car c'étaient là les deux seules choses qui lui étaient garanties. Je l'ai remerciée et on s'est mis d'accord pour se retrouver le lendemain vers l'heure du dîner au Mekong Delta pour le loyer et les clés. L'espace que j'étais censé partager avec June allait être loué par la jolie serveuse inconnue d'un resto vietnamien à emporter. Au bonneteau du destin, on se faisait arnaquer et récompenser de façon bien aléatoire.

# 10

Depuis ma rupture avec June, la dépression, ce corniaud galeux mais fidèle, n'était jamais bien loin. J'avais toutefois fait le vœu de ne pas passer aux médocs avant mes quarante ans. Contrôler mes humeurs se transformait en une lutte de chaque instant, mais ce soir-là – sans doute grâce à l'afflux inopiné d'argent provenant de la sous-loc de Lynn ou simplement du fait de lui avoir parlé – je me sentais bien comme rarement. C'était comme si on m'avait accordé l'espace d'une heure une bourse MacArthur. Cela restaurait temporairement la croyance que mon œuvre n'avait pas été produite en vain.

Je suis descendu au Good Will Barber Bar, où je suis tombé sur Pablo, vêtu d'un t-shirt qui disait « Ralph au débat ! » Il buvait des verres avec sa dernière conquête, une Tibétaine nommée Twit ou Tirt. Quand ils n'étaient pas occupés à s'embrasser ou se tripoter, ils collaboraient sur un poème d'amour polyglotte.

« Kaléidoscope n'a pas l'air d'aller fort », a-t-il dit en parlant de Cali. Assise seule à sa table, elle avait les yeux perdus dans le vague. Son beau visage en losange et ses sombres traits mystérieux n'avaient pas vraiment vieilli avec les ans. Cependant, comme le portrait de Dorian Gray, son optimisme semblait s'être délité à une vitesse inquiétante. Ces derniers temps, chaque fois que je la croisais, elle était en train de se traîner et de se soûler au vin blanc. Je sentais que Shade lui manquait alors je l'ai rejointe.

« Tu sais que je vais au mariage de ta copine dans quelques semaines, m'a-t-elle dit pour lancer la conversation.

— On peut parler d'autre chose ?

— Comment ça se passe la peinture ?

— Je suis content d'en faire, j'ai du mal à en vendre.

— Tout ça, ça va changer, a-t-elle marmonné, dans le brouillard. J'ai de grands plans pour toi, mon petit gars. Tu vas avoir un succès monstre.

— Quel genre de plans ?

— Je veux pas porter la poisse », a-t-elle dit, avant de sombrer dans un mini-coma. J'étais sur le point de m'éclipser quand son front a soudain heurté la table. Elle s'est redressée, le choc ayant apparemment déclenché une réminiscence mélancolique : « Je me souviens quand j'étais une fille mince, avec de grands yeux et un corps de rêve. L'été, je prenais le ferry dans les îles du Péloponnèse. Le reste de l'année, je le passais à New York. Chaque semaine, il y avait une fête dingue quelque part et un nouveau mec magnifique. » La doyenne souriait. « Les gens me semblaient tellement plus hauts en couleur et originaux à l'époque. On en croisait des phénomènes. Des gens qui lisaient des poèmes contestataires, des chanteurs de folk et des ribambelles de minets avec trois poils au menton qui tombaient amoureux de toi au premier regard. Des farandoles de quéquettes tendues, avant toutes les maladies. » Son regard s'est perdu dans le lointain puis elle a esquissé un autre sourire. « Ils étaient comme des fleurs dans une prairie, ils se flétrissaient dès qu'on leur avait touché le pistil. »

Elle a hoché la tête. « Je me souviens de l'odeur du patchouli et du santal et... des longues conversations idiotes mais si divertissantes. Je me souviens d'un gars incroyable. Shade me l'avait présenté, je croyais qu'ils étaient frères. Il avait une barbe d'or et des cheveux bouclés, Stew ou Moose, un nom comme ça. Il faisait des sculptures en bronze martelé, de longues formes aux bords irréguliers et... je me souviens de l'avoir embrassé et que nous avons fait l'amour sur le toit d'un immeuble et plus tard sur la grande pelouse de Central Park... Je me demande ce qu'il est devenu. Qu'est-il arrivé au monde entier ? » Elle s'est interrompue et m'a regardé.

« Je suis sûr qu'il est quelque part, l'ai-je rassurée. Ils sont tous quelque part.

— Peut-être bien, mais j'ai la terrible impression que le meilleur est loin derrière moi et que c'est le pire qui m'attend. »

Ce genre de désespoir était un poids que je ne pouvais tout simplement pas soulever.

« Tu vends toujours ton van ? ai-je finalement demandé.

— Ah, ouais. » Puis elle a souri et elle est partie.

C'était là-dessus que la vie de bohème échouait alors que la classe moyenne des grandes banlieues s'en sortait. Les bourgeois pouvaient survivre avec un confort artificiel, des magnétoscopes ou des SUV neufs et les potins de l'école ou du bureau, mais pour des gens comme Cali, qui avaient renoncé à avoir un boulot chiant et des ados haineux pour profiter de la *dolce vita*, il n'y avait plus tellement de distractions une fois que les amis s'étaient volatilisés et que les lumières se rallumaient. Dans ce contexte, c'était plus facile de comprendre le choix de June en faveur de la domesticité.

« Hé, Cézanne. » Pablo venait me prévenir que sa beauté tibétaine et lui se rendaient à une autre lecture de poésie au KGB et me proposait de me joindre à eux.

« Ça me dit rien, Cali m'a déprimé et la poésie me fout encore plus le cafard.

— Je te garantis que la lecture sera terminée quand on arrivera là-bas. » Puis il a ajouté à voix basse : « Et c'est la Blonde à Gros Bonnets qui est au comptoir ce soir. » J'ai accepté de venir et on est partis.

Nous avons croisé Cecil, le bouquiniste surdiplômé, sur l'Avenue A. Il allait *uptown* pour un rencard avec une fille qu'il avait rencontrée sur internet. Il a marché suffisamment longtemps avec nous pour que Pablo se lance dans son tunnel sur Nader et le contrôle que le monde des affaires exerçait sur le pays.

« Écoute, a fini par l'interrompre Cecil quand il en a eu assez de son speech, j'ai voté Nader à la dernière élection. Je pense honnêtement que c'est le candidat le plus intelligent et le plus intègre, mais même si par miracle il était élu, tu crois vraiment qu'il arriverait à faire passer la moindre loi ?

— Si les gens votaient pour lui, ils auraient peut-être la force de voter pour d'autres candidats du Green Party qui veulent réellement aider le pays.

— Donc, si les électeurs américains – dont la majorité sont tellement apathiques qu'ils ne se déplacent même pas pour voter – élisaient un parti totalement nouveau, on aurait une chance d'assister à un vrai changement, c'est ça que tu me dis ? a insisté Cecil pour souligner l'invraisemblance du scénario.

— Ouais », a répondu Pablo.

Cecil a alors décidé de nous fausser compagnie.

On a pris vers l'ouest sur la Quatrième Rue, marché sur un bloc et demi et on s'est faufilés dans le minuscule pub moite. Ike le Dingue, un bouquiniste, est venu nous dire bonjour et m'a demandé si j'avais entendu dire que Mike avait balancé ses livres dans une flaque de boue la semaine précédente.

« On m'a dit, ouais », ai-je répondu, même si en réalité dans la version qu'on m'avait rapportée, c'était Ike qui avait balancé les livres.

On a bu quelques verres. L'ambiance est devenue plus sonore et plus bordélique. Certains sont arrivés, d'autres sont repartis. Pablo s'est alors penché vers moi et m'a dit : « Tu n'auras sans doute pas envie de savoir ça, mais on m'a parlé d'un truc vraiment fou.

— Quoi ?
— Ça a à voir avec June, donc si tu veux pas savoir…
— Je sais, elle va se marier.
— Il paraît qu'avec son collectionneur, ils ont organisé une fête de sauvages.
— Ça veut dire quoi, ça ? ai-je soupiré.
— Ecsta, coke, speed. Ça a fini à poil apparemment.
— Elle était contente ? ai-je demandé en contemplant le fond de mon verre.
— À la fin ouais. Il paraît qu'elle était à fond.
— Alors je suis content pour elle », ai-je répondu en m'efforçant d'être ou, à défaut, de paraître sincère. Pablo est assez vite reparti avec sa copine exotique. J'ai bu un verre avec Ike puis il est parti lui aussi. La barmaid blonde embrassait un type. Aussi chaud que délaissé, je suis rentré chez moi.

Alors que je descendais Forsyth Street en longeant le côté est du Sara Roosevelt Park (du nom de la mère de Franklin Delano), j'ai croisé, près de Stanton Street, deux prostituées noires pratiquement nues. La moins grosse, qui portait une perruque blonde, était harnachée dans un long caraco serré sous lequel elle portait une culotte en dentelle rouge. L'autre, plus ronde, avait un collant jaune qui lui rentrait dans la raie comme un string. Tandis qu'elle marchait, elle faisait tournoyer ses poings gantés de blanc autour de sa taille équatoriale comme une paire de petites lunes.

« J'aurais dû lui éclater sa petite gueule de chauve à cette pute ! Cette petite babtou qu'essayait de me tirer mon blé ! vociférait-elle avec un débit de mitraillette. Non mais t'as grillé la tchoin ?
— Fallait la planter c'te tchoin. Même pas elle a un mac, a répondu l'autre en jetant un regard mauvais dans la direction opposée. Lui faire comprendre à c'te chienne. »

De l'autre côté d'une maigre haie de buissons anémiés qui s'élevait à une petite dizaine de mètres, j'ai remarqué un gros type à la peau olivâtre assis dos à moi sur un banc du parc. Puis je l'ai vue agenouillée devant lui et mon ventre, mon cœur et ma gorge se sont serrés. Ça ne pouvait pas être elle mais elle ressemblait comme deux gouttes d'eau à Rita d'Allen Street, la beauté tondue qui distribuait de l'espoir aux damnés de la rue. Ses longs bras blancs le long de son corps, ses mains posées à plat sur le sol. Sa tête et sa nuque ondulaient doucement comme une méduse. Sa belle et large bouche et ses douces lèvres étaient masquées par les grosses cuisses et le large cul du type.

Ils étaient chacun dans leur monde et je me suis approché jusqu'à n'être qu'à trois mètres d'eux.

« Ouais, ouais, vas-y salopc, commc ça », grognait-il en boucle. Puis il a tendu la main et l'a posée sur son crâne duveteux, le faisant monter et descendre avec force. « Vas-y, vas-y ! »

Il lui a ensuite pressé la tête contre son bas-ventre et je l'ai entendue s'étouffer, se débattre et essayer de se libérer de sa prise. Mais ce n'est qu'après avoir poussé son dernier gémissement qu'il l'a relâchée. Elle est retombée en arrière en toussant, crachant, suffoquant. Il a eu un petit rire.

« C'est bon, ça va ! a-t-elle dit en essayant de reprendre son souffle. Et mon argent ? »

Il a calmement rentré son pénis dans son pantalon, a remonté sa braguette et il s'est relevé.

« Et mon argent putain ? » a-t-elle répété. Même moi je savais que les prostituées se faisaient payer avant. La pauvre Rita était tristement novice. J'ai regardé le type ajuster son pantalon de flanelle et sa grande veste grise. Puis il a sorti une serviette en papier et a tapoté son large front luisant.

« File-moi ma thune putain, a-t-elle crié.

— D'abord tu me montres tes nichons, a-t-il répondu d'une petite voix enrouée.

— Je t'emmerde, je t'ai déjà donné ce que tu voulais !

— Ok, salut. » Il a commencé à s'éloigner. Elle n'avait aucune chance de se faire payer sans un mac.

« Mais merde ! » Elle l'a attrapé par le revers de sa veste. « File-moi ma thune, espèce de gros porc.

— Montre-moi tes nichons et tu auras ton argent », a-t-il calmement insisté en lui écartant la main.

En un éclair, elle a relevé son t-shirt, dévoilant deux petits seins tendus, surmontée de tétons pointus. Il lui a immédiatement pincé le téton droit de toutes ses forces. Elle a poussé un cri de douleur et s'est écartée. Pliée en deux, elle se tenait le sein comme si une flèche l'avait transpercée. Il s'est retourné et il s'est dirigé vers la sortie du parc pendant qu'elle l'insultait.

Alors qu'il arrivait à ma hauteur, j'ai attrapé une canette d'un litre dans une poubelle et je me suis placé dans le halo d'un lampadaire.

« Tu lui files son blé », ai-je doucement articulé. J'avais tout juste assez d'alcool dans le sang pour être débile, mais je n'avais aucune idée de ce que j'allais faire.

Il s'est arrêté, a paisiblement sorti son portefeuille d'où il a tiré quelques billets, qu'il a laissés tomber par terre. Elle s'est empressée de les ramasser et a filé vers l'ouest.

Il s'est retourné lentement et il est passé juste devant moi, sans montrer la moindre peur. J'ai traversé la rue, sans voir où elle était allée.

Je suis rentré à l'appart bourré et déprimé, mais stimulé. Dans mon crâne battait l'image sacrée et impie de ce gros satyre, mi-homme, mi-bouc, assis sur son banc. Agenouillée devant lui, suppliante, la plus belle des créatures, engorgée par son membre. J'ai sorti une toile peinte d'infernales traînées orange et je l'ai foutue sur le chevalet. Je n'aimais pas trop l'orange d'habitude – cette teinte de citrouille m'évoquait trop les PV pour stationnement de la ville de New York – mais je ne pouvais pas faire sans ici. Atteint d'une érection sévère, j'ai dessiné, invoquant cette image brûlante, l'extirpant par la torture de ma matière grise, peignant à un rythme furieux avant de m'écrouler sur mon lit. Dans un demi-sommeil, je ne pouvais que me demander pourquoi Rita, si c'était bien elle, irait faire chose aussi hideuse, aussi odieuse.

Comme toujours quand je m'endors bourré, j'ai été réveillé de bonne heure par la nécessité de lâcher une longue pisse. Le ciel matinal était morne, le carreau de la fenêtre grisé. Il était environ 6 heures et il devait rester quelques bons spots sur la Quatrième. Puis je me suis souvenu que grâce à l'infusion de dollars prodiguée par la sous-loc de Lynn, je n'avais pas besoin de me jeter dehors et que je pouvais rester peindre ici. En regardant la toile de la veille, j'ai été submergé par la tristesse de ce souvenir blasphématoire. C'était une peinture peu soignée et invendable, mais la demi-image torturée était saisissante : une princesse virginale ensorcelée à genoux devant un ogre roi. J'ai rechargé ma palette. J'ai pris soin d'effacer toute jonction entre le membre et l'orifice, tout simplement parce que je me disais que l'imagination du spectateur se chargerait sans doute mieux de relier les points.

Sur la poche arrière du micheton, j'avais accidentellement laissé une tache verte, que j'ai failli effacer avant de me rendre compte que c'était un billet qui dépassait. Je n'avais pas peint son torse ni sa tête, mais c'était mieux ainsi. L'anonymiser faisait ressortir le grotesque, même si ça m'obligeait à couper le haut du cadre. J'avais d'abord voulu le dessiner penché en arrière, poussant un cri d'extase vers les cieux, mais j'ai ensuite décidé que cette violation perverse serait sa victoire abjecte. Je l'ai peint penché sur sa trouvaille imméritée, cette petite perle. Ses mains anormalement larges maintenant sa tête gracieuse entre ses grosses cuisses pour la ravir, ne la partager avec personne. On aurait dit un Lucian Freud. J'aurais dû m'arrêter là, mais j'ai criblé le corps de la fille de flèches en forme de bites et de seringues, Saint-Sébastien au féminin. Avec mes touches lourdingues, j'ai gâché mon tableau.

Il était près de midi et je savais que les échangeurs de seringues n'allaient pas tarder à faire leur miraculeuse apparition sur les bancs. J'ai nettoyé mes pinceaux, j'ai pris mon carnet de croquis au cas où, et je suis sorti. J'ai titubé sur East Broadway, l'artère commerçante du quartier, et je me suis pris un café chez Happy Lucky. Puis j'ai rejoint le resto de dim sum pas cher et j'ai commandé deux beignets de crevettes à la vapeur. On aurait dit deux minuscules fœtus déposés au fond de l'emballage. Après avoir pris place sur les bancs avec les pauvres hères, j'ai baptisé les embryons d'un trait de sauce soja et je les ai gobés.

J'ai attendu en buvant mon café. J'étais nerveux. J'ai ouvert mon carnet de croquis et j'ai commencé à dessiner des toxicos. Je me demandais ce que j'allais dire si Rita arrivait. C'était sûr que c'était elle que j'avais vue la veille. Aurais-je le courage de lui demander pourquoi elle faisait quelque chose d'aussi dégradant ?

Quand l'escouade de jeunes gens bien intentionnés est arrivée, tous munis de leurs tatouages, coupes de cheveux soignées et blocs-notes, leurs ouailles ont formé une file à peu près discernable. Je me suis levé et j'ai fait le tour du groupe mais elle n'était pas là. Je suis allé à l'avant de la file et, m'adressant à un enfant des rues peroxydé avec un piercing dans le nez, j'ai demandé : « Elle est où Rita ?

— J'en sais rien mais si tu croises cette connasse dis-lui de rabouler les aiguilles.

— Ferme ta gueule toi ! » lui a crié quelqu'un. C'était un blond avec des lunettes et une tronche de premier de la classe qui venait de donner ses seringues à l'un des camés. Il s'est levé, m'a pris à part et m'a dit : « Rita ne travaille plus avec nous.

— Qu'est-ce qui s'est passé ?

— Une petite seconde, m'a-t-il soufflé en jetant des coups d'œil nerveux autour de lui. José, tu peux me remplacer deux minutes ?

— Pas de problème, Lou », a répondu un Latino. Il a posé les kits de préparation qu'il était en train de distribuer et a pris le siège de Lou.

« Elle a de gros problèmes de santé… Je ne peux pas en dire plus. » Il s'est retourné.

« Attends une seconde. » Je l'ai pris par le bras et je l'ai conduit délicatement vers la barrière en fer forgée qui ceignait l'îlot. « Tu la connais ?

— Bien sûr, c'est une bonne amie.

— La nuit dernière j'ai vu Rita en train de tailler une pipe à un gros porc dans le parc.

— Oh putain ! » a-t-il soufflé plus fort qu'il ne l'aurait voulu. J'ai attendu sans rien dire. « Beaucoup de gens qui travaillent ici consomment, a-t-il fini par lâcher. Elle en fait partie.

— Je ne savais pas.

— Elle a eu une petite rechute.

— Vous ne pouvez rien faire pour elle ?

— On a essayé. On ne peut rien pour quelqu'un qui ne veut pas recevoir d'aide.

— Vous ne pouvez pas appeler ses parents ?

— On a fait tout ce qu'on pouvait ! » Puis, baissant d'un ton : « S'il te plaît, garde ça pour toi. »

J'ai acquiescé, sonné. J'avais toujours été fauché, et même si c'était pénible, ça ne m'avait jamais dérangé plus que ça. L'idée de faire quelque chose d'aussi dégradant pour de l'argent me dépassait complètement. Lou a repris les échanges et je suis parti.

# 11

De retour à la maison, j'ai sélectionné une des grandes toiles délaissées par Shade. J'ai ensuite repris mes esquisses des drogués qu'il voulait que je peigne. Alors que je commençais à dessiner leurs visages ravagés, je me suis aperçu que leurs traits et les ombres me venaient trop facilement. Je les connaissais depuis longtemps.

Sept cent mille personnes avaient afflué vers New York rien que dans les dix dernières années. La plupart des habitants de la ville n'avaient visiblement aucune idée de ce qu'elle était à fin des années 70, début des années 80. L'impression dominante, c'était que tout s'effondrait. Tous les gens que je connaissais s'étaient déjà fait cambrioler, agresser, ou pire. Personne ne voulait avoir d'enfants ici, sans même parler d'y devenir un jour un petit vieux. Tout le monde ou presque avait un plan de sortie. On croisait des dealers intimidants, des mendiants insistants et des toxicos en décomposition progressive à tous les coins de rue. C'est à cette époque que j'avais commencé à les dessiner. Les tox étaient d'excellents modèles. Ils restaient immobiles, ou plus exactement, ils s'affaissaient lentement. Je me souviens d'un projet mordant que j'avais fait quand j'étais jeune et que j'avais perdu depuis. Intitulé *Accro en Stop-Motion*, c'était une série de portraits superposés d'un héroïnomane qui s'enfonçait sa seringue dans le bras.

Je n'avais jamais pris de drogue pour une bonne raison : je savais que j'étais un toxico qui ne demandait qu'à s'affirmer. Je savais aussi que j'étais alcoolique et que la cigarette allait me donner le cancer, j'avais donc pris soin de ne jamais me mettre à picoler ou fumer régulièrement. Je regrettais seulement de ne pas avoir compris qu'un jour les appartements deviendraient aussi rares qu'hors de prix.

Au bout de deux heures, j'ai dû aller rapidement chercher une deuxième toile pour compléter la fresque.

Alors que j'affinais des détails du tableau, j'ai pris conscience que la sobriété, ce que la plupart d'entre nous tenons pour acquis, représentait un état de grâce pour les habitués des bancs. Ils s'étaient brûlés au contact des flammes et n'étaient pas encore morts. J'ai alors décidé de développer mon concept. J'ai dessiné le bas du torse de Rita sur la partie supérieure de la toile, avec les anges du banc qui essayaient de la retenir à leur niveau, tandis que le haut de son corps était entraîné vers un autre monde. J'empruntais légèrement au *Jugement dernier* de Michel-Ange, mais j'avais besoin d'un autre groupe pour rendre justice à mon enfer. J'ai attrapé une toile de la même taille que la première et je l'ai fixée en haut du cadre. Puis j'ai déniché de longues vis à bois et je les ai vissées dans le premier tableau. J'ai couvert l'interstice entre les deux panneaux avec du scotch de peintre, et j'ai créé un gang de démons qui s'accrochaient au haut de son corps et la tiraient vers eux, l'arrachant à son salut.

Je n'avais pas sorti la peinture des tubes mais je visualisais déjà clairement les couleurs : un enchevêtrement de musculeux bras rouge sombre et de doigts violets noueux qui empoignaient sa peau d'albâtre. Une main crasseuse aux veines gonflées se refermait sur l'or de son crâne rasé. Une autre main souillée enfonçait ses doigts aux articulations enflées dans sa douce bouche humide et son nez délicat. La troisième et la quatrième paires de mains, larges et puissantes, la tiraient par ses épaules anguleuses. Une cinquième et sixième paires plongeaient d'épaisses seringues argentées dans la douceur nacrée de ses fins avant-bras. D'autres mains dégradaient son corps si beau, des ongles jaunis et cassés traçant des sillons dans sa chair. Bien sûr, j'ai dessiné une main qui descendait pour tordre son téton froid et durci. D'autres mains rugueuses allaient plus loin, avançant sur sa fine toison pubienne. Il m'est alors venu à l'idée de donner une identité à ces griffes monstrueuses et ils se sont alors changés, *tadam*, en marchands d'art. Les deux plus diaboliques, qui lui injectaient l'héroïne, étaient Barclay Hammel et Victor Oakridge. J'ai ajouté le visage verdâtre de l'arachnéen Klein Ritter grouillant derrière quelques-uns de ses compatriotes au faciès canin pour les encourager. L'espace d'un instant, j'ai envisagé de peindre June sous les traits de l'une de leurs victimes assassinées mais je me suis ensuite dit que ça transpirerait trop l'amertume.

Il n'y avait pas d'enfer ou de paradis clairement définis dans le monde de Rita. Elle n'avait que deux voies : le purgatoire d'une rédemption au rabais en se droguant prudemment et proprement sur le banc, ou les excès narcotiques des classes privilégiées.

Il était 22 heures. Pour la première fois depuis un moment, j'avais travaillé toute la journée. Le tableau s'était animé d'une vie propre, échappant à mon autorité de créateur pour se transformer en une fresque de quatre mètres de long.

Épuisé et affamé, je me suis soudain aperçu que j'étais en retard. J'étais censé retrouver Lynn au Mekong Delta des heures auparavant. Je me suis rué en bas des escaliers, au coin de la rue et dans le resto.

« Oh putain ! » a-t-elle crié. J'ai cru qu'elle était en colère à cause de mon retard. « Mais jamais tu te laves après avoir peint ? J'ai cru que tu saignais. » Je me suis aperçu que j'avais les bras et le visage striés de la peinture rouge sang que j'avais utilisée pour les flammes de l'enfer. Avec les éraflures sur mes joues, ça faisait plus vrai que nature. Je me suis excusé pour mon retard et elle a répondu que ça n'était pas grave. Affamé, j'ai commandé un Buddha Delight. Elle m'a tendu une serviette en papier humidifiée et a posé une canette de Coca sur le comptoir sans rien me demander. Je l'ai vidée d'un trait.

« Tu as les clés ?

— Ah, ouais. » Je lui ai tendu le jeu de secours que Shade m'avait passé et elle m'a donné l'enveloppe qui contenait son loyer.

« C'est toujours bon si j'emménage demain ?

— Ouais, ai-je répondu sans pouvoir retenir un rot aussi retentissant qu'une corne de brume.

— T'es dégueu !

— Désolé. » Partager un espace avec une femme allait exiger un léger réajustement.

Elle m'a demandé si je travaillais toujours sur les portraits de mon ex, je lui ai raconté que celle-ci se mariait et que mon nouveau projet consistait en deux purgatoires. L'instant d'après, un vieux est entré pour commander une grande soupe aux raviolis. Elle m'a tendu mon Buddha Delight prêt à emporter. Je lui ai souhaité une bonne soirée et je suis parti.

Avant de remonter travailler dix heures et dormir un peu, je suis passé au bar. En parcourant les visages que j'arrivais à distinguer dans la pénombre, j'ai repéré Pablo, avec une nouvelle conquête exotique, d'un blond européen.

« Salut à toi, fidèle Nadhérent.

— Salut toi-même. Au fait, il y a cette fille qui te cherche.

— Quelle fille ?

— Tu sais, l'Australienne là. Comment elle s'appelle déjà ?

— Qui ?

— La peintre.

— Bethsheba ? » C'était la seule artiste australienne que j'avais en tête mais j'ignorais qu'il la connaissait aussi.

« Je l'ai vue chez Barnes and Noble l'autre jour et elle m'a dit qu'il fallait que tu l'appelles.

— À quel sujet ?

— Elle a dit que vous deviez aller au festival de Dumbo ce week-end.

— Ah oui, c'est vrai. » Je ne lui avais pas reparlé depuis qu'on avait embué les vitres du van à Brooklyn. Même si les femmes vous en voulaient généralement à mort si vous ne les rappeliez pas pour les rassurer après ce genre d'acrobaties, je savais que Bethsheba n'avait pas besoin de ça. Après tout, elle avait son expo solo, des critiques dans le *New York Times* et son propre groupe de collectionneurs.

J'ai remercié Pablo et j'étais sur le point de remonter travailler, mais quelque chose me tracassait. J'ai pris mon vélo et j'ai fait le tour du Sara Roosevelt Park. Après une reconnaissance rapide des lieux, au cours de laquelle j'ai repéré plusieurs prostituées fatiguées et leurs répugnants clients, je suis retourné à Chinatown.

Une fois rentré, face à ma fresque, je me suis rendu compte que j'avais eu la main bien trop lourde sur le rouge et l'orange. J'avais remarqué que les tableaux aux couleurs vives se vendaient toujours mieux que les peintures sombres, mais celui-ci donnait l'impression d'avoir été badigeonné avec une sucette à la cerise. Ma palette m'échappait toujours pour mener seule son existence tapageuse.

J'ai repris mes couleurs et j'ai soigneusement arrangé les visages pour les rendre plus nets. Je devais sans cesse réprimer la tentation d'ajouter une toile de plus à ce vaste assemblage mal préparé. Enfin, quand j'ai commencé à avoir les yeux qui se croisent et que je n'ai plus réussi à tenir debout, je me suis allongé et endormi.

J'ai été réveillé le lendemain matin par le grincement sonore de la lourde porte d'entrée. J'ai ouvert un œil et j'ai vu Lynn qui poussait une petite valise en aluminium.

« Merde, ai-je bafouillé, les paupières et le cerveau bouffis, il est déjà midi ?

— Ouaip, et moi je dois emménager et régler plein de trucs avant d'aller bosser donc... hé mais c'est pas mal ça. » J'ai vu qu'elle regardait mes esquisses préparatoires pour mon nageur.

« Je fais une série sur la nage dans l'East River », ai-je marmonné sans réfléchir plus que ça. Deux secondes plus tard, je m'étais complètement rendormi. Quand j'ai rouvert les yeux un peu après, elle était toujours là, et fixait mon purgatoire bordélique posé dans un coin.

« Qu'est-ce que tu en penses ? » ai-je demandé en dissimulant mal mon espoir d'obtenir deux minutes de flatterie.

Elle est restée plantée devant sans rien dire. J'ai abandonné l'idée de dormir et je me suis levé. En m'approchant, j'ai vu des larmes qui coulaient sur son visage froid et fermé : Lynn pleurait.

« Il n'est pas si bien que ça, si ? » ai-je demandé en regardant le tableau avec elle.

Elle n'a pas réagi.

« Il est si mauvais que ça ? » ai-je hasardé avec crainte.

Toujours pas de réponse.

« Il est super, a-t-elle fini par dire. C'est juste que... il me fait penser à quelqu'un.

— À qui ? ai-je demandé, curieux.

— Personne. Quelqu'un de la côte Ouest.

— Elle s'appellerait pas Rita des fois ?

— Non. » Elle s'est essuyé les yeux puis a repris sa valise remplie de matériel.

« Tu as besoin d'un coup de main ?

— Ça va », a-t-elle soufflé en allant inspecter le coin dégagé qui lui revenait officiellement.

Je me suis aspergé le visage pour enlever la peinture de la veille, puis j'ai attrapé mes clés et j'ai dévalé l'escalier, suivi de Hong Kong Don Juan, une nouvelle concubine à son bras.

Chez Happy Lucky, le café était horriblement mauvais. Mais, heureux hasard, j'y ai trouvé un quarter par terre, que j'ai utilisé pour appeler Bethsheba.

« Je savais pas que tu connaissais Pablo, ai-je dit en guise de salutation.

— Mais c'est qui ce type, et puis t'es qui toi ? a demandé Bethsheba.

— C'est Or.

— Oh ! Hé dis donc, jamais tu rappelles ?

— Désolé.

— Ça tient toujours pour ce week-end ou est-ce que je...

— Non, non, je suis partant. Dis-moi juste où je passe te prendre.

— Je remonte pas dans ta charrette de la mort. On se retrouve directement à Dumbo.

— Très bien. » Puis j'ai redemandé avant d'oublier : « Comment tu connais Pablo alors ?

— Aucune idée de qui est ce gonze.

— Tu es tombée sur Pablo, le poète pro-Nader à la librairie d'Astor Place...

— Ah ouais, le copain des arbres. Je suis tombé sur lui à Bad and Ignoble. » Je comprenais qu'elle parlait de Barnes and Noble mais je ne voyais pas le rapport entre Pablo et les arbres. « Il a essayé de me draguer pendant que je t'attendais à côté de ton stand l'autre jour. »

On s'est donné rendez-vous à la sortie de la station de York Street, le premier arrêt de la ligne F côté Brooklyn, le lendemain à midi.

« Au fait, a-t-elle dit avant de raccrocher, j'ai une mauvaise nouvelle.

— Quoi ?

— Tu ferais bien d'appeler à la Pomegranate Gallery.

— Pourquoi ? Qu'est-ce qui s'est passé ?

— Parles-en à Persephone. Elle a essayé de te joindre mais elle n'a pas ton numéro et comme elle nous a vus ensemble elle m'a appelée…

— Mais qu'est-ce qui s'est passé bordel ?

— Ton tableau a été endommagé.

— Quoi ?

— Quelqu'un a entaillé la toile.

— Mon *Pêcheur latino* ? Qui a fait ça ?

— Persephone n'a pas vu qui c'était. Appelle-la. » Ça devait être June, mais elle venait de se fiancer. Qui d'autre serait allé faire un truc pareil ?

« Tu préfères zapper Dumbo ? a-t-elle demandé.

— Pas du tout. » Je lui ai confirmé que je la retrouverais le lendemain. La vie continuait. Puis j'ai appelé la Pomegranate Gallery et Persephone a décroché.

« Je viens de parler à Beth. Elle m'a dit que quelqu'un avait donné un coup de couteau dans mon tableau.

— Je suis désolée.

— Qu'est-ce qui s'est passé ?

— Je ne sais pas exactement. J'ai une sonnette dans mon bureau, j'ai entendu quelqu'un entrer mais je n'ai pas vu qui c'était. Puis, quand un visiteur est passé plus tard dans la journée, il m'a fait remarquer les dégâts.

— Et c'est quoi les dégâts exactement ?

— Un petit trou au milieu du tableau.

— Un petit trou ? » J'en sentais un se former dans mon cœur.

« Ouais. On a retrouvé un tournevis sur le trottoir. »

J'ai laissé échapper un gémissement de douleur que j'aurais préféré plus discret. « Quelqu'un est venu le planter dans la toile et tu n'as rien entendu ? » Ça me paraissait louche.

« Or, je suis galeriste. L'art, c'est ma vie. Je me serais jetée entre la pointe du tournevis et le tableau si j'avais su ce qui se passait. Et je n'exagère pas.

— C'est réparable ?

— Oui, et j'ai toujours l'intention de le vendre si tu acceptes de me le laisser.

— Tu as appelé la police ?

— Absolument. J'ai insisté pour qu'ils prennent les empreintes digitales sur le tournevis.

— Tu es assurée ?

— Alors, tu te rappelles peut-être que je t'avais demandé si *toi* tu l'étais, parce que moi non.

— Ah. » Je m'en souvenais.

« Je ne voudrais pas te sembler indélicate en parlant de ça maintenant, mais tu as signé un accord quand tu nous as confié ton œuvre. On est couverts pour les expos solo mais pas les collectives. » Je savais que j'avais signé un papier mais je ne me rappelais plus les détails.

« Or, je tiens à te redire combien je suis désolée.

— Je n'ai pas de femme, d'enfants, de famille ni d'argent. Tout ce que j'ai, c'est mes foutus tableaux.

— Je comprends. » Elle s'est tue un instant. « C'est la première fois qu'une chose pareille m'arrive. Je ne sais pas si ça change grand-chose, mais je peux te donner cent dollars de ma poche.

— T'inquiète. » Ce n'était pas de sa faute mais de la mienne. Je n'aurais jamais dû taillader les tableaux de June et j'aurais dû me répandre en excuses quand elle était venue me voir. Elle voulait manifestement me donner une leçon et c'était réussi.

« Si je peux faire quoi que ce soit, a insisté Persephone.

— Tu ne connaîtrais pas quelqu'un qui cherche à acheter des œuvres ? ai-je plaisanté.

— Tu ne sculptes pas, par hasard ?

— Pas vraiment, pourquoi ?

— J'ai reçu un coup de fil ce matin pour savoir si je connaissais des sculpteurs abordables.

— Des sculpteurs ?

— Ouais, pour une pierre tombale. »

J'avais sculpté quelques petits trucs quand j'étais à l'Art Student League mais je n'en avais pas fait une habitude.

Je l'ai remerciée quand même au moment où se lançait le message automatique me prévenant qu'il fallait remettre une pièce.

Quand un peintre regarde ses tableaux, il n'y voit pas seulement ce qu'il a peint mais aussi un moment de sa vie. Ces pêcheurs resteraient toujours à mes yeux un monument à la mémoire de ce brûlant mois de juin de l'an 2000, où j'étais pauvre et intensément amoureux de June. Quelques mois plus tard, j'étais fauché, seul et toujours en train de me débattre avec le dessin d'un nageur incapable de franchir l'East River.

J'ai déambulé un moment en pensant à ce tableau saboté, la dernière aquarelle de ma série sur ces pêcheurs alignés le long du fleuve, eux qui maniaient si fièrement leurs vieilles cannes à pêche.

***

C'était peut-être parce qu'on était vendredi mais les ventes de livres n'allaient pas fort. Puisque je ne pouvais pas travailler sur ma fresque, j'ai profité de ce temps pour étudier les images de nageurs que j'avais réunies. J'avais des idées mais il me fallait un modèle.

« Hé Jerry, tu pourrais nager un peu s'il te plaît ? ai-je lancé au vendeur de BD qui regardait dans le vague, levant mon carnet de croquis en guise d'explication.

— Bah si c'est pour l'art. » Il a tendu ses bras flasques devant lui et m'a laissé replacer sa tête et ses mains tandis qu'il tenait la pose.

« Ça te dérange si je relève ton t-shirt ? ai-je demandé en le débraillant.

— Non, ça va, a-t-il lentement répondu tandis que j'observais son dos.

— Tu devrais faire du sport, ai-je remarqué en essayant de distinguer ses muscles de sa graisse.

— Ou peut-être que je devrais surtout éviter de me laisser manipuler.

— Ça te dérange pas si… » Sans finir ma phrase, je lui ai un peu arrosé le dos.

« Hé ! » Il m'a repoussé et a baissé son t-shirt.

« Je voulais juste voir à quoi ressemblait ta peau quand elle est mouillée, ai-je expliqué. Et la lumière est parfaite.

— Ouais, ben là il fait froid et il faut que je réfléchisse. » Il a rentré son t-shirt dans son pantalon et a repris sa morne contemplation. Sans le vouloir, j'étais allé trop loin. J'étais simplement frustré. Aucun dessin ne donnait ce que je voulais. Ou peut-être avaient-ils ce qu'il fallait et que je ne m'en rendais pas compte. Je n'arrivais pas à comprendre ce que ressentait le nageur. J'ai dessiné la perspective sous tous les angles mais je n'étais pas à l'aise. Entre les ventes de livres en berne et ma toile des pêcheurs poignardée à Williamsburg, tout me déprimait.

À 17 heures, je n'avais gagné que soixante-quatre dollars. Je ne pouvais pas partir tout de suite. D'un autre côté, je devais retrouver Beth au Dumbo Art Festival le lendemain et je savais que je n'allais pas peindre du tout. J'ai décidé de rentrer pour essayer de déposer quelques pigments sur la toile.

# 12

J'ai pris un burrito à emporter avant de me garer et de décharger mes cartons de livres. J'ai commencé à manger, tout en rapportant mon stock à la maison sur mon diable, laissant une petite traînée de riz et de haricots dans mon sillage.

Une silhouette a alors jailli de Ludlow Street comme une météorite serrée dans un jean fatigué. En y regardant de plus près dans la lumière déclinante du jour, j'ai reconnu Rita qui jurait, en larmes. Bourrée de tics, elle avançait d'un pas saccadé.

« Tout va bien ? ai-je crié quasi-instinctivement.

— Taaaaa !!! Gueuuule !!! » m'a-t-elle hurlé, toutes les cellules de son corps parfait et suant en incandescence. J'ai failli lâcher mon burrito.

« Ah, c'est toi. Désolée. » Elle s'est un peu reprise. Elle m'avait apparemment confondu avec un autre. « C'est toi le... l'artiste.

— Est-ce que ça va ? » ai-je insisté. J'ai déposé mon diable pour ne pas faire tomber mes cartons de livres et j'ai lentement sorti mon carnet de croquis.

« Non, je me suis salement fait baiser.

— Qu'est-ce qui s'est passé ? ai-je demandé avant de mordre nerveusement dans mon burrito.

— Mais peut-être que *toi* tu peux me rendre un service.

— J'allais te demander la même chose, ai-je répondu, pressé de lui montrer mon carnet.

— Je vais t'aider. » Elle a planté son regard dans le mien. « Mais il faut que tu m'aides d'abord.

— J'ai pas vraiment d'argent...

— Non non, t'inquiète, rien à voir », m'a-t-elle rassuré, puis, me prenant par le bras, elle m'a entraîné vers l'est.

« Attends, je dois rentrer mes livres. »

Elle m'a lâché le bras et elle est partie devant. J'ai attrapé mon diable et je l'ai suivie sur le trottoir nord de Grand Street, le long du premier immeuble de la cité de Seward Park.

« On va où ?

— Il faut que je récupère un truc auprès de quelqu'un.

— C'est quoi ? » J'ai pris une autre bouchée de burrito.

« Viens, je vais te montrer. » Après avoir remonté quelques rues en direction de Delancey, elle s'est arrêtée devant un immeuble et m'a fait signe de la rejoindre.

« Qu'est-ce qu'il y a ici ? » ai-je demandé en reposant mon diable. J'allais mordre dans mon burrito quand elle me l'a arraché des mains pour le jeter dans le caniveau.

« Non ! » Je le lui ai repris juste à temps, je l'ai remballé dans l'alu et je l'ai glissé dans la poche de ma chemise. Rita a poussé le diable contre le mur de l'immeuble pour dégager le passage.

« Tout ce que t'as à faire, c'est aller me chercher un truc, ok ? C'est tout.

— C'est quoi ce truc ?

— Juste une petite enveloppe.

— Je dois donner ton nom ou...

— Putain mais non, est-ce que je t'ai dit... » Elle a pris une profonde inspiration pour se calmer. « Tu fermes ta gueule. Ils déconnent pas ces types. Tu leur files le cash, tu prends l'enveloppe et tu te barres.

— C'est quoi cette histoire ? » Mais je savais bien qu'elle voulait que je lui achète de la drogue. C'était parce que j'avais de l'affection pour elle que j'ai essayé de la raisonner plutôt que de la planter là.

« C'est pas ce que tu crois, a-t-elle chuchoté, tendue, en regardant de part et d'autre de la rue. C'est pour une copine.

— Tu te rends compte de ce que tu fais subir à ton corps ? ai-je demandé d'un ton grave.

— Tu veux m'aider ou je demande à quelqu'un d'autre ?

— Je veux t'aider mais pas comme ça.

— *Non !* » a-t-elle crié avant de m'attraper et de me coller contre un vieux mur de briques. Elle avait approché son visage à deux centimètres du mien. « Écoute-moi bien, tu m'aimes et moi je… je t'aime. »

J'ai esquissé un sourire et, ne pouvant se retenir, elle m'a imité. « Ok, c'est des conneries, mais t'as pas idée de toutes les fois où elle marche celle-là. Mais en vrai, je ferais *n'importe quoi* pour toi. Tout ce que tu as à faire, toi, c'est ce tout petit truc. S'il te plaît. *Tu dois m'aider !*

— C'est *hors de question,* ai-je répondu d'un ton calme et sincère. *Justement* parce que je tiens à toi.

— Une seconde, je t'écoute hein, mais juste laisse-moi deux minutes. » Elle s'est retournée et s'est acharnée sur les vieilles poignées de porte des immeubles délabrés de ce bout de trottoir.

« Qu'est-ce que tu fous ?

— Une seconde. Tu vois, c'est ce bâtard de Luke, c'est de sa faute. Il m'a fait un coup de pute et puis il est allé voir ces connards pour qu'ils arrêtent de me vendre, il avait pas le droit putain… » Sans cesser son manège, elle m'a débité une explication alambiquée sur ce qui l'avait amenée ici. Tout ça ne faisait que souligner que je ne connaissais rien de cette personne, ni de son monde. Je n'avais aucune raison de m'embarquer là-dedans.

Quand quelqu'un est sorti d'un immeuble deux numéros plus loin, Rita a braillé : « Tenez-moi la porte ! » La vieille femme latina l'a retenue avec le chariot à provisions qu'elle traînait derrière elle.

« J'ai laissé mes clés en haut, a dit Rita. Merci beaucoup, ma belle. » La vieille dame a souri et s'est dirigée vers le bout de la rue.

« Hé, Sammy, m'a crié Rita, tu viens ou quoi ? » Elle a jeté un coup d'œil dehors pour vérifier que personne ne l'avait vue depuis le point de vente.

« Je m'appelle Or, ai-je rectifié.

— Et t'es comme ton putain de blaze, a-t-elle répliqué avec colère. T'es hésitant. Mais j'aime mieux te dire un truc, Or Donc, une absence de décision, c'est une décision. »

Parce que ça m'aurait demandé bien plus d'efforts de partir que de rester avec elle, j'ai attrapé les poignées de mon diable, je l'ai fait rouler sur les sept mètres qui me séparaient du perron, puis je l'ai porté sur les quelques marches qui donnaient sur le hall étroit de l'immeuble miteux. Elle était déjà entrée.

« Je ne vais pas t'acheter de drogues », ai-je répété d'un ton ferme tout en faisant rouler mon diable sur les carreaux ébréchés menant au pied de l'escalier sur lequel elle se tenait.

J'ai cru qu'elle avait trébuché quand elle m'est tombée dessus en m'embrassant sur la bouche. Elle s'est glissée contre moi, frottant ses lèvres sur ma poitrine, mon ventre et enfin l'avant de mon pantalon. Elle a commencé à baisser ma braguette.

« Qu'est-ce que tu fous ? » Je lui ai repoussé la tête.

« Rien que deux petites minutes, tu vas là-bas, tu récupères le bordel, et moi je te fais la meilleure pipe de toute ta vie.

— *Non !*

— Tu vas juter si fort que tu vas me faire un trou dans le crâne ! Je te jure !

— Pourquoi t'y vas pas toi-même ?

— Parce que je peux pas, putain !

— Pourquoi ?

— Parce qu'à cause de ce bouffeur de nœuds de Luke ils veulent pas me vendre ! » Elle criait désormais.

« Eh bah moi j'irai pas !

— *Sa mère la pute !* » a-t-elle hurlé en frappant dans l'un des maigres murs du hall d'entrée.

« Tu sais, ai-je repris plus calmement dans l'espoir de lui montrer que je m'inquiétais vraiment pour elle, j'ai peint une fresque de toi et je crois vraiment qu'elle pourrait te plaire. Si tu veux aller manger un morceau et...

— Et si je te laisse m'enculer, tu serais d'accord ? a-t-elle marchandé en se retournant et en commençant à baisser son pantalon.

— C'est qui qui a cogné dans mon mur, putain ? » Un gros troll dégarni avait ouvert la porte de sa tanière. Son peignoir qui bâillait laissait entrevoir son caleçon déchiré et son débardeur taché.

« Salut toi, a-t-elle roucoulé à l'ogre aux épaules en toit de chiottes.

— C'est toi qu'as shooté dans mon mur ? »

Alors qu'elle avançait vers sa porte, il a posé ses yeux injectés de sang sur son t-shirt et son jean serrés.

« Ça te dirait de te faire sucer la bite si fort que tu auras l'impression d'être mort et descendu en enfer ? » Je voyais le bout de sa langue passer sur sa lèvre.

« Quoi ? » Un sourire béat éclairait son visage.

Elle s'est approché de lui et a passé ses doigts sur son caleçon élimé.

« Monsieur, elle veut que vous lui achetiez sa drogue, ai-je crié.

— Laisse-moi juste... » a-t-elle dit avant d'entrer dans l'appartement et de fermer la porte derrière elle. À cet instant, n'importe qui d'autre aurait choisi de partir. Moi, je ne ressentais qu'une panique suffocante.

« Sors de là ! » ai-je hurlé en tambourinant à la porte. Au bout de cinq secondes, j'ai crié en désespoir de cause : « D'accord, d'accord, je vais le faire ! »

Sans le moindre intérêt pour l'homme ou ce qui venait de se passer, elle a ouvert la porte, s'est relevée puis est revenue dans le couloir. J'ai entendu le vieux crier : « Hé mais c'est quoi ce bordel ? Une léchouille et c'est fini ? Tu peux pas faire ça à un ancien combattant ! »

Elle m'a tenu la porte de l'immeuble pendant que je ressortais avec mon diable.

Elle parlait à mille à l'heure. « Ok, alors voilà comment tu vas faire, tu vas entrer dans cet immeuble, et là...

— Attends, l'ai-je interrompue. Je veux que tu me rendes un service.

— Ok, qu'est-ce que tu veux ?

— J'aimerais que tu regardes mes dessins, ai-je expliqué dans une pathétique tentative de me convaincre que j'étais autre chose que son esclave.

— Pas de problème, mais après. »

Elle a désigné un bâtiment que l'on devinait tout juste. « Quand tu vois le mec en bas, tu lui dis que tu habites là parce qu'il prend pas de nouveaux clients. Ensuite, il faut te grouiller. En haut, il y a généralement deux mecs, mais parfois c'est un mec et une grosse filles assis sur le dernier palier. Tu leur files le billet de vingt. Ils te donneront un sachet. Puis tu te casses le plus vite possible parce que quelquefois ils partent en couille. »

Elle parlait à un rythme effréné. J'arrivais à peine à la suivre. Ses cheveux blonds avaient un peu repoussé et étaient collants de sueur. Elle s'arrêtait régulièrement et je voyais qu'elle s'efforçait de tenir le coup.

« Voilà le guetteur. » Elle m'a discrètement désigné une racaille avec des bijoux sur les dents. « Depuis l'Opération Pressure Point, ils ont arrêté ces conneries.

— Je peux te poser une question ?

— Regarde tous les connards qui rentrent ! s'est-elle exclamée en voyant deux personnes qui arrivaient du coin de la rue. Fait chier ! Ils vont bientôt être à sec, si c'est pas déjà le cas. On discutera après, file ! »

Elle m'a enfoncé un truc dans la paume de la main. On aurait dit un caillou. C'était un billet de vingt dollars, tellement replié qu'il formait un cube quasi-parfait.

« Vas-y ! » Elle m'a poussé dans le dos. Derrière une échelle de secours rouillée qui ne manquerait pas de s'effondrer si quelqu'un s'aventurait à y poser un pied, un sordide bâtiment s'élevait de guingois. En approchant, j'ai vu deux personnes qui traînaient sur le pas de la porte, avant de m'apercevoir qu'il y en avait une demi-douzaine d'autres qui attendaient dans le hall d'entrée puant. Je me suis frayé un chemin parmi eux et j'ai entendu quelqu'un crier : « Attends ton tour, connard !

— Je t'emmerde, j'habite ici ! ai-je immédiatement répliqué.

— Le prochain arrive ! » ai-je entendu. L'instant d'après, j'ai vu un gros mec latino avec un fedora marron se tourner vers moi. Une fine ligne de poils noirs tenait lieu de frontière entre ses énormes bajoues et son cou de taureau. Il s'est planté devant moi.

« J'habite en haut ! » ai-je répété avec la même indignation. Comme la porte de la caverne d'Ali Baba, l'homme montagneux s'est alors écarté.

J'ai grimpé tranquillement au premier étage puis, une fois sorti du champ de vision des clients, je me suis mis à courir. J'avalais silencieusement les marches par trois. Une volée après l'autre, je sprintais dans l'escalier de pierre fatigué. Je frôlais du bout des doigts les rampes métalliques couvertes d'innombrables couches de peinture brillante. Chaque palier étroit était flanqué par quatre vieilles portes. En approchant du cinquième, j'ai senti la tension me gagner, en même temps que la conviction que tout ceci était totalement absurde. Sur la grande carte des embranchements profondément débiles et des trajectoires folles qui jalonnaient mon existence sinueuse, j'abordais sans aucun doute possible l'échangeur du New Jersey des décisions à la mords-moi-le-nœud.

Arrivant au sixième et dernier étage, j'ai d'abord distingué quatre grosses jambes engoncées dans des jeans retroussés. Je les entendais. Assis sur le palier, ils étaient en train de vendre, je suis donc redescendu au quatrième pour attendre la fin de la transaction. J'étais pétrifié. Je devais prendre de profondes inspirations pour ne pas me trouver mal.

J'ai compris que le gros portier du rez-de-chaussée ne laissait passer personne tant qu'il y avait un client en haut. Je trouvais ça curieux de laisser cinq étages d'écart entre le gorille et les dealers, mais je supposais que cela leur laissait le temps de s'enfuir si les flics débarquaient ou si un gang rival venait les braquer. Ils pouvaient alors ramasser leur matos et passer facilement par le toit vers une autre planque.

La vente s'est terminée rapidement. Une paire de baskets blanches a commencé à descendre puis j'ai entendu crier : « Envoie le prochain ! »

En m'élançant sur la dernière volée de marches, j'ai senti mon cœur fibrillater. Tout en moi criait « magne-toi ». J'ai croisé le type qui venait d'acheter sa came. Un mec blanc lambda avec des lunettes d'écaille. J'ai fait semblant d'être essoufflé en arrivant en haut. Deux Blacks d'une vingtaine d'années trônaient dans leur panoplie gangsta. Des billets et des paquets étaient étalés entre eux sur la marche.

« Sa mère, t'as fait vite, a dit l'un des deux, qui portait une casquette de pêcheur avec la visière baissée.

— T'es qui toi ? a demandé son acolyte, un ectomorphe avec une casquette Phat Farm. Je connais pas ta gueule.

— T'inquiète, je sais c'est qui », l'a rassuré le pêcheur que je n'avais jamais vu de ma vie.

Je lui ai tendu mes vingt dollars cubiques.

« Bah moi je sais pas c'est qui ce pelo.

— Azy, c'est bon, file-lui son truc », a coupé le premier.

L'autre m'a tendu un sachet et je suis parti. Arrivé au cinquième, j'ai entendu crier : « Envoie le prochain !

— Je viens de le faire ! a rugi une voix en contrebas.
— Ouais bah renvoies-en un autre là ! »

Deux étages plus bas, j'ai croisé l'acheteur suivant, un grand Black tout mince qui remontait l'escalier à la vitesse d'un piston dans une seringue.

« Ils sont encore avec quelqu'un, tu ferais mieux d'attendre », lui ai-je conseillé pour me laisser un petit temps et éviter que les dealers comprennent ce qui se tramait. Il s'est arrêté et j'ai continué ma descente.

Deux volées de marches plus bas, j'ai croisé une autre amatrice de substance, une jolie blonde avec des lunettes à monture noire. « Il y a un embouteillage là-haut, je te conseille de ralentir. »

« J'étais sûre que t'avais doublé tout le monde, bâtard », a-t-elle rétorqué dans sa barbe. Alors que j'arrivais au rez-de-chaussée, j'ai entendu crier : « Qu'est-ce que tu branles, en bas ?
— C'est quoi l'embrouille ? a répondu en écho l'homme de main au cou prohibitif.
— Tu les envoies par deux ou quoi ? »

L'instant d'après, j'étais dehors. J'ai couru au bout de la rue, où j'ai retrouvé Rita et mon diable. Tandis que j'essayais de reprendre mon souffle, j'ai vu qu'elle oscillait entre jurons et prières. Quand j'ai hoché la tête, confirmant ses plus grands espoirs, elle a ouvert les vannes et les larmes se sont mises à couler. Elle se mordait la lèvre. C'était comme si elle avait à la fois remporté un Oscar et donné naissance à des triplés. J'étais franchement en rogne mais je n'ai pu m'empêcher de sourire. À cet instant, j'ai vu le visage de la béatitude : une expression que j'aurais voulu peindre sur la lune pour le que monde entier la voie.

« Elle est où ? Elle est où ? » m'a-t-elle pressé. J'ai levé le poing. « Donne ! Donne, enculé ! » Elle a grogné comme un fauve quand je suis passé devant elle.

« Ils vont comprendre le coup dans une minute, ai-je répliqué d'une voix tendue. On ferait mieux de mettre quelques rues entre eux et nous. »

Elle a attrapé mon diable et m'a suivie sur Grand Street puis vers l'ouest.

Alors qu'on traversait Essex, je lui ai dit : « Tu sais, on se sent vraiment plus proche d'une personne après avoir risqué sa vie pour elle.

— Ouais, ouais, c'est ça, allez, file-le-moi. » Elle essayait de m'attraper la main.

« Tu as dit que tu regarderais mes dessins.

— File-le d'abord. » Elle a poussé un soupir exaspéré. J'ai ouvert la main et elle a attrapé le minuscule sachet glycériné.

J'ai soigneusement saisi le carnet glissé entre les cartons et le dossier du diable. Elle me l'a arraché des mains et l'a feuilleté rapidement. C'était le dernier obstacle qui se dressait entre son bras et sa précieuse héroïne. Les dessins ont d'abord défilé rapidement, puis, au milieu du carnet, elle a ralenti. Avant d'atteindre la dernière page, elle est revenue au début et l'a examiné attentivement. Les dessins n'étaient pas incroyables, c'étaient des études. Celui qu'elle a regardé le plus longtemps était un portrait serré un peu surréaliste du nageur à la peine. J'avais essayé de capturer le micro-instant où sa tête se tournait sur le côté. Ses lèvres ressortaient de l'eau, il pouvait à peine respirer. Les muscles de sa nuque étaient tendus et son bras replié, prêt à fendre encore une fois les vagues.

« Ce ne sont pas mes meilleurs, ai-je bafouillé, gêné. Enfin, j'en ai fait la plupart aujourd'hui. Je voulais juste te montrer que je...

— L'art le plus noble et le plus étrange... » Elle s'est interrompue pour reprendre son souffle. « ... peut négliger la nature : il en représente une autre nature, analogue à l'esprit et au tempérament de l'auteur. »

Devant mon expression surprise, elle a précisé : « Baudelaire a écrit ça au sujet de Delacroix. »

On était loin du stéréotype de la camée qui tapine.

« Tu es un artiste talentueux. » Elle m'a lancé mon carnet. Luttant toujours contre les premières douleurs du manque, elle a ajouté : « Je serais honorée de poser pour toi un jour.

Mais qu'est ce qu'une fille blanche intelligente comme toi fout dans la Vallée de la Mort ?

— C'est la Vallée de l'ombre de la mort, m'a-t-elle corrigé. Et crois-moi, on en est encore loin.

— Et tu suces des vieux pour impressionner tes copines ou pour te venger de Papa ?

— Je t'emmerde. »

Je l'ai attrapée par le bras et je lui ai demandé : « T'as pas envie de vivre ?

— Plus que n'importe quoi d'autre dans ce monde de merde », a-t-elle conclu avant de s'en aller.

Même si j'avais l'impression qu'une existence entière s'était écoulée, tout l'épisode n'avait pas pris plus de trente minutes. En poussant mes livres vers la maison, j'ai ressenti une grande gratitude pour tous les menus plaisirs que la vie pouvait offrir.

Je ne me souvenais pas de la dernière fois que j'avais vécu une fraction du frisson, de l'excitation et de la terreur que j'avais éprouvés en achetant de la drogue pour cette Vénus au Grain.

Quand j'ai enfin franchi la porte du loft avec mon diable, j'ai pu constater que Lynn avait complètement aménagé son coin. Elle avait fixé de longs morceaux de papier de riz sur les murs, et avait disposé un papier blanc coton plus lourd sur le plancher râpeux. Tout était parfaitement découpé et délimitait son espace qui, sans les taches de peinture en décomposition et les lattes inégales, donnait l'impression d'être neuf et lumineux. Sur les deux murs, elle avait accroché des séries stupéfiantes. Cinq rouleaux : cinq des sept parades annuelles de la ville. Le Nouvel An chinois, la Saint Patrick, le Défilé des Sirènes de Coney Island, le Carnaval antillais et la Gay Pride. Deux d'entre elles étaient inachevées. Un rouleau était simplement peint en noir, sans doute le fond de sa prochaine estampe. Sur son chevalet pliant en aluminium était posé ce qui ressemblait à la parade pour la Fête nationale d'Haïti, un travail en cours. J'ai remarqué qu'elle la peignait à partir des photos dans le journal. Il y avait une variété de photos d'innombrables défilés sur le mur : d'étranges chars, des majorettes, des fanfares, des foules de spectateurs, etc. Au bas des rouleaux, des inscriptions étaient écrites dans un alphabet qui se démarquait mystérieusement des lettres romaines, sans doute de la calligraphie vietnamienne.

Pas la moindre goutte d'encre n'était tombée durant son labeur. Je foutais toujours de la peinture partout. De plus, comme mon tableau avait grandi, j'avais dû le descendre du chevalet.

Après avoir observé ses tableaux géométriquement équilibrés, chromatiquement contrôlés et d'une perfection photographique, je suis retournée à ma salade multi-toiles barbouillée représentant le purgatoire terrestre dans lequel Rita, la céleste pute à crack, se faisait entraîner vers l'abîme. Je ne l'avais pas bougée depuis que je l'avais posée par terre, pourtant la plus récente ligne de peinture qui délimitait son emplacement initial sur les lattes du plancher ne correspondait plus au bord de la toile. Pour une raison ou une autre, Lynn avait déplacé mon travail. Et pas de quelques centimètres seulement : elle l'avait repoussé de trente bons centimètres vers le fond et d'une soixantaine de centimètres vers la gauche. L'espace d'une seconde, j'ai envisagé de lui en faire la remarque, mais je ne voulais pas paraître pénible dès son premier jour de sous-loc.

Dans ma poche de chemise, je suis tombé sur le reste de mon burrito. En le finissant, j'ai repensé à Rita et à combien il était terrifiant et excitant d'être avec elle, y compris quand on ne se faisait pas poursuivre par des dealers. Je me suis demandé si elle était en train de se piquer en ce moment même.

J'ai dessiné un nouveau Nageur sur une toile. J'avais l'impression de tenir quelque chose puis je me suis rendu compte que le portrait était trop serré. Il était trop prudent et contrôlé. Il avait perdu tout sentiment d'urgence. Mes pensées étaient possédées par Rita et j'étais incapable de continuer.

J'ai sorti les pinceaux fins et les couleurs vives. En passant une demi-heure avec elle, j'avais pu observer plus précisément son désespoir et j'étais pressé de l'intégrer à la fresque. J'ai aussi renforcé la laideur des marchands d'art et des toxicos. À minuit, je suis allé descendre ma poubelle. Quand j'ai ouvert la porte de derrière, un troupeau de rats a jailli si vite qu'ils ont fait tomber les couvercles dépareillés sur le sol. Je les ai entendus couiner quand j'ai balancé le sac. En remontant par l'escalier de service, j'ai frôlé le gros bloc de pierre grise que j'avais vu le jour où je m'étais installé.

J'ai peint pendant quelques heures encore mais je n'arrivais pas à garder les yeux ouverts. Comme un somnambule, j'ai nettoyé mes pinceaux, gratté ma palette, je me suis brossé les dents, j'ai aspergé mon visage fatigué et je me suis mis au lit.

Le lendemain matin, par la faute d'un gang de pigeons rebelles qui roucoulaient et copulaient sur le rebord de ma fenêtre, j'ai renoncé à dormir vers 8 heures. J'ai contemplé la fresque en slip. Avant même d'aller aux toilettes, j'ai attrapé un pinceau et je me suis replongé dans le monde de Rita.

Je n'avais pas de plan précis en tête en démarrant ce tableau. Tout ce que j'avais voulu faire, c'était peindre Rita aux portes de l'enfer, comme un écho au détroit de l'East River qu'on appelait Hell Gate. À mesure qu'il avait pris possession de moi, j'avais forgé la conviction que ce tableau allait être important. Il serait peut-être même génial. Maintenant qu'il m'épuisait de plus en plus, je commençais à en douter. Il était devenu trop ostentatoire, il perdait toute la suggestivité qui l'avait rendu aussi séduisant. Vers 11 heures, j'ai décidé que je ferais mieux de me reposer un peu.

J'étais censé passer la journée à la foire de Dumbo avec Beth et je me suis aperçu que les choses risquaient de prendre un tour charnel, je me suis donc douché et rasé puis j'ai entrepris de me coiffer. Après des années à me faire malmener dans les différentes écoles de coiffure du Bowery, j'avais du mal à me faire une raie. J'ai mis des vêtements qui n'étaient pas trop abîmés ni sales. J'allais m'embarquer dans le F quand je me suis rendu compte que la nouvelle voie piétonne du pont de Manhattan venait d'ouvrir. Je pouvais sans doute y aller à pied et retrouver Bethsheba au point de rendez-vous quarante minutes plus tard. J'avais toujours adoré traverser le fleuve.

# 13

Habitat naturel des artistes, Dumbo, l'acronyme pour *Down Under the Manhattan Bridge Overpass*, est un croissant gris coincé entre le pont de Manhattan et le pont de Brooklyn. Outre la vue panoramique sur l'île de Mal-hattan, les massifs piliers soutenant la voie rapide surélevée, les bretelles d'insertion et les deux colossaux ponts de pierre bordent le quartier comme de vagues cousins des pyramides.

J'ai tourné sur Sand Street puis j'ai pris vers l'est pour descendre dans Dumbo, ce qui m'a fait arriver un peu en retard. Bethsheba m'attendait, adossée à une voiture. Elle portait une espèce de culotte de peau bizarre qui lui donnait des airs de *hobbutch*. On s'est embrassés puis elle m'a pris la main pour m'entraîner vers l'enclave d'artistes. Le quartier, normalement désert, grouillait de philistins et de chasseurs de bonnes affaires.

Les bâtiments pleins de courants d'air étaient d'anciennes usines bâties à la fin du XIXe siècle. On y fabriquait des biens que l'on faisait transiter par train jusqu'aux divers ports de Brooklyn pour les envoyer ensuite aux quatre coins du monde. À mesure que l'Amérique a subi la concurrence de l'esclavage moderne pratiqué dans les pays du tiers-monde, les ateliers et les entrepôts du secteur se sont vidés avant d'être réinvestis par les artistes sans cesse forcés de louer dans les quartiers délaissés de la ville jusqu'à ce que leur présence même en fasse remonter la cote et les chasse un peu plus loin.

Le Dumbo Art Festival, qui avait été lancé dix ans plus tôt, était un événement judicieusement pensé au cours duquel tous ces pauvres artistes ouvraient pendant trois jours les portes de leurs ateliers renfermés pour essayer d'intéresser des galeristes et des collectionneurs à leur travail. Au cours des cinq dernières années, d'autres communautés leur avaient emboîté le pas. Les artistes de Red Hook, à Williamsburg, et ceux de Gowanus Canal organisaient maintenant eux aussi des portes ouvertes. Personnellement, je trouvais toujours la qualité des productions inégale mais les ateliers et les résidences d'artistes ne manquaient jamais de m'intriguer.

Certains ateliers réaménagés à peu de frais me faisaient penser à des cabanes modernes en lourdes briques et maigres solives. Beaucoup étaient étroits avec des panneaux de contreplaqué qui divisaient et subdivisaient géométriquement des ateliers au départ spacieux. Les locataires étaient forcés de sous-louer leur précieux espace de travail pour faire face à la hausse du loyer. Il en existait toutefois encore de vastes, aux proportions extravagantes. Tous ou presque avaient une vue sur le fleuve, les ponts, ou, a minima, sur la Brooklyn-Queens Expressway.

Nous avons croisé un régiment de gamins en pyjama de toile noire. C'était la crème de l'école de karaté Leon Finklestein qui faisait une démonstration quasi-synchronisée de manchettes défensives de ninja et de coups de pied circulaires. Bethsheba m'a fait contourner un large cercle de spectateurs qui regardaient un type en salopette de fermier déguisé en marionnette géante et perché sur un énorme tricycle motorisé fabriqué à partir de pièces détachées.

« Je veux pénétrer dans ce château », a annoncé Bethsheba en désignant l'usine couverte de suie qui s'élevait deux rues plus loin. Nous y sommes entrés et nous avons attendu le monte-charge avec des porteurs de monocle d'*uptown*. Nous nous sommes ensuite tous imbriqués à l'intérieur de l'ascenseur qui s'est élevé en grinçant. Des flyers étaient collés les uns par-dessus les autres sur les parois de la cabine montante pour promouvoir divers espaces d'exposition : « Studio 912 – Pour la création waouh ! la plus dingue de la ville. »

À chaque étage des gens descendaient. Bethsheba me serrait le poignet comme si j'allais détaler à la vitesse d'un lévrier afghan sous amphet. Elle voulait aller jusqu'au dernier étage et, dans la descente, visiter chaque atelier de l'ancien entrepôt.

Nous sommes arrivés au terminus et nous avons commencé à cheminer et à nous égarer dans les entrailles de béton du bâtiment pourrissant, empruntant diverses impasses et débouchant dans des ateliers où les artistes étaient généralement en train de discuter avec leurs amis en attendant de se faire découvrir. Les esthètes les plus accueillants nous offraient un petit gobelet en plastique de mauvais vin et parfois un centimètre cube de fromage. Les plus hostiles restaient assis et réprimaient un rictus à la vue de tous ces béotiens petits bourgeois. Quelques autres, soucieux de ne pas totalement perdre leur temps, tentaient nerveusement de peindre pendant que les visiteurs défilaient. Ils ressemblaient à des animaux bâtisseurs surpris dans leur environnement naturel.

J'ai commencé à agacer Bethsheba en posant aux artistes ce qu'elle appelait des questions « indiscrètes ». J'étais curieux de savoir pourquoi un artiste noir trapu avait peint une série d'Asiatiques amputées entre deux âges ou combien de temps une jolie petite blonde avait mis à sculpter une longue succession de squelettes de bergers allemands façon Giacometti. D'obscures visions avaient été concrétisées à l'aide de matériaux de récupération. Comme Picasso, j'étais toujours heureux de voir une bonne idée que je pourrais peut-être emprunter

« inconsciemment » et qui pourrait me rendre riche. Un jeune gars proposait un tas de boîtes faites de panneaux de signalisation rivetés.

Nous avons continué de nous enfoncer lentement dans les profondeurs du dédale. Chaque étage semblait posséder sa propre configuration de passages et d'espaces de travail. Bethsheba inspectait les œuvres comme une critique blasée. Elle accordait environ dix secondes à chaque atelier : un tour de périscope à 360 degrés puis elle perdait patience, m'attrapait par le bras et ressortait. Je redoutais toujours que mes tableaux, sur lesquels j'étais condamné à trimer jusqu'à la fin de mes jours, subissent le même survol criminel que celui que Beth et moi commettions.

Nous avons repris notre marathon à travers ce parcours d'obstacles de l'art moderne. Mais l'art lui-même n'était pas aussi pressé. Les avancées subtiles des impressionnistes – Manet influençant Monet, Van Gogh inspirant Gauguin, et ainsi de suite –, l'évolution par à-coups des expressionnistes – entre le désespoir de Munch et le surréalisme de Kandinsky – et les bavures et giclures de monstre coloré et écumant qui avaient donné naissance aux post-expressionnistes étaient autant de preuves que le génie, à la différence de Beth, ne galopait pas, ce qui expliquait sans doute le style brusque et imitatif de cette dernière.

« Tu ne crois pas que nos frères artistes méritent un peu plus notre attention ? ai-je fini par lui demander après notre énième contemplation fugace.

— Mes passages éclairs ne sont pas des rejets, m'a-t-elle corrigé en m'extirpant de l'atelier d'un sculpteur animalier sur bois au quatrième étage pour entrer chez son voisin aquarelliste japonais. On a plus d'une douzaine de bâtiments à faire et chacun abrite entre vingt-cinq et cent artistes. Et moi, je veux les voir tous.

— Mais ça rime à quoi de visiter tous ces ateliers si tu ne peux pas apprécier la moindre œuvre ? ai-je demandé tandis qu'elle m'entraînait chez un aquarelliste tacheteux.

— Ok, on fait un marché. » Elle s'est arrêtée net dans le couloir sombre et humide. « Tu as droit à dix minutes. Ça veut dire que si tu vois quelque chose qui te plaît, tu tires le signal et je décompte les minutes que tu veux passer en admiration devant l'œuvre.

— Parfait. »

Traversant à toutes jambes les espaces qui s'imbriquaient à l'infini et jetant un coup d'œil dans chaque petit loft, je prenais soin d'économiser mes minutes de contemplation esthétique. Une fois dehors, nous avons parcouru quelques rues, laissant derrière nous des bâtiments plus singuliers pour les grands entrepôts anciens construits le long du fleuve où, m'a expliqué Bethsheba, nous pourrions respirer un air plus densément artistique.

Nous foncions dans les rues de Dumbo, laissant dans notre sillage des performeurs et des groupes de frimeurs errants quand boum : Beth s'est encastré dans un banquier. L'élégant homme d'âge mûr s'est tortillé sur le sol sous le regard horrifié de sa copine stylée et juvénile. Bethsheba a pilé pour s'excuser.

« Il reste encore deux jours d'exposition, a soufflé en se redressant nul autre que Victor Oakridge, influent collectionneur d'art et trou du cul devant l'éternel.

— C'est dommage que tu n'aies pas eu une marmite d'eau bouillante dans les mains, ai-je dit à Beth.

— Évidemment, te voilà, Orloff. Et qui est ce petit bolide ?

— Bethsheba, voici Victor Oakridge, ai-je dit pour lui présenter sa victime et protecteur des arts. Il fait fortune en achetant des œuvres comme les nôtres pour des nèfles et en les revendant avec une marge éhontée tandis que nous mourons de faim et de froid.

— Oh ça alors, a gazouillé Beth, tank Sherman instantanément métamorphosé en fragile violette, j'ai tant entendu parler de vous. Vous êtes venu à l'une de mes expositions, il y a un an environ, au Hanging Gardens.

— Il était aussi à ton expo à l'Entrance Art Galery », ai-je ajouté. Dans un cas comme dans l'autre, c'étaient des expos collectives qui réunissaient plus d'une cinquantaine d'artistes, mais quelle différence ?

« J'ai eu le malheur de revendre un tableau d'Or en faisant une légère plus-value, et croyez-vous qu'il m'ait pardonné ? Je suis heureux de constater que vous, au moins, vous ne partagez pas son inimité à l'égard de ceux qui un jour vous rendront riche. »

Ils se sont serré la main et, tout en protégeant ses côtes endolories, il l'a interrogée sur son travail. Elle a tenté une description. Même s'il hochait poliment la tête, il n'avait à l'évidence aucune idée de ce dont elle parlait.

« Vous devriez passer ce soir, a-t-il dit pour conclure la conversation. Je reçois quelques amis... mais... oh... June et toi, vous vous êtes séparés, non ?

— J'ai une nouvelle amie, ai-je dit en désignant Bethsheba.

— Oui mais June sera de la partie et je ne veux pas de scène.

— Ce que tu veux dire, ai-je répliqué, c'est que Barclay sera là et que tu ne tiens pas à ce que lui et sa tonne de pognon se sentent mal.

— Eh bien, je suis certaine que Barclay ne verra aucun inconvénient à ce que je sois de la fête », est intervenue Bethsheba. Victor nous a dit au revoir et, flanqué de sa silencieuse compagne, est reparti tranquillement.

Bethsheba a repris sa marche forcée vers les grands bâtiments au bord du fleuve. Je lui ai péniblement emboîté le pas.

« Je suis désolée », a-t-elle grommelé. En passant devant un bâtiment, nous avons vu un grand panneau peint par un professionnel qui proclamait :

*LA VOILA ! VOUS L'ATTENDIEZ ! L'EXPO LA PLUS SENSATIONNELLE DEPUIS QUE GIULIANI A VOULU FERMER LE BROOKLYN MUSEUM ! À L'ETAGE !*

Bethsheba est entrée sans rien dire dans le bâtiment et a commencé à gravir les marches de métal.

« Je sais que j'ai été impolie avec toi, a-t-elle repris en parlant de la conversation avec Victor.

— Il n'achète pas des tableaux parce qu'il les aime, et encore moins pour aider les artistes, ai-je dit tandis que nous gravissions l'interminable escalier. Il achète et il vend pour se faire de l'argent. Pour lui, c'est un produit et il spécule, ce qu'il fait très bien d'ailleurs.

— Il paraît que c'est un gros con… Je n'essayais pas de… fourguer mes tableaux, a-t-elle ahané. En tout cas, ce n'était pas… mon but au départ…

— OK, c'était quoi ton intention alors ? » Nous avons enfin atteint le sommet, où nous avons pu reprendre notre souffle.

« Tu n'as pas entendu les rumeurs sur lui ?

— Dis-moi.

— Il paraît qu'il a une pièce où personne n'a le droit d'entrer.

— Ah, il est branché bondage ? » Ça ne m'étonnait pas une seconde. Il avait une touche de gros pervers, ça crevait les yeux.

« Mais non, il a un salon d'exposition privé.

— Pour quoi faire ? »

Elle a soupiré devant ma lenteur. « La rumeur dit qu'il a acheté un des tableaux volés pendant le casse de Boston. »

Une dizaine d'années plus tôt, un groupe de cambrioleurs vêtus d'uniformes de policier avaient fait irruption dans le Isabelle Stewart Gardner Museum et avaient ravi une série de pièces d'exception, dont un Rembrandt. Les œuvres étaient trop connues pour être écoulées et tout le monde pensait donc qu'elles avaient été récupérées par un riche collectionneur qui pourrait les contempler égoïstement aussi longtemps que bon lui semblerait.

« Atelier au bout du couloir pour les MEILLEURES ŒUVRES DE TOUT DUMBO ! » hurlait un panneau modestement peint. Quelqu'un avait dessiné une bulle au stylo en dessous et griffonné : « Et c'est pas des craques ! »

Nous avons parcouru une série de couloirs de plus en plus étroits. Aucun d'entre eux n'ouvrait sur un atelier, alors nous avons continué de marcher. Nous sommes finalement tombés sur un panneau accroché à une porte entrouverte qui disait : « Vous y êtes presque (petits veinards !) » La porte donnait sur le vide et un à-pic de trente mètres. Une cour étroite nous séparait du bâtiment voisin.

« Regarde. » Beth me montrait une planche de trois mètres qui reliait les deux bâtiments. Elle devait faire cinq centimètres d'épaisseur et trente centimètres de large.

Avant que je puisse m'écrier *Hors de question !* Beth a traversé au petit trot la planche rebondissante et a franchi le seuil de l'entrepôt adjacent.

« T'es tarée ! ai-je crié.

— Fais pas ta chochotte ! Viens.

— Tu vois de l'art ?

— C'est par là », a-t-elle répondu en tendant le doigt vers l'intérieur du nouveau bâtiment. Je détestais que ma masculinité soit remise en question. Prenant une profonde inspiration, j'ai avancé sur la pointe des pieds sur la planche élastique et hérissée d'échardes. Arrivé au milieu, celle-ci s'est mise à osciller, ce qui m'a pétrifié sur place.

« Allez, bouge-toi ! » m'a ordonné le sergent-instructeur que je n'avais pas imaginé retrouver pour ce rencard.

J'ai repris mon avancée à petits pas.

« Attrape ma main », m'a-t-elle proposé. Je l'ai saisie par le poignet et j'ai franchi le seuil d'un bond. Puis, posant la main sur mes côtes, j'ai senti mon cœur qui cherchait à s'évader de ma cage thoracique. J'ai peu à peu repris mon souffle.

« Tu fais chier hein, ai-je finalement râlé.

— Ça va, détends-toi ! »

Je me suis penché pour attraper la planche.

« Qu'est-ce que tu fous ? » J'ai tiré la planche vers moi jusqu'à la déloger de son point d'appui et je l'ai balancée trente mètres plus bas dans l'étroit conduit d'aération.

« Plus personne n'aura à faire ça.

— Et si c'était la seule sortie ? a-t-elle rétorqué.

— Alors on habitera dans ce bâtiment, soit une nette amélioration par rapport à notre situation actuelle.

— Viens, on a des chefs-d'œuvre à aller mater. » Elle s'est élancée dans le couloir de ce nouveau bâtiment délabré. Un énième panneau invitait à se rendre à l'autre bout de l'étage. Nous sommes arrivés à une grande fenêtre en bois ouverte d'environ cinq mètres de haut. Un mot scotché sur le bord droit de l'encadrement promettait : « Putains de chefs-d'œuvre en face : balancez-vous ! »

De l'autre côté de la fenêtre, une épaisse corde pendait comme une liane. Le bâtiment que nous étions censés rejoindre en nous balançant à celle-ci se trouvait à cinq mètres environ. Sans la moindre hésitation, Bethsheba a sauté sur le bord de la fenêtre et a saisi la corde à deux mains. Juste avant qu'elle ne s'élance, je l'ai attrapée par le passant en cuir de sa culotte de peau.

« T'es malade ou quoi ?

— C'est juste là.

— Non ! Je te laisse pas te tuer sous mes yeux. »

Elle s'est arrêtée un instant et, saisissant enfin la folie de la situation, elle a hoché la tête, gênée. Elle est revenue dans le couloir. L'attrait d'un chef-d'œuvre lui avait fait perdre la tête.

« On s'est fait avoir, a admis Bethsheba.

— J'avais déjà compris au moment de la planche », ai-je rétorqué en employant très exceptionnellement mon ton de donneur de leçons.

En bas des escaliers, d'autres ateliers donnaient sur des galeries. Nous avons parcouru les couloirs comme dans un palais aux miroirs en profitant des divers freaks shows que nous y croisions. Et puis nous sommes tombés dessus ou, plus exactement, Beth l'a trouvé : l'atelier de Gunter, le paysagiste allemand blême, auteur de l'œuvre éthérée sur laquelle Bethsheba avait salement craqué.

Son espace de travail était aussi aride et infertile que la surface de la lune. Son regard n'était ni abstrait, ni expressif, même si son art penchait vers le premier. Ses larges joues, ses lèvres plates, ses cheveux poivre-et-sel étaient d'une fade intégrité.

« J'ai vu ton expo à la Data Bank, s'est empressée de lui annoncer Bethsheba.

— Ah oui. Elle était bien.

— Tu aurais vraiment ta place au MOMA, a-t-elle roucoulé, avant de poursuivre sur l'importance de son travail et d'énumérer par le menu toutes les autres choses merveilleuses qu'il méritait.

— Je ne voudrais pas être tatillon, l'ai-je impoliment coupée en montrant mon poignet nu, mais ça fait dix minutes.

— Excuse-nous une seconde, a dit Bethsheba en s'approchant de moi. Je te gardais la surprise, mais tiens, prends ça. » Elle me tendait un papier sur lequel était inscrit une adresse, un numéro d'atelier et le nom Adele O.

« Qui c'est ?

— C'est à deux rues d'ici, je voulais t'y emmener tout à l'heure.

— Mais c'est qui ?

— C'est la fille sur laquelle tu as flashé.

— Qui ça ?

— Tu sais, le tableau de la petite fille perdue dans la foule. » Elle a laissé un silence. « Celui que tu croyais que j'avais peint.

— *Quoi !* » J'ai senti mes boyaux se serrer en pensant à elle.

« C'est son atelier. Vas-y, je te retrouve là-bas, Casanova. »

Je l'ai remerciée gracieusement et j'ai filé. Je me suis précipité dans le couloir pourrissant et les escaliers rouillés comme si le bâtiment était en train de s'effondrer. J'ai survolé les vieilles rues aux pavés successivement carrés et ronds, et je suis entré dans l'entrepôt indiqué sur le papier. Je suis monté dans les étages d'un autre bâtiment par un vieil escalier et, au quatrième, j'étais arrivé : atelier 401. De l'autre côté d'une minuscule porte, j'ai découvert un réduit de travail sombre. Une femme d'âge manifestement mûr avait une cigarette à moitié consumée coincée entre deux phalanges fripées de sa main droite. Dans la gauche, elle tenait une tasse de café ébréchée et tachée. Elle avait une énorme crinière poivre-et-sel négligée et un téléphone noir avec un long fil entortillé appuyé contre son oreille. Si j'avais dû la décrire en seul mot, j'aurais choisi « ventrue ».

Tout en inspectant discrètement ses dernières créations exposées sur les murs, je l'ai écoutée émettre des « hmmm » intermittents dans le téléphone. Des trois grandes toiles exposées, aucune n'avait la moindre ressemblance avec celle de la petite fille.

Son premier tableau ressemblait à deux boules de feu oranges. Le deuxième représentait deux colonnes de fumée, le dernier deux monceaux de gravats. Puisqu'il s'agissait d'abstractions, ça aurait pu être n'importe quoi d'autre et ce n'était sans doute rien. Il devait y avoir erreur sur la personne.

« Excusez-moi, l'ai-je interrompue.

— Une seconde, a-t-elle dit dans le combiné avant de me regarder en haussant ses sourcils broussailleux.

— Est-ce que vous avez peint un tableau d'une petite fille perdue dans la foule ?

— Une fille perdue dans la foule ?

— Ouais, une petite fille, perdue dans la foule, qui cherche peut-être sa mère ou quelque chose dans le genre. À l'Entrance Art Galery.

— Ah ouais.

— C'était une toile incroyable, ai-je commencé, dans l'espoir de transmettre une infime partie de l'admiration et de la fascination que son travail avait suscitées chez moi.

— Merci. » Quand elle s'est approchée de moi, j'ai eu une vue imprenable sur les larges pores suants de son visage luisant.

« Je ne voudrais pas exagérer, ai-je poursuivi, mais vous avez vraiment quelque chose.

— Merci beaucoup », a-t-elle répondu dans un grand sourire qui découvrait ses dents jaunes et ses gencives abîmées. Elle n'avait toujours pas posé son téléphone.

« Comment vous avez choisi vos sujets ?

— Ils me sont venus comme ça, comme une vision.

— J'espère que vous l'avez bien vendu.

— Ça allait », a-t-elle répondu sans en révéler davantage. Puis elle a ajouté : « Personne ne s'y est intéressé avant le dernier jour de l'exposition. Un type a fait une offre et tout d'un coup trois autres personnes ont proposé plus. Mais les enchères n'ont pas tant duré que ça.

— Dommage. Ce tableau méritait une grosse somme. Il m'a vraiment appris quelque chose sur l'art. »

Elle me scrutait comme si elle cherchait à comprendre si je me foutais d'elle avec mes flatteries. En l'occurrence, j'étais sincère.

« Je suis artiste et je vois beaucoup d'œuvres mais votre tableau à lui tout seul m'a plus remué que l'immense majorité de ce que je croise.

— Ça me touche vraiment beaucoup ce que vous dites », a-t-elle répondu à travers un rictus timide. Mais elle ne raccrochait toujours pas. Elle semblait reliée à ce téléphone comme à un respirateur artificiel.

J'ai fait un pas vers elle et même si je ne la trouvais pas séduisante, j'essayais de contrebalancer la brutale réalité qu'*elle* incarnait avec elle, la créatrice d'une œuvre sublime. Après tout, une personne qui naît belle n'a rien fait pour. Mais mettre à profit une intelligence supérieure et une inébranlable persévérance malgré des rejets constants et les sacrifices matériels que cela suppose pour finalement faire émerger une artiste talentueuse : ça, c'était un accomplissement. Dans la mesure où elle méritait amplement des compliments et même des imitateurs, et pour ridicule que cela pût paraître, elle méritait d'être attirante.

Chevaleresque, j'ai tenté d'expliquer à la pas si belle dame pourquoi elle avait du génie. « L'expression évidente dans les yeux de la petite fille, c'était la panique, mais vous ne vous êtes pas contentée de ça. Le moindre détail de votre tableau avait deux coups d'avance sur tout le monde.

— Ouah bah merci. » Elle a distraitement frotté ses narines rougies et humides.

« J'imagine que vous saviez ce que vous faisiez.

— Eh bah, je... » Elle s'est mise à triturer une mèche de ses cheveux bicolores.

« L'expression incarnait si parfaitement le paradoxe de notre malédiction moderne : avoir suffisamment de lucidité pour savoir que nous sommes perdus, mais trop peu d'intuition pour trouver notre voie. » J'ai pris une profonde inspiration. « Et vous avez fait passer cette idée brillante avec une simple *expression*. Quelques coups de pinceau et différents tons, vous voyez ce que je veux dire ?

— Ahh », a-t-elle bâillé, et, baissant les yeux, elle m'a offert une vue sur les croûtes jaunâtres logées depuis le matin au coin de ses paupières.

« Pour tout dire, ce n'était pas ça l'idée derrière le tableau, a-t-elle enfin avoué. C'était censé être une petite fille tout excitée de venir à la grande ville. »

Hein ?

« Est-ce qu'on parle bien du même tableau ? ai-je demandé pour vérifier. Celui qui était à l'exposition collective à Soho ?

— Ouais. À l'Entrance Art.

— Bon. Comment pourrait-il représenter autre chose qu'une petite fille perdue dans la foule ?

— Eh bien, si c'est comme ça que vous le voyez, très bien, mais... bref, a-t-elle souri.

— Non, pas *très bien*, si ce n'est pas ça qu'il représente.

— Ce n'était pas ce que j'avais en tête, c'est tout. Je voulais que ce soit l'excitation de la grande ville. Enfin, c'est ce que j'ai cru voir et ce que je pensais faire. » Elle s'est tue puis a ajouté : « Mais peut-être que je me trompais.

— Si c'est juste une petite fille dans la grande ville, pourquoi est-ce qu'elle est toute seule ? Où est sa mère ? ai-je demandé avec un sourire poli.

— Si vous vous souvenez, il y a une main ouverte près de sa tête. C'est la main de sa mère.

— Je me souviens de mains ouvertes autour d'elle, qui laissaient supposer qu'elles appartenaient à des anonymes de la foule.

— Eh bien une de ces mains est celle de la mère, a-t-elle répliqué d'un ton pincé. Je ne voulais pas que ce soit trop évident, parce que ce n'est pas non plus le sujet du tableau.

— Écoutez, ai-je courtoisement ergoté, je ne voudrais pas être désagréable, mais peindre un tableau sur l'excitation de la grande ville, c'est... c'est bien pour un Norman Rockwell. Mais autrement, c'est juste débile. Et ce tableau était tellement plus important.

— Je suis contente que vous aimiez autant cette toile, mais c'était ce que j'avais en tête.

— Non, pas du tout. » Je ne souriais plus. « Vous ne pouvez pas peindre quelque chose et déclarer que c'est un autre truc. Vous êtes aveugle ou quoi ? C'est le tableau d'une petite fille perdue dans la foule.

— Vous savez quoi ? a t elle dit en tenant toujours dans ses mains son café, sa clope allumée et ce con de téléphone dont je pressentais désormais qu'il était en réalité la source de ses idées de merde. Le tableau est vendu de toute façon, et je suis contente qu'il vous plaise, mais le débat est clos. » Et elle a repris son appel.

Un inconfort intestinal grandissant a soudain atteint les limites de l'insoutenable : manifestement l'effet de ma malhonnêteté. Je respectais son travail mais sa description était fausse et en essayant de la ménager, je me montrais hypocrite. J'ai regardé ses autres tableaux et je me suis dit que je lui devais la vérité. « Vous devriez vous en tenir au réalisme, parce que vous risquez bien de produire un chef-d'œuvre, alors que ces abstractions étaient déjà chiantes il y a cinquante ans quand on a inventé le genre.

— Allez vous faire foutre ! » a-t-elle crié au lieu de me remercier.

J'ai quitté sa grotte malodorante et, empruntant les couloirs qui sentaient l'urine, je suis ressorti du vieux bâtiment. Je n'aimais pas que les gens me referment des interprétations au nez, surtout quand je les considérais grandes ouvertes.

Alors que j'attendais Bethsheba au carrefour, je me suis rendu compte que j'avais fait preuve d'un insondable snobisme post-moderne. Mais j'en avais marre de peindre pour une catégorie de personnes que je méprisais, marre des lofts qui sentaient le renfermé que je ne pourrais jamais me payer, j'étais éreinté d'être un artiste solitaire victime de ses illusions et en colère d'être condamné à la pauvreté par un choix de carrière que j'avais fait quand j'étais un adolescent de treize ans fraîchement traumatisé.

Alors que j'avais décidé de dire à Bethsheba que j'étais trop déprimé, elle a tourné à l'angle flanquée de nul autre que Gunter, l'Allemand qui mettait tout son professionnalisme à tirer la gueule et qui, en cette magnifique journée d'automne, portait un imperméable noir.

« Devine qui a décidé de faire une petite pause pour se joindre à nous », s'est exclamée Bethsheba.

J'ai répondu par une expression de joie exagérée.

« Alors, comment ça s'est passé avec la dame de ton cœur ?

— La dame racontait n'importe quoi. Elle croyait que son tableau représentait l'excitation de la grande ville.

— Quel est le problème ?

— Il n'y a rien d'excitant à vivre dans cette ville de merde. Et l'émotion qu'elle recherchait était vraiment trop évidente.

— Tu plaisantes ?

— Pas du tout, ai-je répliqué, sincèrement indigné. Et je sais que j'ai l'air con avec ces histoires, mais la seule chose que je prends au sérieux, c'est l'art.

— Merci, Sœur Wendy[1], a-t-elle conclu avant de se tourner gaiement vers l'Allemagne. Alors Gunter, tu as passé toute la journée à l'intérieur, qu'est-ce que tu as envie de voir, mon chou ?

— Tout est pareil, non ? » a-t-il grommelé. Entendre dire que l'art moderne était chiant commençait à devenir tout aussi gonflant.

Sans ajouter un mot, Bethsheba s'est lentement remise en marche. Sa volonté de fer et son infini désir de conquêtes visuelles se sont soudain réenclenchés. Le Boche et moi, on a suivi. On s'est traînés au bout de la rue et dans le premier entrepôt délabré qui se présentait. Cette fois-ci, plutôt que de foncer tête baissée dans les étages, on est restés au rez-de-chaussée à la recherche des derniers gobelets de vin gratuits abandonnés sur les tables. Tel un groupe d'alcooliques itinérants, on a vidé

1. Religieuse britannique connue pour ses émissions consacrées à l'histoire de l'art diffusées sur la BBC.

tout ce qu'on a trouvé. Puis, sans même faire semblant de regarder les murs, on s'est dirigés vers le prochain espace qui disposait d'une bouteille encore intacte, et ainsi de suite.

« Et tu sais quoi, ai-je dit à Bethsheba quand le fil muet de mes pensées amères s'est enfin détaché de la pelote de mon esprit enragé. Elle perdait vraiment son temps avec ses grandes abominations sur poil.

— C'est quoi une abomination sur poil ? a demandé Gunter.

— J'ai dit 'grandes abstractions sur toile'.

— Du qui tu parles ? a demandé Beth tout en regardant une monstrueuse photo d'un sandwich au poulet.

— La créature qu'on appelle Adele. »

Quelques minutes plus tard, nous sommes sortis de l'entrepôt et avons rejoint un vaste espace où étaient exposées d'amusantes créations au point de croix représentant des scènes de crimes tragiques et sanglants.

« Comme c'est ironique, a plaisanté Beth. J'ai toujours l'impression que c'est ce que l'artiste veut me faire dire. Alors je le dis : Comme c'est ironique !

— J'en ai rien à carrer de ce que tu dis », est intervenu un type bourru d'une cinquantaine d'années qui se trouvait derrière nous. C'était l'artiste. Il est sorti de la galerie, furieux.

« Oups », a fait Beth. Quelques minutes de silence contrit se sont écoulées.

« Beth ! » Une voix qui ressemblait à une flèche fendant le ciel d'azur l'a interpellée, et Bear Smegka, un vidéaste pakistanais potentiellement séduisant, a soudain pris la petite Beth dans ses bras.

Tandis que Beth et Bear s'enserraient comme deux lutteurs, j'ai regardé les violents points de croix. Gunter restait planté à côté de Beth comme un fidèle chien de garde tandis qu'elle parlait à Bear.

« Alors, qu'est-ce que tu fais de beau en ce moment ? a demandé Beth.

— J'ai une de mes vidéos qui est diffusée à côté », a-t-il répondu. « Oh, mais il faut qu'on aille la voir ! » s'est écriée Bethsheba, dont l'enthousiasme s'était instantanément rechargé. Elle a claqué les doigts vers moi, a attrapé Gunter par sa noirceur et nous avons franchi quelques portes pour descendre vers un autre espace d'exposition dénué d'alcool. UNE RÉACTION POLITIQUE REPTILIENNE DANS UNE CONSTRUCTION HUMAINE était-il écrit en lettres colorées.

On s'est serrés dans un canapé à billes rouge vif, au fond d'une étouffante pièce sombre dans laquelle un vidéoprojecteur diffusait un film montrant des balles de ping-pong envoyées sur un boa constrictor, que cela n'intéressait guère : la dernière création de Smegka. Même si je trouvais que le film était une réflexion intéressante sur la façon dont nombre d'artistes contemporains agressent le public avec leurs œuvres, j'éprouvais surtout de la compassion pour le serpent.

On s'est enfoncés peu à peu dans le canapé et j'ai eu la sensation que nous étions trois naufragés serrés sur un petit radeau rouge prévu pour deux. Un pouf s'est soudain libéré et j'ai sauté par-dessus bord pour m'y laisser tomber confortablement. Le mauvais vin m'avait donné une migraine qui se concentrait sur mon lobe frontal. J'ai fermé les yeux, essayant de visualiser des régions tropicales, et j'ai commencé à somnoler pour laisser passer la douleur.

« Tu lui as vraiment dit ça à Adele ? » Beth m'avait brusquement ramené dans l'instant.

« Quoi ?

— Tu lui as vraiment dit ça ? a-t-elle répété, coincée entre Gunter, assis à sa gauche, et Bear qui, sur sa droite, était hypnotisé par sa propre œuvre.

Il m'a fallu quelques instants pour comprendre que Beth faisait référence à mes commentaires sur le fait qu'Adele perdait son temps avec les abstractions. « En fait, je ne l'ai sans doute pas présenté de façon constructive.

— Comment tu l'as présenté ? » a-t-elle demandé tandis que Smegka lui serrait le bras comme si la soporifique vidéo atteignait un enthousiasmant paroxysme. Gunter, qui n'entendait pas se faire écarter de la course, a pris la main de Beth dans sa main osseuse.

« On n'était pas d'accord sur la nature de l'expression de la petite fille dans son tableau, ai-je chuchoté.

— Tu n'as donc pas trouvé le grand amour ?

— Non, parce que je suis en rencard avec toi, ai-je répliqué. Je voulais juste lui parler d'art.

— Oh, t'es trop mignon », a soufflé Beth en se levant d'un bond. Smegka et Gunter se sont cognés en retombant dans le vide qu'elle avait laissé. Beth s'est assise sur mes genoux, m'a serré dans ses bras et m'a embrassé fougueusement sur la bouche. Je l'ai embrassée moi aussi et, jetant un œil vers les deux artistes que je considérais désormais comme des rivaux, j'ai vu en eux un collage de mépris indo-européen. Bethsheba a alors décidé qu'il était temps d'y aller.

Elle m'a parlé tandis qu'on sortait tous du bâtiment et que l'on remontait la grande pente. C'est à cet instant qu'il m'est apparu que j'étais coincé dans un étrange *Survivor* sexuel où j'étais en lice contre deux autres candidats. Peu après, nous avons descendu l'escalier du métro. Sans l'ombre d'une hésitation, nous avons tous trois dégainé notre Metrocard et passé le portillon. Puis nous avons marché à quatre de front dans la grande descente qui menait au quai du F. Arrivé en bas, alors que Beth continuait de me parler d'un truc, je me suis rendu compte que mon envie de battre les deux autres était plus forte que mon désir de coucher avec elle. Je me suis ensuite souvenu que depuis que j'avais quitté le studio d'Adele, ce que je désirais réellement, c'était être seul.

On devait aller à Jay Street pour prendre le C jusqu'à Fort Greene, où vivait Beth, mais quand j'ai senti un courant d'air et que je me suis retourné, j'ai vu un rai de lumière oblique se refléter sur un rail courbé. Le train de Manhattan arrivait.

« J'espère que vous ne le prendrez pas mal si je rentre chez moi.

— Pas de souci », a répondu Bear avec empressement. Gunter a haussé ses épaules abruptes.

« Oh non ! » s'est exclamée Beth, sincèrement attristée. Je lui ai fait une bise en promettant de la rappeler.

« Tu es sûr que tu ne veux pas venir ? a-t-elle chuchoté, nerveuse.

— C'est gentil mais je suis vraiment claqué », ai-je répondu en toute franchise, avant de monter dans mon chariot bringuebalant, à destination de Chinatown, un arrêt plus loin. Les portes se sont refermées et j'ai pris le chemin de la maison. J'étais réellement crevé et j'avais eu ma dose de Beth pour la semaine. Les autres artistes pouvaient bien tenter leur chance pour lui retirer sa culotte de peau moite. Je ne savais pas si elle s'était servie de moi pour les rendre jaloux ou si c'était l'inverse, et dans tous les cas, je m'en foutais pas mal.

# 14

En arrivant au loft, j'étais ballonné et nauséeux à cause de tous les gobelets de mauvais vin et des trucs à grignoter que je m'étais envoyés. Lynn était là et travaillait sur ses parades. Je savais qu'il ne fallait pas l'interrompre. Je me suis figé sur mon lit, dur comme un rat dans un piège à glu, et j'ai glissé en me tortillant vers le sommeil.

Quand je me suis réveillé, après quelques heures, Lynn était en train de rincer ses pinceaux et de ranger. Il faisait nuit mais je n'avais pas l'impression qu'il était tard.

« Alors, comment était Dumbo ? » Elle se souvenait de mes projets du jour.

« La vache, je tuerais pour un atelier là-bas, ai-je dit en m'aspergeant le visage d'eau.

— Moi aussi, a-t-elle répondu en continuant de secouer ses pinceaux. On est nés trop tard, vingt après que tous les appartements de cette ville ont été distribués. » Elle s'est tue puis m'a demandé : « C'est qui le mec qui vit au bout du couloir ?

— Qui ça ?

— Le mec chinois, je crois que je l'ai vu avec des immigrées.

— Ah, Hong Kong Don Juan. Qu'est-ce qu'il a fait ?

— Il gueulait sur une pauvre fille dans le couloir. Elle avait l'air d'avoir des bleus et quand j'ai demandé si tout allait bien, il m'a jeté un sale regard.

— Les querelles d'amoureux, il n'y a pas pire. Tu veux qu'on dîne ensemble ?

— Je bosse ce soir », a-t-elle répondu en enfilant son manteau. Je l'ai accompagnée en bas et je suis arrivé au bar au moment où Pablo en sortait avec sa nouvelle âme sœur blonde.

« Hé, Or, tu fais quoi le soir d'Halloween ?

— Rien de prévu, pourquoi ?

— Le Révérend Billy monte une manif sur la Sixième Avenue pour protester contre la destruction de la maison d'Edgar Allan Poe par NYU, qui veut en faire des salles de classe ou une connerie dans le genre. Tu veux venir ?

— Je vais voir », ai-je répondu sans conviction.

Je suis allé au Mekong Delta, où Lynn était en train de glisser des plats à emporter dans un sac, et j'ai commandé mon Buddha Delight.

« Alors, ça roule dans notre perchoir ? » a-t-elle plaisanté. Des clients sont venus commander avant que je puisse trouver une repartie spirituelle. Je me suis assis près de la vitrine et j'ai regardé passer les voitures dans la nuit en m'inquiétant pour Rita.

« Hé cow-boy, m'a lancé Lynn, tu manges ici ou tu retournes au ranch ?

— Ici, faut croire. »

Au lieu de mettre mon plat dans un emballage en polystyrène, comme d'habitude, elle a déposé le riz et les légumes fumants sur une assiette en porcelaine. Pour une raison ou une autre, j'avais l'intuition que c'était la sienne.

Elle me l'a apportée avec un verre d'eau glacée. Ça faisait si longtemps que je n'avais pas fait l'expérience d'un geste de gentillesse impromptu, y compris de la part de quelqu'un que je connaissais, que j'en étais gêné.

Elle a servi d'autres personnes pendant que je mâchonnais ma pitance. Quand je suis arrivé au bout de mon plat, elle m'a demandé si je voulais du rab et j'ai décliné.

« Alors, tu vas rentrer peindre ?

— Je pense », ai-je répondu puis, sans doute du fait de mon incontrôlable propension à tout gâcher, j'ai demandé : « Tu ne l'aimes pas ma fresque, hein ?

— Pourquoi tu dis ça ?

— Tu l'as retournée.

— Je n'ai pas... Enfin...

— Ça ne fait rien si tu ne l'aimes pas. C'est juste que je n'ai jamais détesté une toile au point de devoir la retourner.

— Ce n'est pas ce que tu crois. C'est une œuvre puissante. » Elle n'a rien dit de plus.

Je voulais vraiment savoir pourquoi elle avait fait ça mais ce n'était pas sympa d'insister alors qu'elle était au boulot. Je l'ai remerciée pour tout et, soucieux de finir sur une bonne note, je lui ai demandé si elle comptait peindre la parade d'Halloween.

« Carrément.

— Un copain à moi vient de me proposer de rejoindre un groupe qui va défiler. Ça te dirait de voir la parade de l'intérieur ?

— Ce serait intéressant. À vrai dire, je panique un peu dans la foule, donc ce serait super d'y aller avec quelqu'un et... »

Un jeune couple l'a interrompue pour commander un Poulet Général Tso à emporter. Je me suis éclipsé et je suis remonté au loft. En arrivant à mon étage, j'ai croisé Don Juan dans le couloir avec sa dernière conquête, fidèle à ce que Lynn m'avait décrit. Il hurlait sur la malheureuse en chinois. Elle pleurait à chaudes larmes. Quand je me suis approché, il a poussé un soupir dégoûté et a détourné le regard. Elle m'a murmuré quelque chose en chinois quand je suis passé à côté d'elle. Au moment où je refermais la porte du loft, j'ai entendu qu'il recommençait à lui crier dessus.

J'avais un jour commis l'erreur de me mêler d'une querelle domestique et je m'étais en fin de compte fait agresser et par le mec et par la fille.

Quand j'ai allumé la lumière, le portrait de Rita était là, attendant que je le poursuive. Contempler la même toile jour après jour, être le démiurge de l'Œuvre et chercher constamment quelque chose de nouveau et excitant à ajouter était incroyablement usant. J'avais beau avoir de l'énergie, je ressentais sur le coup un épuisement créatif à l'égard de cette fresque.

J'ai dépensé mon énergie nerveuse à fouiller le fond de l'atelier de Shade, exhumant quarante ans de détritus : magazines d'art, vieux pinceaux durcis, tubes de peinture séchés. Je suis finalement tombé sur une vieille sacoche en toile. Elle contenait des outils de sculpture, en l'occurrence un compas, des ciseaux, un maillet, des limes et des coins rouillés. C'est aussi là qu'une idée a jailli : une possibilité flottante.

J'ai attrapé une lampe de poche, un morceau de craie jaune et un mètre, et je suis descendu dans le sombre escalier extérieur. Le monolithe s'y trouvait toujours. L'espace d'un instant brillant, j'ai été illuminé par un éclair de génie. C'était un plan qui pourrait me permettre de payer mes dettes de stationnement et de m'offrir enfin le van Ram 2900 de Cali. Je n'avais sculpté que deux petites pièces dans ma vie : un chat, dont ma mère se servait comme cale-porte, et un clou de traverse de voie ferrée, que j'avais vendu à ma deuxième expo solo. Je n'étais pas sûr de ce que voulait le client de Persephone, mais j'étais à peu près certain d'être capable de sculpter quelque chose de la taille d'une pierre tombale.

Il était tard mais j'étais trop excité pour aller me coucher et trop gonflé par la peinture pour peindre. Je suis descendu voir qui était au bar. Cali était seule à sa table. Je n'avais pas la gouache pour lui remonter le moral, alors je suis parti me promener. J'ai peu à peu compris que je cherchais Rita, mon ange aux ailes souillées. J'ai pris vers l'est en direction de l'Avenue C, où je suis passé devant le Centre de prévention des risques, au carrefour avec la Troisième. J'ai plongé dans une bodega pour me prendre une tasse de thé Lipton sucré. Je me suis appuyé contre une voiture en face du centre médical fermé simplement au cas où elle passerait par là. Après minuit, j'ai commencé à avoir froid et je suis rentré.

Lynn m'a réveillé en arrivant de bonne heure le lendemain. Elle avait hâte de finir son dernier rouleau. Le temps était maussade, pluvieux. J'ai pris une douche froide, je me suis habillé et avant de sortir prendre mon petit-déjeuner, j'ai appelé Persephone dans sa galerie de Williamsburg.

« Tu n'as pas déjà confié la sculpture de la pierre tombale à quelqu'un, si ?

— J'ai contacté deux sculpteurs, mais aucun n'a trouvé que ça payait assez.

— C'est mauvais signe.

— Pourquoi tu demandes ?

— J'envisageais de la faire.

— Eh bien, pour tout dire, l'un des deux gars m'a dit que la somme qu'offrait Moe ne couvrait pas le prix de la pierre, sans même parler des frais de transport.

— Il faut forcément que ce soit du marbre ? » Le bloc que j'avais ressemblait à du granit blanc ou de l'albâtre.

« Je ne sais pas.

— Tu ne sais pas combien il propose par hasard ?

— Non, mais je vais te passer le numéro de Moe. Je… » Elle s'est reprise.

« Tu quoi ?

— J'allais te parler de ma commission, mais puisque ton tableau a été endommagé chez moi et qu'il n'a pas l'air de payer beaucoup, je vais y renoncer. » Elle m'a donné son nom – Morton Hammerman, et son numéro en 212.

Je suis sorti me requinquer avec un dim sum et un café, puis je suis rentré passer mon appel. Je suis tombé sur un répondeur. « Persephone m'a dit que vous vouliez une petite sculpture pour une pierre tombale. »

Quelqu'un a alors décroché et une voix de baryton a demandé qui était à l'appareil.

« Je m'appelle Orloff Trenchant. Mes amis m'appellent Or.

— C'est quoi ce blaze ? a-t-il demandé à peine plus fort qu'un murmure.

— Or c'est russe mais mon nom de famille c'est Trencharian. Je suis arménien.

— Un peuple entreprenant qui a beaucoup souffert. » Épargne-moi ta pitié, ai-je pensé. Il a repris, doucement : « Alors parle-moi de toi, Or. »

Je suis revenu sur ma formation artistique, mes expositions, mes critiques, mes divers projets. Son ton rugueux lui donnait l'air puissant. Ses chuchotements me faisaient l'imaginer dans une salle de réunion où il ne voulait pas troubler le processus sacré de l'accumulation des richesses.

Quand j'ai commencé à poser mes questions, il m'a coupé : « Écoute, je fais une soirée d'Halloween ce soir. Et si tu passais vers 20 heures ? On discutera. » Il avait l'air assez affable. Il m'a donné une adresse sur la Quatre-vingt-unième et l'East End Avenue. « Tenue décontractée », a-t-il ajouté, comme si j'avais l'embarras du choix.

Malgré la pluie matinale qui avait envoyé un paquet de bouquinistes à une grosse vente qui se tenait à Yonkers, je me suis installé en face de Shimkin Hall. Le ciel était de la couleur du trottoir. C'est peut-être parce que je n'essayais pas de peindre ou dessiner en même temps, mais j'ai été récompensé par la vente de beaucoup de livres merdiques. À 17 heures, j'avais atteint les deux cents dollars et complètement épuisé la crème de mon stock.

Sur le chemin de la maison, je me suis arrêté au Sculptor Garden, un magasin qui vendait du matériel de sculpture sur la Douzième, entre la Première Avenue et l'Avenue A. J'ai demandé au patron quels genres de pierre ils avaient.

« Marbre et albâtre italiens.

— Combien au kilo ?

— Trois dollars.

— Quelles tailles vous avez ?

— On a des blocs de trente-cinq, quarante kilos. Sinon on a des blocs de cinq cents kilos dans notre entrepôt du New Jersey. » Je l'ai remercié et je suis rentré au loft.

Attrapant un maillet et un ciseau, je suis descendu et j'ai fait sauter un petit éclat à l'angle du monolithe. La pierre était bien plus malléable que je ne l'avais cru.

Je suis remonté mettre ma tenue de vernissage. Puis je suis allé chez un coiffeur qui opérait dans une cave sur East Broadway et dont la clientèle était uniquement composée de migrants chinois clandestins. Pour cinq balles, le coiffeur a sculpté les milliards de mèches entortillées qui formaient ma crinière en une petite couronne à l'arrondi léger d'un bol de porcelaine.

J'ai ensuite fait l'erreur de prendre le bus de la Première Avenue, soit le navire le plus lent pour quitter Chinatown. Un train aérien remontait autrefois l'avenue mais à notre grand regret à tous, la ville l'avait détruit. Le West Side avait toujours des trains sur la Sixième, la Septième et la Huitième Avenues, tandis que l'East Side ne pouvait compter que sur cette bonne vieille ligne de Lexington Avenue. Depuis des années, la municipalité promettait de finir la ligne de la Deuxième Avenue. En attendant, je recommandais à mes concitoyens du Lower East Side d'arrêter de payer leurs impôts pour protester contre cette inégalité de traitement.

# 15

Quand je suis enfin descendu à l'angle de la Quatre-vingt-et-unième et de East End Avenue, j'étais en retard. Après avoir été annoncé par le portier, je me suis retrouvé dans l'ascenseur avec un groupe d'inconnus bien habillés qui allaient tous à la même soirée. On a été accueillis au vingt-cinquième étage par la nana du vestiaire, lequel se résumait à un portant en aluminium installé dans le couloir. J'ai abandonné ma veste et je suis entré. C'était un penthouse aux allures de palais. Ce n'est qu'en pénétrant dans ce luxueux appartement qu'il m'est venu à l'esprit que je risquais de tomber sur Barclay et June. Pourtant, une fois à l'intérieur, me frayant un chemin parmi les portabilisés et les propriétaires d'ordinateurs de poche, j'ai compris que j'étais tranquille. Courges décoratives, mixtures bizarres et grosses légumes indigestes : la description s'appliquait autant au buffet automnal qu'aux convives.

Un ou deux invités portaient des masques mais tous étaient bien habillés. Les costumes unis frayaient avec les rayures, les Armani avec les Dior. Dans un coin, un quatuor de jazz jouait sans déranger personne. L'homme moyen avait la cinquantaine et du bide, la femme typique s'approchait de la trentaine et avait la ligne.

Ça ne me posait pas de problème que ces gens aient de l'argent. Ceux qui me dérangeaient, c'étaient ceux qui croyaient que les soubresauts capricieux du marché faisaient d'eux des êtres d'une valeur supérieure. C'était là le cœur de mon dédain pour les marchands d'art, les collectionneurs et les riches en général.

Au milieu des bavardages et des verres que l'on servait, j'ai lentement identifié mon potentiel sauveur et probable adversaire. Morton était un petit homme d'âge mûr avec des lunettes teintées, la peau du visage rêche et marbrée et une grande mâchoire d'alligator. En m'approchant de lui, j'ai pu entendre sa profonde voix gravelée par la clope. Il gobait des amandes nature comme du Vicodin, s'envoyait de grandes lampées d'alcool pur et partait dans des éclats de rire qui lui venaient du fond du bide. Je me suis glissé plus près de lui pour l'étudier. Il ne m'a même pas calculé – impossible en revanche de passer à côté de sa vulgarité et des remarques grasses qu'il débitait d'un ton assuré. Il avait l'air d'avoir une sacrée descente et je me suis dit que si j'attendais qu'il soit un peu farci, j'avais de meilleures chances de lui extorquer un bon prix.

Sa magnifique épouse est apparue, vêtue d'une chemise blanche vaporeuse qu'elle portait sans soutien-gorge. Le balancement de ses seins et ses tétons bruns étaient complètement visibles. Le cliché était total, mais à quoi d'autre pouvais-je m'attendre ?

Un long balcon étroit courait tout autour de l'appartement, et j'ai alors vu qu'il donnait directement sur FDR Drive. Moe aurait pu lancer une ligne dans l'East River depuis la fenêtre de sa chambre et attraper les mêmes poissons intoxiqués que les pêcheurs latinos du Lower East Side. Depuis ces majestueuses hauteurs, auxquelles nul ne pouvait prétendre à moins d'un million de revenus annuels, la ville paraissait merveilleuse, comme parée à l'année de sobres décorations de Noël. Je me suis rempli un verre du single malt le plus cher avec le nom de clan de mangeurs de porridge et de porteurs de kilt le plus imprononçable possible, et j'ai laissé mon regard se perdre vers Brooklyn et le Queens.

Des voitures gravissaient lentement le pont de la Cinquante-Neuvième Rue, pare-chocs contre pare-chocs, tandis qu'à l'est des avions recevaient des signaux pour entamer leur lente descente. Ils ne devaient planer qu'à quatre mille pieds d'altitude à l'approche de Bensonhurst, à deux mille au-dessus de Park Slope puis rugir, à portée de tir de polpettes, juste au-dessus des têtes des immigrés de Jackson Heights, de Flushing et du Queens, avant de se poser à La Guardia. Je n'avais jamais été particulièrement doué pour les paysages, mais j'aurais adoré avoir une grande toile sous la main. Quand un aréopage d'argentiers a remarqué que je profitais de la vue, seul sur le balcon, ils n'ont pu s'empêcher de venir me dérober ma tranquillité. Ivres et rigolards, ils se sont déversés autour de moi comme l'avaient fait leurs semblables lorsqu'ils avaient envahi East Village une fois que des gens tels que moi avaient démontré que le quartier était habitable. J'ai battu en retraite dans l'appartement.

Après avoir gobé tous les sushis gratuits et les amandes au chocolat que j'étais capable d'avaler, je me suis décidé à aller à la rencontre du maître des lieux. Il avait lui aussi ingéré tout l'alcool que sa salle des machines anatomique pouvait contenir, et il tirait légèrement sur la droite.

« Morton, ai-je lancé en m'approchant enfin. Je suis Or Trenchant. » Je lui ai tendu la main.

« Tu parles d'un blaze. Serre m'en cinq, m'a-t-il dit en souriant.

— Je suis le sculpteur que Persephone Miller vous a recommandé.

— Ah ouais, c'est vrai. Appelle-moi Moe. » Il était plus sobre que je ne l'aurais cru. « Allons quelque part où on puisse causer. »

Il m'a emmené dans une grande cuisine où des traiteurs en costard faisaient passer des amuse-gueules sur des plateaux métalliques pour les réchauffer.

« Voilà le topo, a-t-il commencé. L'un de mes associés est mort d'une leucémie il y a cinq mois. J'adorais ce mec. Il avait trois restos chinois cashers. Deux dans le North Shore, le troisième dans l'Upper West Side. Je veux lui faire un monument pour immortaliser son boulot, toute la bouffe qu'il a servie.

— Vous aviez une idée en tête ?

— Je pensais à un gros *fortune cookie*.

— C'est une forme intéressante mais je pense que les gens vont rigoler.

— Ouais, tu vois, c'est exactement ce que je veux éviter. » Il s'est gratté la tête, assailli par le doute.

En regardant les comptoirs en formica blanc autour de moi, j'ai remarqué un serveur qui ouvrait une grosse boîte en carton et déposait une pile de raviolis aux légumes sur un plateau métallique.

« Ou alors des baguettes ? a-t-il lancé.

— Il faut une forme plus subtile », ai-je répliqué en levant la boîte de chinois à emporter par sa petite anse en fil de fer. Elle devait faire une douzaine de centimètres de haut.

« Et pourquoi pas quelque chose de cinq fois cette taille ?

— Et dix fois plus grand ? a-t-il surenchéri.

— Impossible. Le mieux que je puisse faire, c'est cinq fois ça, environ 60 centimètres de côté. » Je ne voulais pas le lui dire, mais la véritable limite en sculpture, ce n'était pas la pièce ou le temps. J'avais décidé que ce serait une sculpture de 60 par 60 parce que l'albâtre pèse 2 700 kilos par mètre cube. Une sculpture d'un mètre cube – ce qu'il voulait – aurait été beaucoup trop lourde pour que je puisse la transporter.

« Cinq fois plus grand, hein ? » Le choix arbitraire de ce chiffre semblait l'amuser.

« Je ne peux vraiment pas faire plus. »

Il a regardé la boîte encore une fois puis il a dit : « C'est parfait. Quand on pense à un chinois à emporter, on imagine pas un repas complet mais un truc à bouffer sur le pouce. Un casse-dalle quoi. Et tu sais ce qu'on dit sur la bouffe chinoise, comme quoi, vingt minutes après tu as encore les crocs. Mais ce type, tu vois, il a pris ce truc jetable, ce truc de mange-merde dont tu n'attends rien, et il l'a porté au subliminal. »

Il voulait dire 'sublime' mais je ne l'ai pas corrigé.

« C'est vrai, le chinois casher, le plus souvent, c'est à la fois une insulte à la cuisine chinoise et à la cuisine juive, mais il faisait des trucs incroyables d'inventivité avec, il transformait du tofu en porc, des trucs comme ça. Il avait toujours des notes de dingue sur Zagat's. Et c'est ça que je veux honorer, pas seulement l'homme, mais l'idée de ce qu'il faisait : prendre de l'inattendu, du jetable, et en faire du grand art.

— Je serais honoré de réaliser cette pierre tombale, ai-je répondu en toute franchise, mais je ne suis pas sûr pour le lettrage et les dates.

— On s'en branle du lettrage et des dates. Il avait une étoile de David dans le cœur. Tous ceux qui venaient le voir le savaient. Il aimait pas les étrangers. Il se faisait aucune illusion sur l'immortalité. C'était le mec qui faisait de la bouffe chinoise.

— Vous devriez vérifier auprès du cimetière s'il y a des restrictions sur les pierres tombales inhabituelles.

— J'ai déjà dealé ça avec eux. Ils savent que je vais leur donner un truc pas piqué des hannetons mais je m'arrangerai pour qu'ils laissent pisser. C'est mon ami qui est mort trop jeune et j'ai besoin de le commémorer.

— Ça vous irait de laisser la pièce dégrossie plutôt que lisse ? » ai-je demandé, sachant combien de temps ça prendrait de la polir. Pour faire passer ma suggestion, j'ai ajouté : « Michel-Ange a utilisé cette technique pour ses sculptures de la chapelle des Médicis, afin de symboliser l'idée de vies interrompues.

— Ça me plaît bien. Mais cinq fois la taille, je trouve ça un peu petit, a-t-il ruminé, comme s'il avait des regrets. C'était vraiment un mec super.

— Et si je bâtissais un emballage de chinois de la taille des pyramides, ce serait donc encore trop petit.

— Bien vu.

— Et regardez ce carton. » Je l'ai levé devant ses yeux. « Il est énorme.

— Allez, vendu.

— Pour combien ?

— C'est simple : quatre mille. Pas un cent de plus. »

Ma dette de stationnement s'élevait à mille dollars. Le Ram de Cali allait en coûter trois mille. Il me fallait au moins six mille dollars si je voulais me relancer.

« Persephone m'a dit qu'elle vous avait déjà mis en contact avec plusieurs sculpteurs et qu'ils avaient décliné.

— Ouais, et ils avaient même pas d'idée pour la forme.

— Écoutez, le marbre coûte trois dollars le kilo. Appelez les pompes funèbres, ça vous coûtera trois fois le prix que vous me proposez. »

Il a alors eu un grand sourire doux pour me montrer que je ne faisais pas le poids face à son art de la négociation. Malgré toute la fortune qu'il exhibait et l'importance de cette pierre tombale, il ne pouvait réprimer son désir de m'enfler. Mais je l'aimais bien quand même. Homme d'affaires un jour, homme d'affaires toujours.

« Tenez », ai-je poursuivi en lui tendant l'échantillon prélevé sur le bloc. Il l'a regardé comme si j'avais sorti un diamant de ma poche. « Voilà ma proposition. Plutôt que du marbre, je vais faire la sculpture dans cette pierre. C'est de l'albâtre. Je me chargerai même de la livrer au cimetière. Mais je ne peux pas faire ça pour moins de sept mille dollars. Quand vous aurez compris que vous ne trouverez pas moins cher ailleurs, rappelez-moi. »

Il a poussé un profond soupir puis il a dit : « Je t'en donne six mille si tu peux le faire en trois semaines environ. C'est la date de l'inauguration.

— Trois semaines environ », ai-je répété.

Durant l'étreinte contractuelle de notre solide poignée de mains, la perspective d'avoir un nouveau van sans dette de stationnement m'est apparue comme un second souffle dans ma vie. Mais si je n'avais que trois semaines, il fallait que je m'y mette le soir même.

Il a lancé qu'on se parlerait dans la semaine, que là il recevait ses riches amis et que maintenant je devais m'en aller. Il est parti et je me suis faufilé parmi les convives pour accéder une dernière fois au buffet. Sous les regards indignés de trous du cul pompeux, j'ai empoché une dernière poignée de crevettes, une poignée d'amandes chocolatées d'adieu et j'ai sifflé mon ultime single malt brûlant. Et puis rideau. En attendant le bus, j'ai commencé à penser à la vaste tâche qui m'attendait et je me suis demandé si j'étais réellement capable de réussir ce coup-là.

Plusieurs jours plus tard, ou du moins était-ce mon impression, le bus s'est enfin arrêté dans un crissement de freins sur les rives crasseuses de Canal Street. J'avais déjà terminé ma poche de crevettes et j'avais attaqué le gros de mes amandes. En passant devant le bar, j'ai aperçu Pablo et je suis entré.

« Hé, tu viens toujours manifester à la Parade d'Halloween ? m'a-t-il crié.

— Oh ouais, contre NYU et la destruction de la maison de Poe.

— Alors si tu veux faire ça, je peux te mettre en contact avec le Révérend Billy, mais en fait moi je vais être avec les pro-Nader.

— Tu ne te sentiras pas con si Bush gagne la présidentielle grâce aux votes de Nader ? lui ai-je demandé en m'asseyant.

— Le Révérend Billy retrouve son groupe à l'angle de Spring Street et Church Street vers 19 heures », a poursuivi Pablo, en ignorant copieusement ma remarque.

Je lui ai raconté l'histoire de la sculpture pour laquelle j'avais été commissionné et je lui ai payé un verre. Il m'a un peu parlé de sa nouvelle copine, apparemment croate.

« Mais comment tu fais, tu traînes dans les manifs de femmes de pays du tiers-monde ? »

« C'est presque ça, à vrai dire. » Il avait rencontré ses deux dernières conquêtes à des soirées WBAI. WBAI était une station de radio connue pour son soutien constant à la gauche et aux causes perdues. Leur maison mère, qui n'était que modérément gauchiste, était sur le point de leur couper les vivres. Un peu bourré, je n'ai pu m'empêcher de ricaner.

J'ai cru qu'il allait se fâcher mais il s'est marré lui aussi. Après tout le scotch que j'avais bu chez Moe Hammerman, je me suis envoyé quatre whiskies.

En haut de l'escalier, la clé dans la serrure, tourner, entrer. Je me suis assis au bord de mon lit et j'ai songé à retirer mes chaussures. Puis j'ai envisagé d'aller pisser, mais je me suis allongé une seconde et je me suis endormi. J'aurais dû me lever tôt le lendemain matin, mais j'ai pioncé jusqu'à ce que Lynn ouvre la porte en début d'après-midi. J'ai émergé lentement, avec une très légère gueule de bois, tandis qu'elle s'installait bruyamment.

« C'est Halloween ce soir.

— Ah oui, a-t-elle répondu, pinceaux en main, devant l'un de ses fabuleux rouleaux.

— On y va toujours ?

— Où ça ?

— On va défiler pour protester contre la destruction de la maison hantée d'Edgar Allan Poe par NYU.

— Tu m'en voudras pas si je passe mon tour ? m'a-t-elle demandé sans me regarder, ni même reposer son pinceau.

— Tu ne veux pas voir le défilé ?

— Je travaille ce soir, m'a-t-elle lancé, le dos tourné. J'en verrai un bout à la télé.

— Comme tu veux », ai-je grommelé sans masquer ma déception. Je détestais qu'on me fasse un plan. « C'est dommage pour ton œuvre.

— Tu fais l'expérience de tout ce que vivent tes sujets ? a-t-elle demandé, sur la défensive.

— Si je peux, oui.

— Quelle noblesse d'âme.

— Je me suis seulement dit que ça te donnerait une perspective intéressante sur la parade, comme ça toutes tes peintures n'auraient pas l'air d'avoir été tirées d'une photo dans le journal et puis, pour tout dire, on avait rendez-vous. » Ayant retrouvé ma brosse à dents, j'ai entrepris de faire disparaître l'arrière-goût de picole de ma bouche.

« Je ne veux pas te poser un lapin, c'est juste que j'ai du mal avec les parades.

— Tu n'as pas suivi les parades de cette année ? ai-je demandé, de la mousse de dentifrice au coin des lèvres.

— Plus depuis cet été.

— Eh bah c'est naze. Si cette ville a une chose pour elle, c'est bien les parades. »

Elle a fouillé sans mot dire dans une multitude de rouleaux que je n'avais pas encore vus. L'un d'eux représentait l'armée oubliée des nettoyeurs, forcés d'attendre la fin de la journée pour balayer les rues. Un autre, en bleu et blanc, était inspiré par le défilé de la Fête de l'indépendance grecque. Le vert était bien sûr celui de la Saint Patrick, mais au lieu de montrer les marcheurs, on voyait un paquet de spectateurs bourrés. Elle a enfin déroulé un rouleau noir. « Tu sais ce que c'est ? »

Je me souvenais l'avoir vu avec les premiers que j'avais regardés. C'était un carré parfait de peinture noire.

« Aucune idée.

— C'est la dernière parade que j'ai faite, je l'ai recouverte. C'est la Fête de Porto Rico. » J'ai arrêté de me brosser les dents et je l'ai vue regarder par la fenêtre. « Ce n'était pas si affreux. Cinquante-trois femmes se sont fait agresser ce jour-là et quand tu entends leurs histoires… je m'en suis plutôt bien sortie. J'ai du mal avec les parades et les foules depuis.

— Et je suppose que mon tableau n'a pas aidé. » Elle était juste devant mon portrait de Rita, la fresque de la fille happée par des mains avides.

« C'est un bon tableau, a-t-elle souri. Il est peut-être même génial mais c'est un peu trop pour moi en ce moment.

— Je suis désolé.

— Non, tu as raison. C'est le coup classique où c'est ces enculés qui gagnent si je dois changer ma vie d'un iota.

— Je serai là avec toi, lui ai-je dit. Et je te jure que je crève le premier type qui essaie de faire quoi que ce soit.

— D'accord. »

Je l'ai vue serrer les mâchoires. Son œil s'est très légèrement humidifié puis elle a hoché la tête et demandé : « On dit quelle heure ?

— On peut se retrouver ici à 18 heures 30 et y aller à pied pour arriver à 19 heures. »

Elle est retournée à sa peinture. J'ai ramassé la sacoche remplie des outils de Shade. Elle contenait une scie circulaire Bosch avec une lame abrasive de trente centimètres. Elle pesait quinze kilos et il fallait la prendre à deux mains pour la soulever. Elle n'allait pas être facile à manipuler. J'ai aussi retrouvé une paire de lunettes de protection et des gants en toile.

J'ai branché ensemble toutes les rallonges que j'ai pu trouver. La prise la plus proche de la pierre se trouvait à la porte de chez Don Juan. J'ai fait descendre les câbles dans le hall et jusque dans la cour et j'ai branché la scie. Quand je l'ai mise en marche, j'ai entendu un crissement de douleur et j'ai vu une poussière rouge s'en échapper. Les rouages et mécanismes semblaient complètement secs et rouillés, il fallait la lubrifier. Il me fallait aussi un masque, je suis donc vite allé au magasin de bricolage au coin de Division Street pour en acheter une boîte, ainsi que de l'huile et un petit tournevis.

Avec le compas, j'ai pu estimer rapidement les proportions de la sculpture et j'ai inscrit les cotes à même la pierre, en me laissant cinq millimètres de marge pour limer.

J'ai soigneusement ouvert l'enveloppe en plastique de la scie. J'ai nettoyé la saleté et les toiles d'araignée, puis j'ai graissé tous les roulements que j'ai pu atteindre. J'ai appuyé sur l'interrupteur de la scie, qui a vrombi et le lubrifiant s'est propagé dans le mécanisme. J'ai enfilé mes gants, j'ai mis mes lunettes sur mes yeux, et je me suis couvert le nez et la bouche avec mon masque. J'ai fixé une lame et j'ai appuyé sur le bouton. La lame s'est lentement enfoncée dans la pierre en faisant jaillir un nuage d'épaisse poussière blanche.

Vers 15 heures, alors que je m'arrêtais un moment pour m'essuyer le front, j'ai levé les yeux et j'ai remarqué des immigrés aux fenêtres qui faisaient une pause clope, délaissant leur machine à coudre pour observer le sculpteur dans la cour.

Petit à petit, la durée de mon travail s'est réduite, et mes pauses se sont allongées. À 18 heures, le soleil s'était couché et je me suis rendu compte que je devais me préparer pour la Parade d'Halloween avec Lynn. J'étais trop épuisé pour continuer. Premier jour de boulot sur la sculpture, et je n'avais même pas réussi à tailler une face.

# 16

J'ai péniblement traîné mon cul jusqu'au loft et je me suis effondré sur mon lit pour une dizaine de minutes. Lynn peignait avec entrain en me parlant de ses tableaux. Avant de m'endormir, je l'ai entendue rappeler que les premiers écrits avaient été réalisés sur des rouleaux.

« On va être en retard ! » a-t-elle crié pour me réveiller. J'ai jeté ma carcasse nappée de sueur séchée sous la douche pour rincer la poussière d'albâtre que j'avais dans les cheveux et les oreilles.

Pendant que je me séchais et m'habillais, Lynn continuait de bosser sur son rouleau du défilé des Sirènes. De voluptueuses filles de Brooklyn perchées sur des capots de voitures musculeuses étaient entourées de gaillards de Bensonhurst arborant des bananes gominées. Elle y mettait les dernières touches et même si nous étions en retard, je ne pouvais décrocher mon regard de ses peintures. Elle travaillait à l'aquarelle, mais on aurait dit de l'acrylique.

« Tu as faim ? ai-je demandé, car j'étais moi-même affamé.

— Pas vraiment, mais on peut prendre un truc parce que je vois bien comment ça va être. »

Elle a attrapé un appareil photo avec flash et on a descendu l'escalier. Sans réfléchir, je l'ai dirigée vers le resto à emporter.

Elle m'a arrêté net : « Pas moyen que je mange là-bas alors que c'est mon jour de repos. »

On a atterri à l'Italian Food Center, un deli au coin de Grand et Mulberry Street où on a fait la queue derrière des yuppies avant de pouvoir commander des sandwichs à la charcuterie italienne avec des noms prétentieux. J'ai pris le Mona Lisa, prosciutto et poivrons rouges sur un pain à la semoule, et une bouteille d'Orangina. On a remonté la rue jusqu'à l'angle de Cleveland Street et Kenmore et on est tombés sur le Lieutenant Petrosino Park. Ce drôle de triangle fermé n'avait ni bancs, ni arbres, ni statue. On s'est assis sur les pierres blanches et sales qui entouraient le square et on a mangé notre sandwich dans la lumière orangée des lampadaires. Nous étions tous les deux cannés après notre journée de travail, si bien qu'en dehors de grognements intermittents, nous n'avons pas beaucoup échangé. J'ai terminé mon sandwich en cinq énormes bouchées. Elle a ouvert son petit pain et grignoté quelques tranches de poivron rouge rôti soigneusement sélectionnées mais elle ne s'est pas intéressée au reste. Comme elle allait jeter la fin de son sandwich, je lui ai demandé si je pouvais le finir. Elle me l'a cédé. Trois bouchées plus tard, il avait disparu.

À mesure que nous avancions vers l'Ouest, la foule s'est densifiée. C'étaient surtout des touristes. Même si je détestais ressasser mes souvenirs de New York, c'était difficile de ne pas céder à la nostalgie. À la fin des années 70 et au début des années 80, la parade d'Halloween, comme tant d'autres petites fêtes de quartier, était à la fois plus artisanale et plus intéressante. Comme le Wigstock Festival, ça avait d'abord été un événement drag, l'occasion pour les queens de parader.

Ça me semblait appartenir à une autre vie. Deux types portaient des tenues de baseball. L'un avait un maillot des Bronx Bombers, l'autre un t-shirt des Mets. Une fille déguisée en « Ligne de métro de Flushing » s'était glissée dans un carton rectangulaire peint de la couleur du train.

Elle serrait dans ses bras un joueur des Yankees : une référence à leur victoire dans des Subway Series qui s'étaient disputées la semaine précédente. C'était typique : des jeunes Blancs qui se ressemblaient tous paradaient en groupe avec des blagues sur un thème d'actualité. Il y avait aussi beaucoup de pubs criardes. Une flotte de gros ballons gonflables promouvait des stations de radio pop ou des entreprises du numérique en passe de se casser la gueule. Au milieu de ce tapage de mercantilisme crasse, Lynn et moi avons repéré le Révérend Billy et sa maigre congrégation d'antiestablishmentariens.

Le Révérend Billy était une figure locale qui avait émergé récemment et dont la principale bataille, pour ce que je pouvais en juger, était la préservation du quartier. Sa plus grande croisade à ce jour l'avait opposé aux démons franchisés de Starbucks. J'étais à peu près certain que ce n'était pas un vrai prêtre mais il avait adopté un style pseudo-évangélique. Flanqué de ses ouailles, il se rendait dans un café parmi les centaines que comptait la ville, sortait un mégaphone et se lançait dans un sermon contre la sirène multinationale caféinée.

Lynn et moi nous sommes présentés au groupe, qui nous a chaleureusement accueillis : les derniers membres de cette espèce en voie de disparition qu'étaient les activistes hippies. Quelqu'un nous a tendu des masques en plastique avec de longs becs. Tout le monde à part nous était habillé en noir corbeau.

« *Nevermore*, a soufflé Lynn.

— Corbopyrights protégés depuis 1840 », ai-je plaisanté, balançant au hasard une date de parution du poème. On a mis nos becs noirs et on a pris les pancartes qu'on nous tendait. Le mienne disait « NYU Tu pues ! », celle de Lynn « Sauvez la Maison Poe ! ».

D'autres personnes ont afflué dans la zone de préparation du défilé, au sud du carrefour entre Houston Street et la Sixième Avenue. Des camions transportant des danseurs, des musiciens et des performeurs sur leur plateau arrière attendaient que la parade s'élance. Enfin, ça a démarré. Pendant qu'on cheminait sur l'Avenue des Amériques, j'ai été frappé par le nombre de spectateurs. Lynn me refilait sa pancarte pour prendre une photo chaque fois qu'elle repérait un groupe intéressant sur les trottoirs. On marchait tous deux dans les pas du Révérend Billy et de son groupe qui scandait régulièrement : « Sauvez la Maison Poe ! »

En ces temps illettrés, je doutais que beaucoup de gens sachent qui étaient Poe et, même s'ils le connaissaient, ils devaient sans doute croire que l'on criait « Sauvez la maison pauvre ! » J'ai donc tenté un slogan qui explicitait un peu plus clairement nos revendications : « NYU veut transformer la demeure où a vécu Edgar Allan Poe en violodrome de fraternité ! »

J'espérais me tromper mais je sentais que tout le monde s'en foutait. Je remarquais les cadeaux publicitaires qui jonchaient le trajet de la parade : kazoos en plastique, petits sachets de M&Ms. De temps à autre, je ramassais ces merdouilles et les balançais dans le public. Invariablement, les spectateurs se battaient pour les attraper.

« Tu passes un bon moment ? ai-je demandé à Lynn alors que nous dépassions la Douzième Rue.

— Je suis surtout contente qu'il y ait autant de policiers. » On devait régulièrement ralentir à cause d'un bouchon ou pour laisser passer des voitures.

Une dizaine de minutes plus tard, alors que nous approchions de la Vingtième Rue, nous avons senti que la parade touchait à sa fin.

« Tu sais, m'a-t-elle dit, mon seul regret c'est de ne pas avoir vu plus de costumes.

— Pas de problème, ai-je rétorqué en l'attrapant par le coude pour nous détacher de notre petite cellule politique et faire demi-tour.

— Qu'est-ce qu'on fait ? »

On remontait le trajet de la parade. « On va pouvoir voir ceux qui marchaient derrière nous et ça nous ramènera *downtown*.

— Pas bête ! », a-t-elle dit. Tous les regards étaient tournés vers le sud, en direction des marcheurs qui remontaient la Sixième Avenue. « C'est vrai que ça marche que dans un sens, une parade. »

On a remonté le courant comme si on était invisibles, recroisant les groupes de badauds et les flics postés à chaque coin de rue. Son appareil photo levé au-dessus de sa tête, Lynn mitraillait. Parmi les nombreux costumes du jour, j'ai remarqué des condamnés à mort attendant d'être exécutés par le candidat George W. Bush, et un essaim de Hillary Clinton hommasses en course pour un siège au Sénat. Un type avec un costume et un masque de son président de mari suivait l'une d'entre elles, l'air contrit, au bout d'une laisse.

Mais le meilleur de tous, c'était le vagin coureur. Quelqu'un avait fabriqué un costume de sexe féminin d'un mètre quatre-vingt de haut. Il ou elle avait un épais buisson de poils pubiens fixé sur la tête, de grandes lèvres à la place des bras et plusieurs autres détails anatomiques qui m'étaient complètement mystérieux. Le vagin est passé en courant à côté de nous. Il était suivi de près par un terrifiant pénis plus grand encore. Ça aurait été une union fort douloureuse si ces deux sexes monstrueux avaient dû se rencontrer.

« Tu crois que c'est un homme ou une femme dans le vagin ? ai-je demandé.

— Un homme. J'ai vu une femme dans le pénis. »

En continuant notre chemin, nous avons aussi croisé des fanfares costumées sans thématique et un groupe de militants aux visages peints d'un blanc spectral qui distribuaient des tracts pro-Nader et des autocollants du Green Party. Parmi ces manifestants zélés, j'ai repéré Pablo et sa blonde bombe balkanique.

Entre les cris, le bruit et la foule, on a seulement pu se faire un signe de la main. Pablo et ses potes politisés ont continué vers le nord et Lynn et moi avons poursuivi notre remontée du courant. Quand nous avons atteint la Quatrième Rue, un flic vigilant a fini par nous interpeller en nous demandant ce qu'on foutait.

« On va à Spring Street », ai-je expliqué, arborant toujours mon masque de corbeau.

Le flic nous a dégagés de l'avenue et nous a fait passer derrière les barrières. On s'est retrouvés absorbés dans la foule qui se mouvait lentement vers l'est. Lynn commençait manifestement à paniquer. On a réussi à s'extirper à l'angle de MacDougal Street et de Waverly Place, et elle s'est mise à détaler, courant entre les voitures garées et le lent flot de la circulation jusqu'à atteindre l'espace relativement vide de Washington Square Park. Je l'ai alors vue prendre de longues inspirations. Vidée, elle s'est assise sur un banc. La panique a progressivement quitté son regard tandis qu'elle jetait des coups d'œil nerveux autour d'elle. Je me suis assis à côté d'elle, pas trop près.

Un vieux type noir est sorti de l'obscurité. Il avait l'air de parler tout seul. Le parc était la dernière zone libre du Village où les flics laissaient les dealers dealer et j'ai donc d'abord cru que le type allait essayer de nous vendre de la beuh. J'ai secoué la tête pour dire qu'on n'était pas intéressés, mais il s'est approché timidement à pas de plus en plus petits.

Avant que je puisse lui dire de se casser, il s'est mis à chanter. L'une des nombreuses techniques d'extorsion des sans-abri consistait à vous faire subir de lamentables chansons tirées de comédies musicales de Broadway. J'ai cherché un dollar dans ma poche pour m'en débarrasser, mais c'était déjà trop tard. Il s'était lancé dans « Moon River ».

Sa voix était délicatement éraillée, dans une douce tessiture. Plus il chantait, plus on appréciait. Ni un tas de calmants, ni des heures passées sur le divan n'auraient pu apaiser Lynn comme il l'a fait. Je n'avais que quatre dollars sur moi, que j'ai glissés dans sa main.

Il nous a remerciés et il est reparti.

Lynn s'est tournée vers moi : « Tu ne bossais pas sur un tableau de quelqu'un qui nage dans la Moon River ?

— Dans l'*East* River, l'ai-je corrigée.

— Tu l'as abandonné ?

— Je n'abandonne rien, ou du moins pas grand-chose. » Ce serait parfois bien moins risqué de laisser tomber, par exemple quand il s'agit de séduire une héroïnomane, me suis-je dit.

« Obsessionnel-compulsif », a-t-elle diagnostiqué.

Le regard tourné vers la Cinquième Avenue qui se déroulait dans l'axe de l'arche de Washington Square Park, j'ai répondu : « Je le suis, pour l'art en tout cas. J'adorerais faire la traversée à la nage. Si ça ne me tue pas, ça rendra mon tableau plus fort.

— L'année dernière, j'étais plus forte, a-t-elle dit d'une voix sourde. C'est les choses dont on n'a pas peur qui finissent par nous tuer.

— Je pourrais traverser le fleuve. Je sais que j'en suis capable.

— J'étais au milieu de Central Park, j'allais vers l'est. C'était une journée magnifique. Il y avait du monde. Je ne m'étais jamais sentie aussi en sécurité. Je ne voulais pas voir toute la parade, juste un bout. J'avais mon appareil photo et même s'il faisait chaud, je portais une chemise et un t-shirt en dessous. » Elle s'est tue un instant puis a ajouté. « Et mon soutien-gorge aussi.

— Tu n'es pas obligée de me raconter tout ça, ai-je dit, principalement parce que je redoutais une suite qui s'annonçait terrible.

— J'ai atteint la zone au sud du Rowboat Lake, là où il y a le café ?

— Je connais.

— Un jeune gars, un Latino, est passé à côté de moi et putain il m'a avertie. Il m'a dit : 'Madame, il faut pas aller par là. C'est des dingues là-bas.' Il a essayé de me prévenir et je l'ai ignoré. Je n'avais pas idée. Deux minutes plus tard, un mec m'a vidé une bouteille d'eau sur la tête pendant qu'un autre criait : 'hé la Noich, la Noich'. Je me retourne et je pars en courant et là j'entends qu'ils me poursuivent, et soudain une main me pousse dans le dos pour me faire tomber et un autre type commence à m'attraper, puis ils m'arrosent encore et un fils de pute tire sur ma chemise. Je l'ai frappé mais une autre main me l'a arrachée. Puis quelqu'un d'autre a attrapé mon t-shirt. » Elle montrait l'arrière de son col.

« J'étais par terre et ces deux bestiaux m'ont traînée sur le sol par le col. » Elle s'est interrompue. « J'ai vu un docu il y a pas longtemps sur Nature Channel. Une meute de hyènes qui se disputaient un bébé gazelle. Et on voyait bien qu'elles ne se battaient pas avec la gazelle mais qu'elles se battaient entre elles pour y avoir droit. Ils se sont battus comme ça pour moi. Comme si je n'étais même plus vivante. À un moment, ils ne cherchaient même plus à me tirer par le t-shirt, ils l'attrapaient comme s'ils essayaient de m'embarquer par la peau du cou. »

Quand elle s'est à nouveau tue, j'ai senti ma conscience se recroqueviller au fond de mon crâne et mon cœur battre dans mon oreille.

« ... j'ai crié à l'aide, j'ai pleuré, j'ai essayé de me couvrir... » Elle s'est soudain renfermée, comme si un fusible avait grillé.

Des minutes de silence se sont écoulées avant qu'elle dise : « Je me sens même coupable d'en parler. J'ai entendu des femmes raconter bien pire. Ça n'a duré que quelques minutes. Ils ne m'ont pas pénétrée. Mais la sensation qu'ils se battaient comme ça pour m'emporter... » Elle s'est encore refermée. « ... et tous ces gens qui étaient autour, des hommes, des femmes... Je me sens en danger dans les foules et... Je déteste tous ces bâtards de Latinos ! Les Portoricains sont des porcs et il faudrait tous les tuer. »

Alors qu'on arrivait vers LaGuardia Place, j'aurais pu lui dire que c'était injuste de juger tout un peuple à partir de ses représentants les plus méprisables, ou même qu'ils n'étaient peut-être pas portoricains, mais j'étais sûr qu'elle le savait déjà. En tant qu'Arménien, j'avais envie que tous les Turcs meurent pour avoir brutalement annihilé mon peuple et nous avoir dérobé notre terre ancestrale sans subir de conséquences. Mais c'était surtout une histoire de douleur inconsolable.

J'ai passé mon bras autour de ses épaules quand nous sommes arrivés à Houston Street. On a marché sans rien dire vers le sud-est, essayant de laisser derrière nous ce souvenir douloureux.

Une fois rentrés au loft, on s'est assis sur le lit et on a discuté des difficultés du monde de l'art. Elle avait peur de ne pas finir à temps pour son exposition qui débutait dans quelques semaines. Elle allait ensuite partir au Vietnam.

« Pourquoi tu as choisi d'aller là-bas ? ai-je demandé en allumant une lampe.

— Je ne sais même pas par où commencer.

— Essaie.

— Il n'y a pas un lieu dans ta vie que tu trouves mystérieux, romantique, peut-être même douloureux, un lieu où tu sens qu'une grande vérité t'attend ?

— En dehors de mes tableaux, pas vraiment.

— Il est tard, a-t-elle dit après plusieurs minutes de silence. Il faut que je rentre à Flushing.

— Tu ne veux pas dormir ici ? Tu peux prendre le lit, je dormirai par terre.

— Non, je ne peux pas. J'ai un truc de famille de bonne heure demain, je ne sais même pas si je reviendrai ici ensuite.

— Eh bien, j'ai un van, je peux te ramener, ai-je bâillé.

— C'est idiot. Je prends le train tous les soirs. Et puis on est vendredi, il y aura encore du monde.

— Écoute, si je ne te ramène pas, je passerai la nuit à m'inquiéter.

— Je ne veux pas te faire traverser la ville pour rien.

— C'est pour ma tranquillité d'esprit.

— Comme tu veux. » Et nous sommes descendus ensemble dans les rues désertes de Chinatown.

Je ne lui ai pas dit que je devais de toute façon déplacer le van et que, une fois au volant, ça ne changeait rien pour moi de faire deux rues ou cent kilomètres.

Comme d'habitude, le pont m'inquiétait un peu mais une fois qu'on l'a franchi, tout semblait rouler. On a dépassé le Shea Stadium puis on a longé le pont à tréteaux du train de Long Island. On est arrivés sur Main Street, quartier de Flushing, dans le Queens : le nouveau Chinatown. Avec ses communautés indienne et coréenne voisines, c'était plus exactement Asiatown. Elle m'a guidé dans les rues de son quartier jusqu'à ce qu'on se gare à un demi-bloc de sa maison en stuc à deux étages.

« Ça m'a vraiment plu de faire la parade, a-t-elle dit avec un grand sourire.

— Je suis content.

— Ça me permettra de peindre un rouleau à hauteur des participants.

— Super.

— Et je me sens en sécurité avec toi, Or.

— Moi aussi », ai-je répondu, en pilote automatique. J'étais crevé et je voulais simplement la déposer et rentrer me coucher. Elle est restée assise à côté de moi sans rien dire.

« Eh bah, bonne nuit », ai-je fini par lancer pour la faire descendre. Mais elle ne partait pas et je ne pouvais pas la jeter dehors alors j'ai attendu. Au bout de quelques instants, je me suis penché vers elle et je l'ai embrassée sur la joue.

« Bon, je ferais bien d'y aller. » Elle est soudain revenue à elle, l'air complètement troublée.

J'ai fait tomber son sac à main en bâillant pour lui montrer que j'étais fatigué moi aussi. Ses clés, son argent, son gloss et tout le reste de son fatras se sont répandus sur le sol du van. On a tâtonné pour tout retrouver. Elle m'a ensuite fait une bise. Un cliquetis de portières et quelques pas sur le trottoir plus tard, elle avait disparu.

Au moment de faire redémarrer mon petit utilitaire, j'ai remarqué son gloss qui traînait à côté de la pédale de frein. Je l'ai glissé dans ma poche puis j'ai entamé mon long trajet de retour.

Au bout d'une demi-heure, le van a semblé s'apercevoir que je l'avais emmené bien loin de sa minuscule zone de confort. Comme une vieille mule irascible, il a renâclé dans les montées et quand j'ai enfin atteint le pont, il ne roulait plus qu'au pas. Sur la chaussée défoncée du Queensboro Bridge, le moteur s'est emballé et je me suis retrouvé bloqué à un minable vingt à l'heure. Il n'y avait pas beaucoup de circulation, mais les taxis tarés et les berlines privées avec de gros numéros de téléphone rouges peints sur les portières me doublaient en klaxonnant furieusement.

Le van a commencé à sentir l'écurie quand on s'est retrouvés sur FDR Drive. Il a même pris un peu de vitesse sur la rampe de Houston Street. J'ai traversé Houston à toute allure puis j'ai déboulé sur Essex Street et, chopant tous les feux verts, j'ai laissé derrière moi Stanton et Rivington, sans cesser de guetter une place de stationnement.

# 17

Juste avant de passer au feu orange sur Delancey Street, je l'ai aperçue à l'angle de la rue. Je me suis garé devant une bouche d'incendie, j'ai ôté mes clés et je me suis précipité à sa suite.

Elle avançait sur Delancey comme un missile à tête chercheuse. Une belle jeune femme seule dans une rue déserte qu'empruntaient de temps à autre des voitures qui descendaient du pont de Williamsburg. Ses cheveux rasés à nouveau à cinq millimètres formaient un halo furieux autour de sa tête. Quand je suis arrivé derrière elle, elle ne s'est pas retournée malgré le bruit que je faisais. J'aurais aussi bien pu être Jack l'Éventreur. Elle s'en foutait complètement.

« Tu cherches de la drogue ou quelqu'un pour t'en acheter ? » ai-je demandé. Pas de réaction. J'ai pressé le pas pour arriver à sa hauteur et c'est seulement à ce moment-là que j'ai remarqué les grosses marques violettes sur sa joue gauche. « Oh putain !

— Oh putain toi-même ! Tiens mais c'est Or Donc, l'homme qui tergiverse.

— Merde, qu'est-ce qui t'est arrivé ?

— J'allais te poser la même question. » Elle marchait toujours d'un pas vif.

« Tu vas où comme ça ? » ai-je demandé. Il était 3 heures du matin. Un taxi clando a ralenti pour voir si on avait besoin d'une course. Rien n'était ouvert à part une petite épicerie à l'angle.

« Mourir dormir.

— Tu ne vis que comme ça ?

— Ce soir oui. Mon copain et moi on s'est un peu engueulés.

— Il t'a frappée ?

— Non.

— Alors tu vas où ? ai-je insisté, inquiet.

— Détends-toi, j'ai mes médocs. Dans une heure environ, je m'envoie un demi-sachet, a-t-elle soupiré, le souffle court.

— Et tu t'en envoies combien par jour au fait ? »

Elle a sorti deux petits pochons. « J'en suis à quatre sachets par jour, soit rien du tout.

— Et ça coûte combien ce rien du tout ?

— Dix balles pièce environ.

— Tu as donc une consommation de quarante dollars par jour.

— Voyons voir, dix dollars le sachet, fois quatre qui font quarante et je crois qu'on parle généralement de consommation pour cette substance donc, oh mon Dieu ! s'est-elle exclamée sur un ton de pétasse écervelée, j'ai *carrément* une consommation de drogue de quarante dollars par jour.

— Tu arrives à te payer ça ?

— Tu sais, c'est vraiment pas mal du tout, avant je tournais à cent vingt par jour. Si j'arrive à rester à quarante, je peux peut-être même prendre un boulot chez Starfucks.

— T'es pas tout le temps défoncée ?

— Plus maintenant.

— Alors pourquoi tu le fais ?

— Pour éviter les crises de manque. Si je veux être défoncée, je prends du speed. Enfin bref.

— Tu vas où là ? ai-je répété, en peinant à la suivre.
— Je retrouve un copain.
— C'est peut-être moi ce copain.
— Peut-être », a-t-elle souri.

On a marché une minute en silence avant que je demande : « Alors tu disais que tu étais écrivaine avant ?

— Je n'ai jamais dit ça mais il se trouve que je suis une jeune poétesse qui compte.

— Je t'écoute, ai-je dit, sans savoir si elle était sérieuse.

— Très bien, voyons. » Elle a relevé les yeux vers moi. « Être ou ne pas être. » Elle a marqué un temps, sans cesser de me regarder. « Ne pas être.

— Autre chose ?

— Demain, puis demain, puis demain / J'injecte dans ce bras las de jour en jour / jusqu'à la dernière seringue du registre des temps », a-t-elle continué en détournant *Macbeth*. Dans un sourire, elle a ajouté : « En fait, Demain c'était le nom d'une variété d'héro, à un moment. » Elle s'est tue. « Et désormais je ne trouve plus la veine dans mon bras.

— Quoi d'autre ?

— Quelle sombre merde que l'homme/ Qu'il est bandeur dans sa raison / Qu'il est infini dans ses cylindrées / Dans sa force et dans ses mouvements cet enculé négocie des pipes à vingt dollars.

— Et ça c'est… *Hamlet*, non ?

— Oui, c'est du Shakespeare version pute à crack mais comme je fume pas de crack et que je suis pas une pute…

— On peut s'asseoir deux minutes ? » ai-je demandé alors qu'on traversait Allen Street. Je commençais à transpirer.

On a trouvé refuge sur l'îlot central d'Allen. Elle s'est assise sur un banc de béton défoncé. Je me suis installé à côté d'elle.

« T'as pas une clope ?

— Je fume pas. »

Elle a regardé par terre, a trouvé un mégot qui avait l'air consumé jusqu'au filtre, l'a placé entre ses lèvres et l'a allumé.

« Alors tu aimes qui comme poètes ? ai-je demandé pour essayer de lancer une conversation.

— Elise Cowen.

— C'est qui ?

— C'était la copine d'Allen Ginsberg au début des années 50, à l'époque où il sautait encore tout ce qu'il pouvait. Elle a écrit des trucs assez dingues : 'Je voulais un con de plaisir doré / plus pur que l'héroïne / Pour t'honorer dans…

— Elle a publié un livre ?

— Elle s'est foutue par la fenêtre en 62. Elle avait vingt-neuf ans. Ses parents ont brûlé la plupart de ses textes. »

Soudain, comme si une guêpe l'avait piquée, elle s'est levée et a détalé vers le nord. J'ai d'abord cru qu'elle avait une crise de panique hallucinatoire puis j'ai vu des lumières rouges danser sur les bâtiments alentour. Une voiture de flic est passée à toute allure et l'a bloquée à l'angle ouest de Rivington. Elle a souri comme si c'était un jeu. Un beau jeune flic, pas beaucoup plus vieux qu'elle, est descendu de la voiture.

« Tu sais bien que ça sert à rien de courir Rita, lui a dit le juvénile gardien de la paix.

— Tout va bien ? ai-je timidement demandé en m'approchant.

— Retourne-toi et pose les mains sur le véhicule », a ordonné son partenaire. J'ai fait ce qu'il me demandait et il m'a fouillé. Je n'avais rien.

« On t'a vue te piquer, l'a accusée le chef, un grand gamin avec un visage poupin.

— Allez Roger, on n'a rien fait. » Elle l'appelait par son prénom. « Et vous le savez.

— C'est ton micheton alors.

— Arrête tes conneries. Il a une gueule de micheton tu trouves ? Je le connais du programme d'échange.

— Allez c'est bon, Roméo, trace ta route », m'a dit le flic. J'ai fait quelques pas pour revenir sur Delancey. « Et je veux plus te revoir par ici. »

« Merde ! » a soudain crié Rita. Je me suis retourné, elle était en larmes. Le flic qui la fouillait avait trouvé ses deux sachets d'héroïne.

« Allez, je suis pas une junkie de caniveau, j'essaie de me sevrer... »

L'autre flic m'a jeté un regard qui disait clairement que c'était son dernier avertissement avant de m'embarquer moi aussi. Même si je me souciais d'elle, j'ai continué vers Delancey puis vers l'est pour récupérer mon van.

Quelques instants plus tard, je l'ai entendue m'appeler. Elle avançait vers moi d'un pas rapide en agitant les bras.

« Merde, j'ai cru qu'ils allaient te coffrer, lui ai-je dit quand elle a été assez proche pour m'entendre.

— C'est vraiment des bâtards, tu sais ce qu'ils font ? On a le droit d'avoir des seringues. C'est même la ville qui nous les file. Et ces fils de pute nous prennent nos aiguilles et les envoient au labo et s'ils trouvent la moindre trace d'héro – bang ! case prison. C'est un guet-apens ce bordel non ?

— Tu avais deux sachets, lui ai-je fait remarquer.

— Ce coup-ci, ouais, j'avoue.

— Et pourquoi ils ne t'ont pas arrêtée ?

— Ils m'arrêtent plus. Trop de paperasse. Ils me prennent ma conso, c'est tout. Mais l'autre petite bite c'est un vrai phénomène. Complètement obsédé du cul. À sa dernière fouille, j'ai cru qu'il allait me voler un organe. Quand j'appuie sur son bouton magique, il est dans un état pas possible. » Puis, sans transition, elle m'a demandé : « Tu connais Luke ?

— Qui ça ?

— Laisse tomber. Bon allez, on y va. » Elle a pris Orchard Street, s'est approchée de l'entrée d'un immeuble et a ouvert la vieille porte branlante d'un simple coup de hanche. On a emprunté un couloir puant et mal éclairé au pied de l'escalier, qui débouchait sur une cour en béton. Il était évident qu'elle était déjà venue ici.

« Je sais que je t'en dois une pour la dernière fois mais je ne peux pas te la donner tout de suite, a-t-elle dit sans que je comprenne un mot de ce qu'elle racontait.

— Me donner quoi ?

— Il me faut vingt balles. » Cette fois, au moins, elle avait eu le bon sens de demander l'argent avant.

Je n'avais jamais envisagé le sexe tarifé mais je brûlais d'envie pour elle depuis le premier jour. J'ai fouillé mes poches et j'ai compté vingt dollars : à manger pour deux jours. Elle m'a tendu une capote : une Taste of Mint. Il m'a fallu une seconde pour l'enfiler. Mon érection était déjà si intense que j'avais l'impression qu'elle allait craquer. Elle s'est agenouillée devant moi dans la pénombre.

« Tu n'es pas obligée. Tu peux garder les vingt dollars », lui ai-je dit, soudain gagné par la culpabilité.

Elle a levé les yeux vers moi avec un doux sourire. Au lieu de se lancer immédiatement dans une pipe mécanique comme si elle jouait au jeu de la pomme dans le seau d'eau, elle a ouvert la bouche et a soupiré sur mon pénis. C'était comme si la capote n'existait pas. Elle s'approchait le plus possible sans le toucher, comme si le moindre contact risquait de le détruire. Finalement, elle a lentement frotté sa bouche contre le côté de mon membre. Elle a laissé sa lèvre inférieure sèche trébucher et traîner dessus. Puis elle m'a regardé avec un rictus soumis. L'instant d'après, elle s'est laissée aller, plongeant, gobant, oubliant que ce pénis était attaché à quoi que ce soit, baignant dans ce merveilleux avilissement.

Sa bouche engorgée était la chose la plus splendide et vulnérable que j'aie vue. J'ai eu beau essayer de me retenir, d'en avoir pour mon argent, je n'ai pu m'empêcher de décharger comme un ado de treize ans, titubant, complètement vide, après avoir fini. Elle s'est relevée, m'a regardé dans les yeux et m'a dit : « C'était gentil de me dire ça, que j'étais pas obligée.

— Je le pensais.

— Tu le pensais peut-être mais c'était pas ce que tu voulais. Tu la voulais cette pipe non ?

— Je veux chaque centimètre de toi. Je veux te sauver de tout ça. Je veux...

— C'est quoi ton nom déjà ?

— Or Trenchant. Je suis arménien.

— Ils ont pas des noms en 'ian' les Arméniens ? a-t-elle demandé en sortant son baume à lèvres.

— En général oui. Le 'ian' ça veut dire 'fils de'.

— Alors Putian ce serait fils de pute ? a-t-elle plaisanté en passant son baume sur ses lèvres avant de les faire claquer.

— J'imagine. »

Elle m'a embrassé doucement sur la joue. J'ai retiré la capote usagée, j'ai l'ai balancée dans la cour et je me suis rhabillé. Elle s'est accroupie dans un coin, comme pour pisser, mais j'ai alors vu qu'elle avait toujours son pantalon. Je me suis approché pour regarder par-dessus son épaule. Elle avait sorti de derrière une planche une espèce de trousse à maquillage qu'elle avait dû planquer là. Elle en a extrait un minuscule sachet d'héroïne qu'elle a secoué, une cuillère tordue, une petite boîte d'eau oxygénée, une autre d'eau, une seringue fine, et d'autres accessoires qu'elle a soigneusement disposés. Elle a accompli son petit rituel à toute vitesse, mélangeant, cuisinant, filtrant, désinfectant, baissant son futal, cherchant et trouvant une veine dans sa jambe, et enfin l'instant de grâce de l'injection : l'attente qui bascule dans la joie, la joie qui bascule dans l'extase et elle qui bascule en arrière. Quelques minutes plus tard le grand sourire a disparu aussi vite qu'il était venu. Lentement, péniblement, elle s'est relevée.

« Oh putain ! a-t-elle fait avec un air d'immense inconfort.

— Quoi ?

— Tu veux pas savoir », a-t-elle rétorqué tandis qu'elle sortait de l'immeuble en titubant sans ajouter un mot, retournant à son existence inhumaine. Je savais pertinemment qu'il était impossible de secourir quelqu'un qui n'avait pas envie d'être sauvé. En la voyant boiter, j'ai compris qu'elle avait un problème physique.

« Qu'est-ce qui se passe ?

— Je suis dans un sale état.

— Il y a des endroits où tu peux demander…

— Non, c'est pas ça. » Clairement, je ne comprenais pas. Elle a trébuché et je l'ai prise par le bras pour essayer de la retenir. Elle s'est écartée aussi sec.

« Tu habites dans le coin ? a-t-elle demandé.

— Oui, pourquoi ?

— Je peux utiliser ta douche ?

— Bien sûr. Je suis garé juste là. » J'ai emprunté une rue sombre et déserte pour aller vers le van.

« Une seconde ! Tu vas pas me faire des trucs hein ? » Elle avait un air à la fois hébété, terrifié et excité sur le visage.

« Quels trucs ?

— Me violer ou me tuer ?

— Tu fais déjà tout ça toute seule.

— Ce que je veux dire, c'est que si tu dois me tuer, fais vite. Et va pas faire des saloperies sur mon cadavre genre *Silence des agneaux*, parce que mes parents voudront récupérer le corps. Ça fait des années qu'ils attendent de faire leur deuil. »

Croyait-elle vraiment que si j'étais un tueur, son esprit et son érudition suffiraient à la sauver ? Tandis que je la conduisais dans cette rue vide, elle paraissait si vulnérable : une victime qui attendait son heure. Pendant que cette belle blonde titubait devant moi, je n'ai pu m'empêcher de me demander combien d'assassins avaient tué uniquement pour mettre fin à l'attente qui précédait le meurtre, ou, pire encore, combien de tueurs étaient passés à l'acte pour protéger leur victime de sévices plus monstrueux encore.

Mon van était garé au milieu du bloc. Il y avait une amende orange glissée sous l'essuie-glace.

On est montés à bord, elle a baissé la vitre et on a gagné Chinatown. J'ai trouvé une place en cinq minutes et nous sommes montés au loft. Elle perdait peu à peu conscience. Je l'ai aidée à grimper chaque marche dans l'escalier. Ce n'est qu'une fois dans le loft que j'ai pris conscience de l'odeur. Elle m'a expliqué d'une voix faible qu'elle avait eu un accident.

« L'héroïne a un effet sur… » Elle n'a pas pu finir sa phrase. Elle s'endormait. Je l'ai assise sur les toilettes. Puis je l'ai déshabillée, j'ai réglé la température de l'eau et je l'ai aidée à se doucher.

Sa culotte était foutue mais j'ai pu nettoyer son pantalon, que j'ai mis à sécher. Puis je l'ai allongée dans le lit.

« Dors, ça va passer, lui ai-je conseillé.

— Qu'est-ce que tu…

— Je vais profiter de toi artistiquement.

— Immortalise-moi, a-t-elle fait d'une voix flûtée, en adoptant une pose lascive.

— Je vais seulement te dessiner », ai-je murmuré avant de sortir mon carnet de croquis et une boîte de fusains. Après quelques esquisses, j'ai décidé de profiter pleinement de sa présence et j'ai sorti ma fresque de quatre mètres pour compléter quelques détails.

Quand elle a enfin repris conscience, elle a cligné une seconde ses lourdes paupières puis a écarquillé les yeux en s'écriant : « Putain, tu viens de peindre tout ça ? »

Elle croyait vraiment que j'avais barbouillé la fresque du purgatoire sur laquelle j'avais passé des heures infinies pendant sa micro-sieste.

« Je peins sur le vif, ai-je répondu, pour voir combien de temps j'allais pouvoir la faire marcher.

— Pas possible, putain ! » Elle s'est levée pour inspecter la toile et a alors découvert qu'elle était pratiquement sèche. Elle a souri et dit : « Tu as vraiment un truc.

— Merci.

— C'est pas mal comme numéro. Tu peins la fresque d'une femme nue mais tu laisses le visage en blanc. Puis tu ramasses une meuf défoncée et quand elle s'endort, tu remplis le reste et tu dis que tu as tout fait sur le coup.

— Je l'ai peinte il y a un moment. Je voulais juste rajouter quelques détails. Ça serait plus facile si tu retournais sur le lit. » Elle s'est mollement laissée tomber sur le matelas.

« Écoute, je sais que ça va paraître un peu direct, mais puisque je t'ai lavée et tout, est-ce que je pourrais avoir ton numéro ?

— J'ai un gros copain méchant qui nous boufferait tout crus s'il me trouvait avec toi.

— J'imagine que ça ne sert à rien de te demander si tu as un téléphone pro ou un beeper.

— Je vais bientôt partir, a-t-elle simplement répondu.

— Quand ça ? Où ?

— Je rentre chez moi, dans le Vermont. Je ne sais pas encore quand exactement.

— Je viendrai te rendre visite.

— Impossible, a-t-elle souri. Je serai occupée à entailler des érables, à faire du sirop et…

— Tu n'es pas obligée de sucer des inconnus pour trouver ta dose. Tu peux travailler dans des maisons surveillées où on te protégera. Et les dealers ont ces petites choses qu'on appelle des portables, ils livrent.

— Tu es tombée sur moi pendant un jour sans. Disons deux jours sans. Je ne fais pas ça d'habitude. » Elle a repris son histoire. « Juste de temps en temps, avec des mecs exceptionnels, comme toi.

— Et cet ogre charmant dans le parc ?

— Oh, le pince-téton ? » Elle a soupiré. « La beauté peut prendre des formes bien différentes.

— Et pour pas cher, apparemment.

— Lui je l'ai pompé parce qu'il m'avait proposé cent dollars, et toi parce que tu m'avais acheté ma dose et que j'aimais bien tes dessins. » C'était la dynamique classique de la lose, de réduire un comportement autodestructeur à une série de manques de bol isolés.

« Arrête ton char. Tu vas retourner tapiner dès que tu seras sortie d'ici.

— Sauf si tu me payes mes médicaments.

— Je suis l'artiste le plus pauvre de New York, je suis connu pour ça. »

Elle a pris mon carnet de croquis et l'a feuilleté, parcourant mes derniers dessins du *Nageur de l'East River*.

« Puissants. J'imagine que la fresque est compliquée à vendre vu le sujet, mais tu vas vraiment me faire croire que tu n'arrives pas à fourguer ceux-là ? » Elle semblait sincère.

« Je n'ai pas essayé.

— Pourquoi ?

— Je n'en suis pas encore là.

— Tu y es et largement.

— Il leur manque quelque chose, une authenticité. » Je lui révélais mes doutes. « Je ne sens pas la sensation d'humidité, le froid...

— L'art est un monde à part entière, tu ne peux pas le comparer à la vie.

— Tu as raison, c'est au-delà de la vie, il faut donc que je le ressente encore plus intensément.

— Alors saute dans l'East River ! Tu sentiras ces choses plus intensément et tu me diras si ça t'aide à mieux peindre.

— Tu n'as pas peur du sida et de l'hépatite ? ai-je demandé, coupant court aux conneries.

— À ton avis ? Tu crois que je fais tout ça pour me marrer ?

— C'est toi qui te défonces à l'héro.

— Je ne peux pas l'expliquer, a-t-elle dit avant de s'y essayer : il y a des moments où t'as besoin d'un truc qui te fasse sortir la mort de la tête, et je n'ai pas trouvé mieux. »

Je ne comprenais pas de quoi elle parlait. J'avais l'impression qu'elle me servait encore une rationalisation sortie de son vaste arsenal d'impénétrables défenses psychologiques. Elle a fermé les yeux et a commencé à s'endormir. Je l'ai regardée et, même si je ne voulais sincèrement pas ressentir ça, je l'ai trouvée adorable. Plus séduisante qu'elle ne le méritait.

Elle n'était simplement pas à la hauteur d'elle-même. Une pulsion irrépressible me disait de la retenir contre son gré et de la protéger d'elle-même pour toujours.

Pendant qu'elle dormait, j'ai réalisé une série de dessins minutieux, uniquement de son visage, sous différents angles. J'ai souligné ses différents aspects, la distance abrupte, la chaude tendresse, l'autodérision désinvolte. Malgré ma profonde fatigue, le simple fait de la dessiner semblait constituer une source d'énergie à part entière. Le dernier dessin représentait simplement ses lèvres. Je me suis finalement pelotonné contre elle et je me suis assoupi.

# 18

« *Priin-cesse*, ai-je entendu fredonner doucement. Or, réveille-toi. »

J'ai ouvert les yeux sur un géant écossais, le légitime seigneur de ce loft. Nous toisant Rita et moi, Shade portait une veste de mouton qui lui donnait des airs de fermier du XIXe siècle.

« Mais tu... tu es rentré plus tôt ? lui ai-je demandé entre un sursaut et un bâillement.

— Je peux te dire un mot en privé ? » a-t-il répliqué, apparemment soucieux de ne pas réveiller Rita. Elle avait la bouche ouverte et donnait l'impression d'être plongée dans le coma.

« Ça ne te dérange pas que je ramène une nana de temps en temps, si ? ai-je hasardé tandis qu'on se dirigeait vers l'autre bout du loft.

— Une nana, ça ne me dérange pas. Mais une toxico dans *mon* lit, si, ça me fait chier, a-t-il répondu, furieux. Qu'est-ce que t'as foutu ?

— Je l'ai rencontrée en bas. Elle était avec le groupe des aiguilles propres hier soir et elle était désespérée.

— Tu es un bel artiste talentueux et tu as du choix en matière de gonzesses. Tu ne peux pas t'embarquer dans ce bordel.

— Quel bordel ?

— Tu n'as jamais été proche d'une camée ou d'une alcoolo, je me trompe ? Elles t'entraînent vers le fond comme des briques. Mais bon, le fond, tu l'as déjà touché. Si tu sors avec cette fille, tu dégages d'ici.

— Ok, ok, ai-je dit pour le calmer.

— Or ! » Rita était levée. Elle avait retrouvé son pantalon qui séchait dans la salle de bains.

« Une seconde », lui ai-je crié. J'ai rassuré Shade que je ne la ramènerais plus dans son sacro-saint loft.

« Je ne veux plus que *toi* tu la voies *elle*. C'est pour ton bien, gamin.

— Mais on n'a pas couché ensemble, ni rien. » À mes yeux, une pipe ça ne comptait pas.

« Dieu merci ! »

Quand j'ai retrouvé Rita, elle était habillée et attendait près de la porte.

« Et si on allait prendre un petit-déj ? lui ai-je proposé car je culpabilisais de devoir la faire partir aussi précipitamment.

— Il faut que je file de toute façon, a-t-elle répondu d'une voix pâteuse. Je me demandais juste si tu pouvais me rendre service et me prêter un peu de thune.

— Combien ? » ai-je demandé, plutôt que de lui répondre que j'étais fauché et que je ne voulais pas qu'on claque mon argent durement gagné pour de la drogue. Je savais qu'un sermon de ma part ne servirait à rien. Les seuls choix que j'avais, c'était d'accepter ses termes ou de couper les ponts.

« Vingt. » Je les lui ai donnés. Elle a souri et elle est partie.

« Cali a fait une tentative de suicide, a annoncé Shade en entendant Rita refermer la porte.

— Non !

— Si. » Il s'est assis au bord du lit gigogne et a pris une profonde inspiration avant d'ajouter : « Elle est partie.

— Partie ? Où ça ?

— Elle est retournée en Grèce, la terre des anciens.

— Quand ? Comment ? ai-je demandé, stupéfait.

— C'est arrivé très vite, elle a fait ça discrètement et j'apprécierais que ça ne s'ébruite pas, a-t-il soufflé.

— Est-ce qu'elle va bien ? Est-ce que je peux faire quelque chose ? » J'étais aussi surpris qu'attristé.

« Elle va bien. Elle loge dans la villa de sa sœur sur l'île biblique de Patmos.

— Donc elle va bien ?

— Elle se remet.

— Et toutes ses affaires ? Elle avait une énorme collection d'art et...

— Ce qu'elle n'a pas vendu, elle l'a donné.

— Tu déconnes.

— Non, mais ne t'en fais pas, elle en a obtenu un bon prix.

— Et le van ?

— Elle me l'a passé pour que je te le vende... Je sais que je peux en tirer une somme coquette, mais si tu le veux toujours...

— Merde, j'espérais qu'elle me le donne.

— Elle t'a laissé quelque chose de bien plus précieux », a-t-il rétorqué et, avant que je puisse demander de quoi il s'agissait, il a souri et ajouté : « Elle t'a laissé son amour.

— J'aurais préféré le van », ai-je grommelé. Puis me souvenant qu'elle avait cinq tableaux à moi dans sa collection, je lui ai demandé si elle les avait vendus.

« Elle en a vendu trois et offert deux.

— Elle les a donnés à qui ?

— Klein Ritter.

— T'es pas sérieux ! C'est un rat. Pourquoi ?

— Rien n'est gratuit dans ce monde », a répondu Shade, cryptique.

La porte s'est ouverte et la belle aquarelliste asiatique est entrée.

« Bonjour messieurs, nous a-t-elle lancé.

— Bonjour vous-même, a répliqué Shade, immédiatement sous le charme. Dis-moi, tu as été *très* occupé, Or. »

Elle a regardé du côté du lit, détaillant le dernier dessin que j'avais fait la veille : les belles lèvres de Rita.

« Je n'avais pas le souvenir de m'être autant hydraté les lèvres hier soir, a-t-elle commenté.

— Elles sont... elles sont...

— Elles sont quoi ?

— Elles sont belles », ai-je bafouillé. Je ne voulais pas lui révéler que c'était la bouche d'une autre. Et je ne tenais pas non plus à ce qu'elle sache que je courais après une héroïnomane, surtout après la franchise dont elle avait fait preuve la veille.

« Je m'appelle Shade, a dit l'Écossais sans attendre d'être présenté. Je suis pour ainsi dire le seigneur de ces lieux. Et vous êtes ?

— Une simple damoiselle. Je m'appelle Lynn.

— Lynn, connaissez-vous le privilège ancestral de la *prima nocta* ?

— Qu'est-ce donc ?

— Dans l'Europe féodale, a-t-il expliqué avec un sourire, chaque seigneur avait le devoir de déflorer toute demoiselle sur ses terres en passe de se marier.

— Eh bien je ne me marie pas, je sous-loue la pointe de votre territoire. » Elle venait de révéler l'information que j'espérais garder secrète.

« Une sous-location, hein ? Dis donc garnement, a grondé Shade, j'avais explicitement souligné que la sous-loc, c'était non.

— Je suis désolé. Ce n'est que temporaire.

— Au moins elle est clean et sobre. »

Je me suis habillé rapidement.

« Eh bien, c'est impressionnant, a fait Shade en considérant ma fresque de Rita déchirée entre les diables marchands et les anges drogués.

— Elle est pour toi, mais je vais faire une pause sur ce tableau, lui ai-je expliqué en réunissant dans la sacoche en toile les outils de sculpture.

— Sur quoi tu travailles ?

— La météorite qui est en bas.
— Mon bloc ?
— Tu m'as dit que je pouvais l'utiliser.
— Tu sculptes vraiment la roche ?
— Lentement.
— Pour en faire quoi ?
— Un carton de chinois.
— Un cartoon chinois ?
— Non un carton, tu sais, un carton blanc de resto chinois.
— Mais pourquoi ? » Il avait l'air aussi abasourdi que dégoûté.
« J'ai reçu une commande.
— Et pourquoi pas un nem tant que tu y es ? Ça, ce serait une forme intéressante.
— On s'est mis d'accord sur un emballage de chinois à emporter. »
Il n'a pas masqué sa déception. « J'ai envisagé tant de nobles visages et de formes profondes pour ce bloc au fil des années. C'était pour moi l'incarnation de grandes possibilités, mais je n'ai jamais eu le temps d'en sculpter une seule. J'imagine qu'une sculpture kitsch, ça vaut mieux que rien du tout. Tu en es où ?
— Pas très loin, juste une face.
— Une face ? Je n'ai jamais entendu parler de quelqu'un qui ne coupe qu'une face sur un bloc.
— Descends avec moi, tu y jetteras un œil, lui ai-je proposé en passant l'anse de la sacoche sur mon épaule.
— Tu as un aspirateur et des lunettes ? »
Je lui ai sorti un masque.
« Tu ferais mieux d'en mettre deux, m'a-t-il prévenu. La poussière peut provoquer un collapsus pulmonaire. Et tu risques de prendre des éclats dans les yeux. »
En descendant l'escalier, il m'a raconté son voyage en Écosse, les paysages verdoyants, les single malts, la lutte des paisibles habitants des campagnes pour rivaliser

et survivre dans un monde cyberconcurrentiel toujours plus urbanisé.

« Tu as retrouvé Sheila ?

— Oui et non. Je suis persuadé que c'est elle qui m'a convoqué là-bas.

— Comment ça ?

— Il s'avère qu'elle est morte d'un cancer du sein deux jours avant mon arrivée. Après avoir attendu quarante ans, je me suis pointé deux jours trop tard. Tu y crois, toi, à un hasard pareil ?

— Mon Dieu.

— Son mari, et ses deux autres ex-maris qu'elle avait épousés après moi, portaient son cercueil. Je suis arrivé en retard mais j'ai complété le groupe.

— Au moins ses maris ne l'ont pas poussée dans la tombe », ai-je plaisanté tandis que nous arrivions au dernier palier.

En voyant la pierre, Shade a eu le souffle coupé. « Mon Dieu, la pauvre, qu'est-ce que tu lui as fait ?

— De quoi tu parles ? »

Il a passé les doigts sur la surface rugueuse et l'a observée attentivement. De l'eau de pluie s'était accumulée dans un gobelet de café coincé dans la rambarde de l'escalier. Shade l'a saisi et a délicatement fait couler l'eau sur le dessus du bloc.

« Qu'est-ce que tu fais ?

— Je cherche des fissures, a-t-il répondu en regardant l'eau dégouliner sur les flancs. Je ne pense pas que tu l'aies flinguée mais... » Il a passé des doigts dans son épaisse barbe. « Pourquoi tu la scies ?

— Comment je suis censé faire ?

— L'albâtre est une pierre tendre. Je n'ai jamais compris comment on pouvait sculpter avec une scie. » Il a regardé la roche comme si c'était un bébé. « Passe-moi un marteau. »

J'ai laissé tomber la sacoche et j'en ai sorti un maillet.

Il l'a fouillée à son tour et a repéré un marteau au long manche en bois. « Tu commences par les outils les plus lourds et tu vas progressivement vers les plus légers. »

Je lui ai expliqué que mon plan consistait à trancher la pierre avec la scie et de virer tout ce qui dépassait. Quand ce serait fini, je la poncerais sur toutes les faces.

« On va essayer », a-t-il dit.

Quand Shade a levé le marteau à long manche, j'ai tressailli, m'attendant à ce que la pierre se fende et se brise. Mais quand il l'a abattu, il ne s'est rien passé. Il a frappé encore une fois, de toutes ses forces. Il y a eu un éclat dans la roche mais la tranche pré-incisée n'a pas craqué.

« C'est ce que je pressentais, a-t-il déclaré. Tu as trop espacé les entailles et tu ne les as pas faites assez profondes.

— Merde !

— Ça t'a pris combien de temps de faire tes zigzags ?

— Toute la journée d'hier », ai-je admis, découragé. Il a sorti la scie électrique de la sacoche en toile.

« C'est incroyable que tu aies réussi à avancer autant. Tu ne pourrais même pas couper une motte de beurre avec cette lame. » Il l'a levée devant moi et j'ai vu que les dents étaient si usées que j'avais en fait découpé avec l'équivalent d'une roulette à pizza. « Tu as peut-être eu la chance de ton côté. Tu aurais pu flinguer la pierre pour de bon.

— Écoute, c'est une pièce géométrique, ai-je expliqué. Il n'y a pas besoin de faire des arabesques.

— Tout le temps en train d'essayer de bâcler, hein ? a-t-il dit en fouillant sa sacoche. C'est de l'art. Ça prend du temps. » Il a sorti un autre marteau avec une tête rugueuse.

« J'ai suivi un cours de sculpture il y a longtemps, ai-je avoué, donc si je suis un peu rouillé…

— Eh bien on va te faire une petite session de rattrapage. Qu'est-ce que tu essaies de faire ? »

Je lui ai expliqué mes calculs. Il a fait quelques marques à la craie. Il a sorti une vieille perceuse à main et a monté une mèche dessus. Puis, actionnant la petite manivelle, il a lentement creusé un trou dans le bloc. « Tu vois comme elle cède facilement ? C'est une roche sédimentaire, pas comme le marbre. C'est plus facile à attaquer que du bois. Attrape l'autre perceuse et aide-moi.

— Et pourquoi on fait ça exactement ? ai-je demandé en suivant aveuglément ses instructions.

— On commence par une série de perforations. » Il continuait de travailler tout en me décrivant les étapes. « Fais des trous peu profonds près du sommet, disons deux-trois centimètres. À mesure que tu descends, chaque trou doit être plus profond de deux centimètres environ. » Il a montré un autre objet. « Tu sais ce que c'est ?

— J'ai oublié.

— Des rondelles de calage. Et ça ? » Il a pris une autre pièce de métal. « Ce sont des...

— Coins ?

— Très bien. Une fois qu'on aura fini de percer, tu glisseras les rondelles et puis tu enfonceras le coin au marteau jusqu'à ce que la surface de la roche se fende, comme ceci. » Il m'a fait une démonstration, détachant une plaque de cinq kilos près du bas du bloc.

Il a ensuite sorti un autre marteau de sa sacoche à malice.

« C'est un bouchardeur, sans doute le meilleur outil pour obtenir une surface plane. » Il a sorti un burin à bout rond. « Ça peut être utile pour ciseler mais je préfère utiliser des pointes. » Il a sorti un long outil pointu : une pointe. « Tu devrais la passer sur le bloc, et avancer doucement. Ne fais pas qu'un seul côté, sinon tu vas perdre les proportions. Fais le tour du bloc, travaille sur toutes les faces. Imagine que tu es un fermier qui laboure un champ. Et quand tu as fini, tu peux poncer. Tu as besoin que ça soit très lisse ?

— Je savais que ça allait demander plus de travail, alors j'ai l'ai convaincu d'accepter une pièce dégrossie. »

Shade a hoché la tête : apparemment, j'avais au moins fait une chose bien.

Nous jouions de la perceuse à l'unisson, chacun sur une face, puis nous retirions lentement des tranches de pierre.

« C'est quoi notre date de rendu ? a demandé Shade.

— Mi-novembre.

— Mi... ! C'est dans deux semaines ! s'est-il exclamé. C'est censé être quoi, un fast-food ?

— C'est une pierre tombale pour un mec qui gérait un resto chinois, donc ça commémore effectivement la restauration rapide.

— Et tu es censé graver quelque chose dessus ?

— Il ne voulait pas de symbole religieux, ni de dates.

— Elle conservera au moins son intégrité. Michel-Ange a dit un jour qu'une bonne sculpture devait être si solide qu'on pouvait lui faire dévaler une colline sans qu'aucune partie ne se brise.

— Et si elle tombe de mon van ? ai-je plaisanté.

— Comment ça ? » Il souriait.

« Rien, c'est juste que j'ai toujours peur que mes trucs se cassent la gueule.

— Attends une seconde. Tu ne peux pas balancer ça à l'arrière de ton van pourrave. » Il avait l'air en colère.

« Pourquoi pas ?

— C'est trop lourd, et je connais ton van. C'est un tas de boue rempli de bordel.

— Il tiendra le coup », l'ai-je rassuré.

Il a poussé un soupir d'épuisement. « Il y a une vingtaine d'années, un gars que je connais, un Amérindien, a trouvé un bloc de pierre incroyable. Il était exactement comme toi. Je me souviens, il avait un pick-up hors d'âge. Il a acheté la pièce à un vieux tailleur de pierre. J'étais justement de passage chez lui. Je les ai vus descendre l'objet sur le plateau arrière. Wham ! Les quatre pneus à plat, les amortisseurs tordus. Le moteur est mort sur le coup. Il a fini par perdre son camion et le bloc.

— Ça n'arrivera pas, ai-je protesté.

— Tu vois, c'est exactement ça ! C'est de ça que je te parle ! » Il s'est soudain enflammé. « Tu te crois spécial, mais pas du tout. Tu fais toujours les choses à la va comme je te pousse et après toute l'énergie que tu auras mise là-dedans… Ce n'est pas comme ça qu'on déplace une œuvre d'art ! »

Je lui ai assuré que tout allait bien se passer.

Il m'a considéré avec une trace de déception dans le regard et a dit : « Or, je n'ai pas d'enfants. En tant qu'artiste, tout ce que j'ai ce sont des protégés, et je te considère comme l'un d'eux, peut-être même comme le jeune artiste le plus talentueux que j'aie rencontré depuis des années. Je sais que tu crois avoir la plus grosse poisse du monde, mais ce n'est pas le cas. Tu passes juste ton temps à te saboter. C'est toi qui crées ta malchance et tu ne t'en rends même pas compte !

— J'ai pas le choix, je suis fauché ! »

Il n'a rien dit. On s'est remis au boulot. Au bout d'une heure, alors qu'on était sur le point de finir tous les trous du dernier côté, j'ai interrompu notre collaboration silencieuse. « Je suis désolé d'avoir désobéi à tes consignes et d'avoir invité Lynn à s'installer.

— Elle est jolie et sympa et elle n'a pas l'air tarée. J'ai juste peur de me faire expulser. J'ai pu vivre ici pendant toutes ces années parce que je n'ai pas attiré l'attention sur moi. Le lobby des propriétaires est toujours plus puissant à Albany. Ils n'arrêtent pas de faire passer des lois, d'intensifier les contrôles. » Nous sommes restés sans rien dire pendant un bon moment. Nous échangions nos outils et nous percions et équarrissions lentement les quatre côtés.

Au coucher du soleil, nous étions épuisés et suants. Shade a annoncé qu'il allait dormir chez Cali. Je l'ai remercié et j'ai continué de bosser. Je travaillais sans m'arrêter à part pour ingérer et expulser solides et liquides.

Vers minuit, je suis remonté m'allonger. Au bout d'une minute, je dormais à poings fermés. J'ai été réveillé par l'interphone. J'ai essayé de me rendormir mais il n'arrêtait pas de sonner. J'ai poussé le bouton, m'attendant plus ou moins à entendre la voix de Shade.

« Ouvre-moi, merde ! » C'était Rita.

J'ai attendu sur le palier pendant qu'elle montait furtivement les étages. Elle est passée devant moi sans dire bonjour et s'est dirigée vers la salle de bains. Sans prendre le temps de refermer la porte, elle s'est pliée en deux et a vomi dans les toilettes. Je suis allé voir si je pouvais l'aider. Elle a attrapé le bout du rouleau de papier et, sans déchirer de feuille, s'est essuyé le nez. Il était couvert de sang.

« Qu'est-ce qui s'est passé ?

— Rien, laisse-moi juste une seconde », a-t-elle dit en me repoussant avant de refermer la porte. Mais elle ne s'est pas bloquée et s'est lentement entrouverte. J'ai regardé Rita sortir soigneusement une seringue. Les mains tremblantes, elle l'a nettoyée avec le minuscule flacon d'eau oxygénée. Elle a ensuite sorti le petit sachet zippé contenant la poudre. Elle l'a diluée dans l'eau, l'a réchauffée, l'a aspiré dans l'aiguille et a baissé son pantalon. Je l'ai regardée, attristé, chercher la veine de sa jambe en levant les genoux et les chevilles. Enfin, se servant de sa ceinture comme d'un garrot, elle s'est shootée. Elle s'est laissée tomber en posant les mains sur les murs pour se retenir. Quand elle est revenue à elle, elle a pris une profonde inspiration et, voyant que je la regardais, elle poussé la porte avec un sourire prêt à l'emploi. « Je t'ai dit que j'étais diabétique ?

— Et moi je suis tuberculeux, ai-je répondu, las.

— Sans rire, a-t-elle repris gaiement. Viens, on va faire un tour.

— Il est tard, j'étais en train de dormir.

— Je croyais que je bossais ici à mi-temps moi.
— De quoi tu parles ?
— Vingt balles ? Un bifton contre un bout de fion ?
— Je suis un peu juste, ai-je répondu, pas du tout amusé.
— Désolée alors, merci pour les chiottes et bonne nuit. » Elle était sur le point de partir.

« Attends », lui ai-je dit en fouillant mon portefeuille. Je n'avais que trente-deux dollars mais je n'avais pas envie qu'elle s'en aille. « Vingt balles pour la nuit ?
— Tu sais que tu as de la chance. Mon offre exclusive, une soirée champagne et caviar pour vingt dollars seulement.
— Ça va te paraître étrange mais je voudrais que tu retournes sur les toilettes.
— T'es branché jeux d'eau ?
— Je veux juste faire une ou deux caricatures de toi sur un surf ou dans un kart. »

J'ai retrouvé le carnet de croquis Strathmore où j'avais fait mes premiers dessins d'elle.

« Oh, tu veux que je pose comme une dure à cuire, façon Angelina Jolie ? » Elle s'est assise sur les toilettes et a passé sa ceinture autour de son bras en la serrant entre ses dents. Puis, sortant la seringue, elle a fait mine de se la planter dans le bras, l'air déterminé.

« Tu pourrais plutôt la remettre comme tout à l'heure ? » Elle baissé son pantalon et a pointé l'aiguille vers sa cuisse droite.

« Tu peux refaire le garrot sur ta cuisse ? »

Pendant qu'elle s'exécutait, elle m'a demandé : « Alors tu as trouvé un acheteur pour ta fresque ?
— Pas encore.
— Tu devrais la vendre à ma mère. Elle achète des tableaux. Plutôt des clowns et des chiots d'habitude, mais puisque c'est sa fille le sujet… Tu sais quoi, tu devrais lui envoyer tes nageurs. Elle aime bien les athlètes à la Thomas Eakins.

— Je peux dire que je viens de ta part ?

— Carrément, elle va acheter direct. » Je sentais qu'elle était ironique. Quand j'ai terminé, j'ai fait un dessin de sa main, un autre de l'aiguille et un dernier de sa cuisse.

Après une demi-heure de pose environ, elle a inspecté mon travail. « La Madone à l'héro : parfait. » Fatiguée, elle s'est assise sur le lit.

Le lendemain matin, j'ai été réveillé par le raffut que faisait Shade en récupérant des vêtements tout au fond de son placard.

« T'es réveillé, garçon ? a-t-il crié.

— Maintenant oui », ai-je répondu, les yeux toujours fermés. Je me suis redressé, inquiet, et j'ai regardé autour de moi. Rita n'était plus là.

« Tu avais laissé la porte d'entrée ouverte, a remarqué Shade comme s'il lisait mes peurs.

— Ah oui ? »

Shade a balancé une enveloppe à côté de moi sur le lit.

Elle contenait dix billets de cent dollars tout neufs. « Oh la vache !

— Ça suffira à payer des déménageurs pour qu'ils transbahutent ton presse-papier jusqu'à Long Island.

— Oh merde, Shade, je peux pas accepter.

— Épargne-moi ces conneries, tu veux ? Tu vas prendre dix mille balles pour cette statue, non ?

— Pas tout à fait, mais...

— Tu me fileras la première brique et on est quittes. Pas d'intérêts mais je ne te demande qu'une seule chose.

— Quoi ?

— Je veux que tu élèves tes standards. Toutes tes combines d'amateur, c'est terminé. Tu ne sors plus avec une toxico. Tu arrêtes de charger des œuvres précieuses dans ta tire déglinguée. Je veux que tu ailles de l'avant. Tout ça, c'est le passé. Promets-moi qu'en partant d'ici tu auras tourné la page.

— Je tourne la page », ai-je promis.

Un hochement de tête et il est parti. Toute la journée, j'ai été obsédé par le mystère que représentait Rita. Une héroïnomane m'aurait normalement effrayé ou répugné. Les toxicos ont l'air si clairement condamnés dès le départ. Pourtant son existence ressemblait à une œuvre d'art incroyable, violente, iconoclaste. J'associais ses traits anguleux et son accent légèrement tradi de la Nouvelle Angleterre à l'argent. Elle donnait l'impression d'avoir été préparée toute sa vie à épouser un banquier ou un politicien. Mais entre les drogues dures et le racolage, elle avait fait voler en éclats tous ses propres stéréotypes.

Quand j'ai eu faim au point de ne plus arriver à penser à autre chose, j'ai fait une pause pour aller prendre mon premier vrai repas de la journée. Je suis ensuite revenu à la taille de pierre et mes pensées sont retournées vers Rita : le fait qu'elle soit jeune et intelligente mais déterminée à mourir était d'un tragique indescriptible. Je devais constamment réprimer mes espoirs de pouvoir l'atteindre ou la sauver. Ironiquement, la tristesse qui émanait d'elle s'était mêlée à l'érotisme qu'elle dégageait.

J'ai mis du temps à m'apercevoir qu'il faisait sombre. J'ai allumé une lampe de poche. J'avais du mal à rester réveillé mais je continuais de jouer du ciseau.

En faisant fi de l'étrange cocktail de tristesse lubrique que j'éprouvais en pensant à Rita, je me suis rendu compte qu'il y avait chez elle quelque chose que j'enviais. Elle n'avait absolument pas peur de mourir, et pour moi c'était important de redouter la mort. J'avais failli y rester quand j'étais passé sous ce train à la con, j'avais depuis conscience qu'il ne me restait qu'un nombre limité de jours et d'heures avant de claquer, et j'étais déterminé à remplir cette coquille vide avec mon œuvre. Mais depuis ma rencontre avec Rita, je me demandais si cette même peur ne m'interdisait pas d'explorer certains territoires de mon art. Peut-être que dans ces extrêmes résidait la grandeur.

En relevant la tête j'ai soudain vu Rita apparaître devant moi.

« Comment tu es entrée ?

— J'ai sonné à tous les interphones de cet immeuble pourrave jusqu'à ce qu'un tapissier manchot accepte de m'ouvrir. Quand j'ai trouvé ta porte fermée, j'ai suivi les bruits de grattements.

— Tu veux me filer un coup de main ?

— Pas vraiment, j'espérais juste te prendre un peu de thune et me piquer.

— Je suis généralement amusé par ton humour d'une froideur polaire, mais si tu n'esquisses même pas un sourire, je ne peux pas savoir si tu plaisantes ou non.

— Tu parles comme Lucas.

— Qui ça ?

— Le père des enfants dont je ne voudrai jamais – mon mec monstrueux.

— Tu devrais peut-être aller le retrouver, ai-je hasardé.

— Et c'est toi qui ne souris pas assez maintenant.

— Est-ce que les héroïnomanes tombent amoureux ?

— C'est pas un roman de Philip K. Dick ça ? » Quand elle a vu que je ne déconnais pas, elle s'est assise sur le perron au-dessus de moi. « La triste vérité, c'est que je sais que tu es fauché et que j'aurais plus de chances de faire sortir du nectar du cul d'un moucheron en appuyant dessus, mais tu me manques.

— Quelle plume.

— Hé, mes parents ne veulent plus me parler, mes clients ne payent pas, mes dealers ne vendent pas et mon copain pleure comme un veau quand il n'est pas occupé à me cogner : je n'ai plus que toi.

— Si tu arrêtes la drogue, tout ça changera comme par magie.

— En fait tu te trompes, s'est-elle esclaffée. C'était déjà comme ça avant. » Me voyant sourire, elle a ajouté : « Et je déconne pas. »

Je me suis levé d'un bond et je l'ai prise dans mes bras. Elle a crié et ri et m'a regardé droit dans les yeux sans pouvoir réprimer un minuscule sourire. Je sentais qu'elle voulait que je l'embrasse. J'en mourais d'envie mais j'étais effrayé d'attraper quelque chose. Elle a baissé les yeux, gênée, et a dit : « Bon, je ne veux pas casser l'ambiance, mais c'est l'heure de pointe : quand mémère dort, les michetons dansent. Si je ne repars pas faire de la caillasse pendant les heures qui viennent, je vais me retrouver bien baisée demain.

— Tu as besoin de combien ?

— Cinquante balles, a-t-elle répondu tout de suite.

— Cinquante ! Pourquoi ce n'est plus vingt ?

— Cinq sachets.

— Je te file trente.

— Alors il faut que j'aille me trouver une bite pour les vingt qui restent.

— Passe la soirée avec moi et je te donne cinquante dollars. » L'argent comptait plus que l'amour aux yeux d'un junkie, puisqu'il permettait d'acheter sa dose.

J'ai sorti un petit burin à bout rond de la sacoche de Shade et je lui ai montré comment travailler très délicatement la surface de la sculpture. Elle a essayé pendant un moment, mais je voyais que ses mains tremblaient et qu'elle perdait patience.

« Tu te sens mal ?

— Non, j'en ai pris il y a une heure ou deux donc ça devrait le faire jusqu'à 4 heures. Il faudra que je me refasse un demi-sachet. Tu tiens le coup ?

— Un café ne me ferait pas de mal.

— Mais c'est quoi ce truc, en fait ? » Elle a reculé d'un pas pour observer le bloc.

« Ça sera la pierre tombale d'un mec qui avait une chaîne de restos chinois cashers.

— Sérieux ? ». J'ai hoché la tête avec lassitude.

Elle s'est assise et m'a regardé bosser un moment avant de s'endormir. Peu de temps après, j'en ai fait autant.

« Police ! » ai-je soudain entendu. Quatre grands flics en civil nous secouaient pour nous réveiller. Elle a crié et je me suis levé d'un bond.

« Ferme-la, lui a dit l'un.

— Assis », m'a intimé un autre.

Elle a obéi, moi aussi.

« Que se passe-t-il, monsieur l'agent ? »

Rita gardait nerveusement ses mains sous ses fesses. On savait tous les deux qu'elle avait de la drogue sur elle.

« Le mec qui vit à cet étage, vous le connaissez ? » a demandé le flic le plus âgé. Il montrait le deuxième niveau de l'ancienne banque.

« Il n'y a que des entreprises dans le bâtiment, ai-je répondu.

— Mon cul ouais. » J'ai alors compris qu'il parlait de Hong Kong Don Juan, la seule autre personne qui habitait dans l'immeuble.

« Oh ouais. Un vrai tombeur. Qu'est-ce qu'il a fait ? » Les flics ont rigolé.

« Vous avez déjà causé à ses conquêtes ? a demandé l'un d'eux.

— Je ne les ai jamais entendues parler anglais.

— Il en a tué une ? a deviné Rita.

— Il faisait du trafic d'êtres humains.

— Quoi ? s'est exclamée Rita.

— Il faisait partie d'un réseau de trafiquants d'êtres humains. Il achetait des filles dans les provinces du sud de la Chine et il les vendait dans des bordels.

— Ça fait carrément XVIIIe siècle, a remarqué Rita, qui n'avait plus peur d'eux.

— Donc ça veut dire... que son appartement va se libérer », ai-je timidement remarqué. L'un des flics a rigolé puis ils sont tous repartis. J'ai repris ma taille.

À 3 heures du matin, on s'est appuyés l'un sur l'autre pour remonter au loft. Elle a dormi au bord du lit, à côté de moi.

Lynn m'a réveillé de bonne heure le lendemain.

« Oh merde. » Je me suis redressé d'un bond. Le lit était vide. « Tu l'as vue ?

— Qui ça ?

— Euh… j'ai cru qu'il y avait quelqu'un d'autre ici.

— Qui ?

— J'ai dû rêver. » Elle a hoché la tête tristement.

Dans la salle de bains, j'ai retrouvé des éléments du kit de préparation de Rita. J'étais content qu'elle se soit éclipsée. Elle était si manifestement héroïnée que ça aurait été difficile d'expliquer sa présence. J'ai raconté à Lynn l'arrestation du roi de l'import-export du deuxième étage.

« Ce n'était pas un Don Juan du tout. Ces pauvres filles étaient piégées par un réseau de trafiquants.

— Ah putain ! s'est-elle exclamée avec colère. C'était ça qu'elle avait essayé de me dire, et je n'ai rien compris !

— Je pense qu'elle est tirée d'affaire désormais », l'ai-je rassurée. Lynn regardait au loin tristement.

Je me suis habillé et je suis descendu, prêt à démarrer une nouvelle journée. Les conseils de Shade étaient inestimables. Pour la première fois, j'étais réellement optimiste quant à la possibilité de finir cette sculpture en temps et en heure. Je perçais, burinais, fendais et cognais, travaillant sur les quatre faces simultanément. Le temps s'accélérait.

À travers les lunettes sales et le masque couvert de résidus, je faisais l'expérience d'un nouveau monde poussiéreux. J'ai d'abord eu l'impression d'être un mineur en plein air mais à mesure que j'avançais, mon fantasme métaphorique a changé. Je rêvais que je m'évadais de prison, chaque coup de burin me rapprochant un peu plus de la liberté. Quand la monotonie l'emportait, je m'imaginais que je traversais un désert de pierre dans lequel je m'enfonçais lentement, un coup de marteau après l'autre.

Tandis que les bruits de l'extérieur mouraient, je continuais de m'acharner comme si tout le monde m'avait oublié. Durant ces jours mornes et vides, mon seul soulagement était la perspective de retrouver Rita. Elle arrivait vers minuit et m'apportait une tasse de café qui, entre ses mains, devenait un nectar des dieux.

Il y avait quelque chose de merveilleux dans le fait que personne d'autre ne soit au courant de son existence. Sa vie de hors-la-loi la rendait d'autant plus mystérieuse et excitante. Elle me tenait compagnie pendant que je travaillais.

Elle ne me le demandait jamais, mais chaque nuit je la « payais » cinquante dollars. Malheureusement, nous n'arrivions jamais à la partie prostitution de la chose. Elle se perchait simplement sur les marches au-dessus de moi et me regardait trimer jusqu'à ce qu'elle s'endorme. Au bout d'une heure environ, je la réveillais et on remontait. Quand elle me voyait prendre une douche, elle venait avec moi et on se lavait ensemble. Je lui frottais le dos, je lavais ses cheveux rasés, ses bras et ses jambes, repérant les dernières marques jaunes laissées par l'aiguille.

« Je n'en reviens pas de tous les endroits où tu te piques, ai-je remarqué un soir.

— La vérité, c'est que je suis une femme vaudou. Ça marche à l'envers. Quelque part à Long Island, il y a une Barbie qui me ressemble et qui en chie à mort. »

Elle s'allongeait ensuite, nue, à un bout du lit et je m'asseyais, nu moi aussi, à l'autre bout. En général, bien qu'épuisé, je la dessinais.

« De tous les trucs tordus que j'ai faits, c'est bien le plus chelou, a-t-elle déclaré un soir en se réveillant au milieu d'une session.

— Il y a des années, je vivais dans un immeuble pourri de la Douzième Rue, entre la Première et la Deuxième Avenue, ai-je raconté sans cesser de dessiner. Tu connais la Douzième ?

— Je l'ai fait une fois avec un pervers, juste une fois ! » Elle voyait très bien où je voulais en venir. La Douzième Rue était un spot de prostitution bien connu. « Je tapine pas !

— Ça tombe bien parce que je n'ai jamais été le mac, le micheton ou la mule de qui que ce soit. Tout ce que je dis, c'est que je vivais là-bas et de temps en temps une belle fille comme toi arrivait. Il y avait toujours un mac qui l'embrassait ou la tabassait. Je voyais les mêmes vieilles putes tout le temps. Certaines y sont toujours, mais les jeunes et jolies allaient et venaient.

— Elles s'inscrivaient peut-être à l'école véto. Tu y as pensé à ça ?

— Tu connais Joel Rifkin ?

— Bien sûr. Mon ancien dentiste ?

— C'est un tueur en série qu'ils ont pincé il y a une dizaine d'années. Après son arrestation, les journaux ont publié des photos de toutes les putes qu'il avait tuées, environ vingt filles je crois. J'en ai reconnu deux que je croisais dans la rue.

— Je ne me ferai pas tuer, m'a-t-elle rassuré.

— Probablement pas. La majorité ne se faisait pas buter. Elles finissaient juste par être usées, moches et brisées. Elles faisaient des trucs de plus en plus dégueulasses pour de moins en moins d'argent et à la fin elles n'arrivaient même plus à lever un cro-magnon. »

Elle est retombée dans le silence pendant que je continuais de la dessiner. J'ai fini par m'endormir. Tôt le lendemain, avant l'arrivée de Lynn, Rita m'a réveillé en me secouant doucement. Elle était habillée et pressée de se piquer. Je lui ai donné les billets et, me souvenant de notre conversation de la veille, je lui ai balancé quelque chose du genre : « Je sais que tu n'as pas envie que j'en parle, mais je tiens à toi et...

— Écoute, m'a-t-elle coupé. Je sais que c'est injuste de te faire subir tout ça. » Elle m'a rendu mon cash. « C'est mieux pour tous les deux qu'on ne se revoie plus. Pour toi comme pour moi. »

Je n'ai rien dit et elle est partie.

Je ne l'ai pas vue ce soir-là ni le suivant.

Finalement, avide de contact humain, j'ai arrêté de travailler de bonne heure et, sans me changer, je suis descendu. Une fois au bar, j'ai découvert que j'avais raté le dernier débat avant la présidentielle mais que je tombais au milieu d'une vive dispute.

« La seule question qu'il faut te poser, disait Cecil en pointant un index accusateur vers Pablo, c'est qui fera le moins de mal à notre grande nation.

— La seule différence entre les deux..., a commencé Pablo avant que je l'interrompe.

— Comment c'était le débat ?

— Alors, qui fera le moins de mal ? a insisté Cecil avec la délicatesse d'un bulldozer.

— Gore, un tout petit peu moins, a admis Pablo.

— Alors avec les sondages qui disent qu'ils sont au coude à coude, c'est pour lui que vous devriez voter, les Naderophiles.

— Il en est où Gore dans les sondages ? ai-je demandé.

— De toute façon, a repris Pablo en m'ignorant totalement, celui qui gagnera n'aura pas que cinq malheureux points d'avance.

— Et si c'était le cas ? a demandé Cecil. Tu es prêt à jouer la présidence américaine par idéalisme naïf.

— Écoute, si Nader fait 5 %, il touchera des fonds équivalents. Ça veut dire qu'à la prochaine élection, il aura plus de votes et qu'il pourra construire sa popularité et ça fera boule de neige.

— Il a autant d'espoir qu'une boule de neige dans les flammes de l'enfer », a conclu Cecil. Ils étaient tous deux trop tendus pour discuter, et j'étais crevé.

Je mourais d'envie de partir à la recherche de Rita mais je suis remonté m'écrouler sur mon lit. J'étais submergé par la quantité de travail à accomplir pour finir la sculpture. J'avais toujours détesté les programmes, mais j'étais coincé dans une routine : me lever tôt, déplacer le van, prendre un petit-dej léger, remonter, remplir le bidon d'eau de quatre litres au robinet. Parfois je descendais une radio et je commençais à tailler.

L'absence du joli visage de Rita et de son esprit piquant comme un barbelé me privait de mon énergie nocturne. La solitude me donnait l'impression d'être à la dérive, mais je dormais mieux et j'abattais plus de travail durant la journée.

# 19

Quatre jours plus tard, alors que je ciselais dans la cour, une ombre est passée. J'ai levé les yeux : Rita.

« Pince-moi, je rêve !

— Je ne suis jamais partie. » Elle n'avait pas l'air bien. Ses vêtements étaient dégoûtants. Sa peau avait jauni. En plus des griffures et des croûtes, elle avait une longue ecchymose qui courait le long de son bras.

« Qui t'a fait ça ?

— Le vent. Je marque facilement.

— Tu as besoin d'argent ? Mes billets sont dans ma poche de chemise. Prends-les et va-t'en », ai-je dit, trop fatigué pour me laisser charmer par ses conneries.

« Qu'est-ce qui se passe, un petit bleu et je ne suis plus assez jolie ? » Elle m'a tendu la tasse de café qu'elle m'avait apportée.

« Il faut que j'avance, ai-je répliqué avant de m'envoyer la moitié de la tasse en une gorgée. Si je rate la deadline, je perds mon fric.

— Je vais t'aider. » Elle a attrapé un gros maillet mais je le lui ai repris des mains avant qu'elle ne casse tout.

« Tu as déjà fait ça, lui ai-je rappelé en lui donnant un petit burin. Tu l'utilises doucement sur la surface de la pierre. Tu vois cette petite arête ? » Je lui ai montré un rebord qui ressemblait à une gencive où perçaient des dents de lait. « Tu la burines jusqu'à ce qu'elle soit lisse. »

Elle s'est mise au travail doucement. Même quand j'ai commencé à voir double, elle a continué. Appliquée, tendre et tenace, elle a aplani les petits reliefs sur tout un côté.

« Tu aurais peut-être besoin que quelqu'un s'occupe de lisser ta surface », a-t-elle plaisanté. Elle avait les yeux rougis et humides. Elle venait clairement de se shooter.

Elle a posé son burin et m'a massé le bas du dos. J'étais impressionné par la force de ses mains. Je me transformais en pâte à pain, prêt à m'endormir.

« Allez, lève-toi de là, m'a-t-elle dit pour me réveiller.

— Avant que la police ne m'arrête pour esclavagisme. »

On est remontés. On s'est déshabillés. On a zappé la douche mais on a dormi tête bêche sur le lit. Au bout de quelques heures, je me suis réveillé et j'ai découvert que je m'étais retourné dans mon sommeil et que je la tenais dans mes bras, en cuiller. J'avais une érection et je sentais l'humidité de sa culotte. J'ai écarté le tissu et j'ai commencé à la toucher légèrement.

« C'est super mais tu ne devrais pas.

— Pourquoi ?

— J'ai peut-être le VIH.

— J'ai des capotes », ai-je dit en me redressant. Une douleur soudaine m'a transpercé le dos.

« Il n'y a pas que ça, a-t-elle répondu tandis que je la caressais de nouveau. J'ai aussi un copain.

— Il ne se demande pas où tu passes tes nuits ? » J'avais des spasmes dans les bras et les jambes.

« Et si tu me laissais… » Elle a commencé à prendre les choses en main.

« Laisse tomber, je suis trop fatigué. » Je me suis retourné. « Il faut que je dorme. »

J'ai fermé les yeux et j'ai essayé de me rendormir. Mais il n'y a rien de pire qu'être à la fois excité et éreinté : incapable de baiser comme de pioncer.

Au bout d'une minute, elle m'a demandé : « Tu ne m'en veux pas, si ?

— Je ne me sens pas bien, c'est tout.

— Qu'est-ce qu'il y a ? »

J'ai contemplé toute la douleur engendrée par mon dur labeur. « Chaque os et chaque muscle de mon corps me font mal. Je suis épuisé mais je n'arrive pas à dormir et je suis dans le gaz. Je n'ai jamais autant travaillé pour si peu et je n'arrive pas à croire que je me sois fourré tout seul dans cette situation de merde. »

Elle a pouffé. « Tu as plus ou moins décrit ce que ça fait de se sevrer, et tu n'as même pas les bénéfices de la défonce. »

Elle s'est redressée et a enfilé son pantalon.

« Qu'est-ce que tu fais ?

— C'est une belle nuit. » Elle a fait un signe de tête vers la fenêtre. « On n'a qu'à sortir.

— Où ça ?

— Je ne sais pas, dehors. J'adore être dans la rue la nuit quand il n'y a personne. C'est comme… comme si j'étais dans l'au-delà.

— Et puis merde, pourquoi pas, ai-je grommelé, sentant que je n'allais plus dormir. Il faut que je bouge mon van dans quelques heures de toute façon.

— Il doit bouger son van, s'est-elle moquée. Comme cet homme est riche, voyez tout ce qu'il possède.

— Je ne possède rien, l'ai-je corrigée pendant qu'on se rhabillait. Cet appartement est une sous-loc que je vais devoir libérer bientôt. Merde, le plus souvent je dors dans ce van, justement.

— Tu dors dedans ? » Elle semblait effarée. Quand elle a vu que je n'étais pas disposé à rire de ma propre misère, elle n'a rien ajouté.

On s'est bientôt retrouvés à marcher sur Canal Street et Essex. La ville était comme un océan asséché où s'était autrefois diffusée une immense énergie, désormais disparue. Pas âme qui vive. Sur Essex Street, on a dégoté les restes d'un vieux banc qui nous offrait une vue sur les gratte-ciel éclairés par en dessous. C'est finalement elle qui a brisé le silence :

« Alors tu vas bouger ton van ?

— Ouais.

— Ça ne te dérange pas si je prends mon insuline dedans ? m'a-t-elle demandé en parlant de sa dose.

— Tu ne viens pas d'en prendre une ?

— Hé, la vie c'est le yin, l'héroïne c'est le yang. La vie c'est le vide, l'héroïne c'est le plein, m'a-t-elle expliqué comme si elle chantait une chanson. Et tout est une question de dosage.

— J'aurais bien besoin d'un somnifère.

— C'est la vie qui est comme ça, a-t-elle poursuivi. Trop de joie trop tôt dans ton existence et tu finis sous antidépresseurs.

— Ça ne te dérange pas d'être aussi dépendante ? ai-je demandé pour recentrer la conversation.

— La vie nous asservit avec un million de petites choses chaque jour. Manger, dormir, chier…

— Aimer…

— Et ça ne te dérange pas, tous ces besoins ?

— La seule chose qui me dérange dans la vie, c'est de savoir qu'un jour je vais mourir, mais au moins ma terreur et mon angoisse sont des choses sur lesquelles je n'ai pas de contrôle. Alors que l'addiction à l'héroïne…

— Je pourrais arrêter d'une seconde à l'autre, si je voulais.

— Alors pourquoi tu n'arrêtes pas ?

— Parce que je n'en prends pas pour la même raison que tous les autres losers, c'est parce que je n'ai pas le choix. Si j'arrêtais d'en prendre… je mourrais.

— Je suis à peu près certain que si le corps médical s'accorde sur une chose, c'est précisément l'inverse et que l'héroïne est mauvaise pour la santé.

— Il existe des anomalies et j'en fais partie.

— Et comment ça se fait qu'il n'y ait que toi et toi seule qui sois maintenue en vie par cette horrible substance ? »

Elle a fermé les yeux, agacée. Il était évident que nous étions en train d'atteindre les confins de sa galaxie renversée. Elle a repris, parlant comme si elle récitait une prière de mauvaise grâce. « C'est un médicament. Je suis malade et l'héroïne a des propriétés qui me maintiennent en vie.

— Tu plaisantes ?

— Non, je sais que c'est ironique mais je ne plaisante pas. L'héroïne se met sur les récepteurs d'endorphine et bloque toute trace d'adrénaline.

— Ça paraît complètement insensé.

— L'adrénaline est sécrétée à cause du stress, c'est hautement cancérigène. » Quand elle m'a vu lever les yeux au ciel, elle s'est reprise : « Ok, je ne connais pas tous les termes techniques, mais si je les connaissais, j'écrirais un article et je l'enverrais au *New England Journal of Medicine*.

— Qui t'a dit… Où est-ce que tu es allée chercher ces trucs-là ?

— Principalement dans le supplément science du *New York Times* du mardi, mais je l'ai testé ! »

J'espérais qu'elle plaisantait. Il ne m'était arrivé que deux fois au cours de ma vie de comprendre au beau milieu d'une conversation que la personne avec qui j'étais en train de parler était jetée. « Et qu'est-ce qu'on t'a diagnostiqué exactement ? ai-je demandé le plus délicatement possible.

— Et toi, tu le veux mon diagnostic ? » Elle s'est tendue. « Un cas pathologique du syndrome de l'artiste fauché.

— Qu'est-ce que tu me chantes là ?

— Je te parle de toi ! *Toi* qui vis dans ton van. Qui t'habilles comme un clodo. Qui es tout le temps en galère et qui crois que tu fais tout ça par amour de l'art.

— Peut-être bien, mais moi au moins je me shoote pas à l'héroïne en disant que c'est thérapeutique et je fais pas le trottoir en essayant de me convaincre que je tapine pas.

— La différence, c'est que moi j'ai pas le choix. Moi je me suis fait baiser par le destin, mais toi tu pourrais prendre un boulot à mi-temps et continuer de créer. Tu n'es pas obligé de faire tout ça.

— Écoute, je te promets que je vais réfléchir à ce que tu me dis. Mais c'est quoi la maladie que tu as *toi* exactement ?

— Je n'ai pas envie d'en parler.

— Pourquoi ?

— Je ne veux pas que tu me voies comme une malade.

— Promis, dis-moi simplement ce que tu as.

— Ce n'est pas contagieux.

— Si tu reconnaissais simplement que tu aimes l'héro ou que tu es accro, je pourrais l'accepter...

— Oui, mais c'est pas ça. Si j'étais en bonne santé, je laisserais tomber tout de suite.

— Alors c'est quoi la maladie que soigne l'héroïne ?

— Elle est là ! » a-t-elle fini par crier, les yeux fermés, la tête entre ses mains. Au bout d'un moment, elle a rouvert les yeux et dit : « Voilà, ma maladie c'est ça : elle est là.

— C'est ta maladie qui est là ? ai-je demandé.

— Elle est là, a-t-elle répété.

— Mais où ? »

Elle a refermé les yeux. « Elle est là. C'est tout ce que je peux te dire. Et pose-moi encore une question et tu ne me reverras plus jamais. Je te le jure. » Je ne me rappelais pas l'avoir vue aussi en colère en dehors de ses crises de manque.

« Allons-y », ai-je soupiré en me relevant. J'étais prêt à déplacer le van et à arrêter les frais de cette nuit de merde.

On est arrivés devant. Pendant que je bougeais mon bordel pour que l'on puisse s'asseoir à l'intérieur, elle a pris l'un de mes tableaux de nageur et l'a observé. Quand j'ai fini de faire de la place, elle l'a reposé et a sorti son kit de shoot. Laissant la porte arrière ouverte pour qu'elle ait de la lumière, je l'ai regardée étaler mécaniquement tout son petit nécessaire comme un cérémonial. Il était évident qu'elle accomplissait ce rituel si souvent qu'elle aurait pu le faire les yeux fermés. L'instant d'après tout était cuisiné, nettoyé et prêt à injecter.

Elle a baissé son pantalon et a commencé sa quête d'une grande veine généreuse, un Nil de sang vers lequel affluaient toutes les rivières rouges. Malheureusement, il n'y en avait pas. Enfonçant son pouce à l'intérieur de sa cuisse galbée, elle a essayé de faire remonter la veine à la surface. Comme elle ne voyait rien dans le van, elle a sauté sur le trottoir en culotte et chaussures. Elle a poursuivi sa recherche en se tordant dans la lumière d'un lampadaire, avant de se redresser, frustrée et essoufflée.

« Rends-moi un petit service, a-t-elle dit. Regarde dans mon dos si tu repères une veine. Tu en vois une ?

— Qu'est-ce que ça peut faire, dans tous les cas je ne te piquerai pas.

— Merde, à ce rythme-là je vais bientôt devoir me shooter dans les yeux. »

Elle a finalement trouvé l'insaisissable conduit, une petite ligne sombre près de son aine. Avec un peu de salive elle a « stérilisé » la zone et lentement, soigneusement, elle s'est enfoncé l'aiguille dans la peau, traversant des tissus comme si c'était le duvet qui bloquait son chemin vers le bonheur. Le fait que leur voracité pour la substance l'emporte sur l'inconcevable douleur qu'il y a à se poignarder quatre, cinq ou six fois par jour avec une aiguille émoussée était peut-être la plus grande preuve de l'abnégation des toxicos. Une coupure avec une feuille de papier et je tournais de l'œil.

Quand elle a terminé, elle a laissé aller sa tête en arrière vers un néant bienheureux.

« Putain, si tu savais ce que je ressens », a-t-elle finalement roucoulé. Elle s'est déshabillée et s'est hissée dans le van. Quand elle s'est allongée sur le dos, j'ai pu voir son ventre plat et son nouveau piercing au nombril. Ses cuisses et ses longues jambes étaient une invitation à l'extase. Elle a fermé les yeux, a lentement roulé sur le ventre pour me montrer ses fesses.

« Garde la pose, lui ai-je ordonné en attrapant un carnet de croquis. Je le baptiserai *La nuit des deux lunes*.

J'ai une meilleure idée », a-t-elle dit en tapotant le matelas à côté d'elle. La porte arrière du van était toujours ouverte sur le néant d'une rue sombre. Je me suis glissé à côté d'elle sur la couche de mousse. Elle a fouillé la poche arrière de son jean et en a sorti une capote : une Trojans striée.

« Je croyais que l'héroïne flinguait la libido.

— Le speed me donne toujours chaud. »

Son shoot était apparemment un cocktail. Elle était toute mouillée mais j'avais des doutes.

« Tu crois vraiment que tu as le VIH ou une hépatite ? ai-je demandé en enlevant mon pantalon pour enfiler la capote.

— Je suis la mort, a-t-elle répondu en levant ses mains comme si elle avait des griffes.

— Tu n'en as pas une deuxième, par hasard ? »

Elle a roulé des yeux, amusée et incrédule, et me l'a tendue. « Juste pour info, je ne suce que des types avec capote. Personne n'a droit à ma chatte. »

Même si la vulcanisation à double filetage de mon pénis anéantissait toute sensation à la surface, les préservatifs agissaient comme deux garrots qui maintenaient chaque goutte de sang brûlant à l'intérieur de mon membre. J'avais peur que celui-ci se nécrose mais il restait plus chaud que jamais. Finalement, la sensation ne comptait plus, le simple fait d'être en elle suffisait. Je l'ai pénétrée doucement, essayant de discerner au moins un peu de la chaleur de sa chair incandescente. Je voulais la sentir tendrement tandis que nos corps s'embrasaient. Plus que tout, je voulais qu'elle se rende compte à quel point elle comptait pour moi. Elle m'a immédiatement agrippé le cul pour que je m'enfonce en elle de toutes mes forces, comme si elle voulait gagner un prix à la fête foraine. À cet instant, j'ai perdu tout contrôle.

La simple vue de cette beauté divine qui grognait, criait et gémissait d'extase – la fille de mes rêves – surpassait le besoin de la toucher.

On a baisé comme des dingues puis on a fini par changer de position. J'en ai profité pour regarder par la porte ouverte, vers le petit carré d'herbe sèche du parc qui se trouvait de l'autre côté d'Essex Street. Trois femmes asiatiques centenaires étaient alignées pour une séance de tai-chi dans la lumière de l'aube, et se rinçaient l'œil sur le magnifique cul de Rita qui rebondissait dans notre joyeuse embardée vers le royaume de l'orgasme. Même si elle semblait vivre la plan cul de sa vie, ma bite hermétiquement plastifiée s'approchait de plus en plus du gode-ceinture.

Elle a fini par lâcher prise en déclarant qu'elle ne pouvait plus continuer. Après un instant de repos, elle a compris ; « T'as pas joui, si ?

— Non, mais c'était super.

— Non mais regarde-moi ça, a-t-elle soufflé en m'inspectant alors que je redevenais dur. Dans dix mille ans, le Starship Enterprise va retrouver une or-bite en érection flottant dans l'espace. Tu veux durer éternellement ou tu veux un bouquet final ? »

Sans attendre de réponse, elle a retiré la capote extérieure si brusquement que j'ai eu l'impression d'être recirconcis. L'instant d'après, je revenais à la vie. Elle a entrouvert ses lèvres moites et m'a pris tout entier dans sa bouche. Puis elle s'est tournée pour que je vienne entre ses jambes écartées.

Je l'ai baisée pendant quelques minutes avant de retirer la deuxième capote et de la reprendre sans protection. J'ai envoyé nos corps dans les cartons de livres, les vieilles toiles, les carnets remplis, les pots de pinceaux, les tubes de peinture à moitié vides. Enfin, incapable de reprendre mon souffle, sentant monter un point de côté, j'ai donné les derniers coups jusqu'à ce qu'un flot pyroclastique jaillisse de mes reins et que je m'écroule.

Quand je me suis réveillé au milieu des décombres et que je l'ai trouvée, nue, à côté de moi, je lui ai murmuré : « Épouse-moi ». L'héroïne, le sida, et tout ce qu'elle avait pu attraper d'autre : ça n'avait pas d'importance.

Elle m'a serré contre elle. L'amour avait un centre d'attraction irrésistible entouré de forces contraires qui devenaient de plus en plus puissantes. On finissait forcément par se faire projeter comme un boulet de canon, mais il fallait l'oublier et savourer ces instants fugaces.

« J'aime presque tout en toi, me suis-je confessé.

— Dis pas ça, s'il te plaît. » Elle s'est écartée.

Alors qu'elle se rhabillait, d'un air énervé, elle a lancé : « Je dois y aller.

— Mais je t'aime », ai-je insisté en l'attrapant doucement par le bras, sans chercher à lui faire mal.

« Laisse-moi ! » Elle s'est dégagée, prête à fuir : un petit vampire qui essayait de regagner son cercueil avant l'aube.

Cette fois je l'ai attirée plus fortement sur le matelas et j'ai refermé la porte du van. « Tu peux inventer toutes les excuses merdiques, mais je n'arrête pas de penser à toi. Je t'aime et je ne te laisserai pas partir.

— Lâche-moi, connard ! » Elle a essayé de partir. Je l'ai attrapée, clouée au matelas en la tenant par les épaules et j'ai contemplé son incroyable visage tandis qu'elle posait les yeux autour d'elle dans le van sombre.

« Écoute-moi. Avec cette sculpture, je vais gagner un petit paquet de blé. On peut quitter la ville. On peut aller dans le Vermont si tu veux, trouver un joli petit coin où vivre, prendre un nouveau départ. On peut se prendre des boulots à la con dans une ville de hippies, bosser au magasin bio, et emménager quelque part et… »

Son visage s'est tordu.

« … et j'arrêterai mes conneries d'artiste maudit et toi tu pourras écrire ou faire tes trucs, même si je n'ai pas la moindre foutre idée de ce que c'est… »

Son corps se tendait. Quand je l'ai relâchée, elle s'est redressée comme un ressort. Elle avait le visage blême.

J'ai cru qu'elle allait dégueuler. Elle a soudain laissé échapper un sanglot d'outre-tombe et a fondu en larmes. Elle pleurait bruyamment, secouée de spasmes, incapable de bouger. Je l'ai serrée dans mes bras, si fort que j'avais l'impression de me fondre en elle de nouveau. Elle a pleuré, pleuré, sans arrêter de bafouiller les mêmes mots. J'ai fini par comprendre qu'elle répétait « je suis désolée » jusqu'à l'épuisement. Elle s'est endormie dans mes bras, à l'arrière du van, sur le matelas crado. Je suis resté là, trempé par ses larmes.

Tandis que les minutes devenaient des heures, j'entendais la ville revenir à la vie. Les crissements des pneus et les klaxons, les bruits de pas et les conversations des piétons tout justes réveillés emplissaient l'air du matin. J'ai ensuite entendu les balayeurs et l'agent, qui a griffonné son PV du matin avant de le fixer sur le pare-brise.

Rita dormait encore et je n'ai pas bougé. Je ne voulais pas la réveiller ni m'écarter d'elle, mais quand j'ai commencé à sentir des fourmis puis des crampes dans mes bras et mes jambes, je lui ai demandé si elle voulait monter dormir au loft.

« Non, je dois rentrer. » Elle s'est étirée. « Merde ! Luke va flipper.

— Tu veux que je t'emmène ? »

Elle a souri et secoué la tête, la ficelle était trop grosse et elle ne voulait pas me montrer où elle vivait.

« Je peux t'emprunter ça ? a-t-elle demandé en saisissant le carnet qui contenait tous mes croquis d'elle.

— Tu veux rire ? C'est pour ça que j'ai payé, lui ai-je rappelé.

— Je sais, mais je les trouve magnifiques et j'ai envie de les montrer.

— Alors tu me le rapportes demain ?

— Tu ne devrais jamais croire une junkie sur parole, mais en l'occurrence, je te le jure. » Elle a remis ses chaussures et elle est partie en titubant sur Orchard Street.

# 20

En rentrant, je suis tombé sur une file d'attente qui s'étirait devant une école primaire. C'était le jour de l'élection. Quand je suis arrivé, j'ai décidé de prendre une douche rapide et de dormir un peu, mais le téléphone a sonné. Moe Hammerman au bout du fil.

« Alors, ça va le faire pour mardi prochain ? Parce que j'aime mieux te dire que j'ai mis des annonces dans les journaux et qu'y a des pelletées de gens qui viennent.

— Tout à fait.

— Juste pour qu'on soit carrés : ça me sert à rien si la sculpture arrive en retard. C'est une inauguration donc si t'es à la bourre, tu peux te la garder. » Je lui ai assuré que je la déposerais au cimetière la veille au soir. J'étais si crevé que j'ai à peine eu la force de raccrocher, mais la course contre la montre n'était pas terminée.

Je me suis relevé, rhabillé et j'ai traîné mon matos en bas de l'escalier de service. J'ai travaillé jusqu'à midi. Mes yeux se sont fermés et j'ai dormi la tête posée sur ma sculpture. Quand Lynn m'a réveillé, il faisait noir.

« La vache. » Elle avait mon Buddha Delight habituel. « Est-ce que tu as dormi hier soir ?

— Sur cette pierre j'ai bâti mon église, ai-je bibliquement répondu.

— Ça va ? » Elle me regardait dans les yeux, peut-être pour évaluer ma lucidité.

« Je suis un peu dans le jus, mais sinon nickel.

— Je dois me dépêcher moi aussi.

— Pour quoi ?

— Pour mon dernier rouleau : la parade d'Halloween. » Elle a ajouté que grâce à moi il serait merveilleux.

« C'était une super soirée, hein ?

— Est-ce qu'il s'est passé quelque chose d'inhabituel ? m'a-t-elle demandé.

— Tu étais là.

— Je veux dire après m'avoir déposée.

— Non, je ne crois pas. » Mon esprit avait été rincé par ma longue journée de travail et ma nuit avec Rita.

Elle est partie et j'ai repris mon travail. Vers la fin de la soirée, la seule chose qui me faisait encore tenir c'était la perspective de retrouver Rita. Quand minuit est arrivé puis reparti, bientôt suivi de 1 heure du mat', j'ai compris qu'elle ne viendrait pas. Je me suis simplement dit que les caprices de l'amour étaient d'autant plus difficiles à suivre quand on sort avec une droguée. Incapable de tenir un outil en main plus longtemps, je me suis souvenu que le vote était clos et je suis descendu voir les résultats.

En entrant dans le bar, j'ai eu l'impression de vivre un rêve : tout le monde criait de joie. Tous ceux qui avaient un jour vendu un livre d'occasion ou peint une toile étaient là, à l'exception de Shade.

« Gore est déclaré vainqueur ! », a annoncé Cecil avec un grand sourire de mange-merde. Pablo était juste derrière lui, flanqué de sa copine balkanique.

« Nader a eu ses 5 % ?

— On y est presque, a-t-il répondu, plein d'optimisme.

— C'est super ! » J'ai porté un toast avec deux verres d'eau glacée, les meilleurs de ma vie.

Ensuite, je suis vite allé me coucher, pour me réveiller à midi le lendemain et me remettre au boulot.

Ce soir-là, Lynn est encore passée avec mon Buddha Delight. Mais elle a posé le sac sans un mot et s'est retournée précipitamment pour repartir.

« Mais ? me suis-je exclamé, un peu blessé. Même pas un bonjour ? »

Elle s'est arrêtée et m'a regardé, les lèvres serrées.

« Tu sais, je ne pense pas être… possessive ou jalouse, mais je croyais qu'on était amis.

— De quoi tu parles ?

— Quand on est sortis pour Halloween et que tu m'as ramenée chez moi, comment dire, je ne m'attendais à rien. Je t'aimais bien. Je me suis ouverte… » Elle s'est tue.

« Où est-ce que tu veux en venir ? » Je ne comprenais rien.

« Le lendemain, quand je suis arrivée et que j'ai vu le dessin de lèvres que tu avais fait, j'ai bien vu que ce n'étaient pas les miennes. Tu as retrouvé une autre fille après m'avoir déposée, pas vrai ? »

Je n'ai pas répondu.

« Et l'autre fois, quand je suis arrivée et que tu m'as demandé s'il y avait quelqu'un… »

J'ai soupiré. J'étais pris, pas tout à fait la main dans le sac, mais à proximité du fermoir. C'était ça dont elle parlait la veille, quand elle m'avait interrogé sur la soirée d'Halloween.

« Je me suis dit qu'on allait peut-être quelque part…

— Écoute, tu as raison, je vois quelqu'un et je ne t'en ai pas parlé parce que toute l'histoire est grosso modo un bordel sans nom. Je suis désolé. » Je me suis tu un instant et j'ai essayé de lui dire honnêtement ce qu'il en était. « Je t'apprécie vraiment beaucoup, je te jure. J'avais juste l'impression que ni toi ni moi n'étions vraiment prêts… »

Je me suis interrompu. Ses lèvres, qu'elle avait gardées scellées, commençaient à se desserrer.

« Tu as sans doute raison, a-t-elle fini par dire sans croiser mon regard. Je crois que je me suis sentie mal parce que tu m'as menti.

— Je suis désolé. C'était vraiment con de ma part. Je sais que c'est affreux à dire, mais la vraie raison pour laquelle je ne t'ai pas parlé de la personne que je fréquente, c'est que j'ai honte d'être avec elle.

— Honte ?

— C'est une longue histoire. » Ce qui était en partie vrai.

« Quand tu seras prêt à le faire, n'aie pas peur que ça me rende jalouse. »

Je me suis excusé et je l'ai remerciée. Puis je suis revenu à ma sculpture. Toute une nuit de travail monotone. Pas de café de minuit. Pas de Rita. Un sommeil courbaturé.

Obsédé que j'étais par ma junkie bien aimée, je me suis aperçu que j'avais commis une erreur monumentale. On avait un petit truc sympa. Elle venait régulièrement, me laissait l'aimer de loin, avec quelques moments d'intimité spontanés. Mais j'en avais voulu trop. Je n'aurais pas dû essayer d'en prendre autant. J'aurais dû mettre une distance. C'est alors que ça m'a frappé pour la première fois. J'avais eu un rapport sans protection avec une prostituée héroïnomane. Ça m'avait paru héroïque sur le moment, comme si je démontrais mon amour débordant. Maintenant que j'avais risqué ma vie, elle ne revenait même plus me voir. Je me sentais immensément con. Quelle était cette atroce variété d'amour qui rendait certaines personnes plus attirantes dès lors qu'elles étaient condamnées ?

Après avoir fini de m'insulter, j'ai commencé à m'inquiéter pour elle. Elle avait dépensé près de quatre cents dollars sur les mille que Shade m'avait prêtés. Qui payait sa consommation maintenant ? Quelle vieille queue répugnante était-elle en train de sucer ? L'espace d'un instant, j'ai craint qu'elle vende mon précieux carnet de croquis, mais je me suis souvenu que l'art n'avait aucune valeur marchande dans la rue.

J'ai détaché mon vélo et je me suis élancé dans la nuit crasseuse et maladive, rôdant dans les rues vides à la recherche de ma muse toxicomane.

J'ai commencé par remonter Allen, et je l'ai vue dans un jean noir et un t-shirt gris et blanc chiné, roulée en boule sur un banc comme un vieux pigeon. Elle ne portait ni chaussures, ni chaussettes. Je me suis arrêté en dérapant et j'ai hurlé : « T'es nulle à chier tu sais ! »

Elle a relevé la tête et m'a regardé au-dessus de ses genoux repliés. N'importe quelle personne normale aurait eu froid mais elle transpirait.

« Je sais que je ne suis pas en droit d'attendre quoi que ce soit de toi, mais t'es la reine de l'enfumage.

— Laisse-moi tranquille !

— Et puis elles sont où tes pompes, putain ? »

Elle a soupiré et haussé les épaules.

Elle s'est redressée et j'ai vu qu'elle avait un gros bleu sur la joue.

« C'était qui ce coup-ci ? Le copain sadique ? Un gentil petit micheton ? Un dealer qui ne voulait pas vendre ?

— En réalité, c'était une voluptueuse fille de joie et de couleur sur Houston Street. » J'ai supposé que c'était celle que j'avais vue quelques semaines plus tôt. « Elle m'a pris mon blé et m'a pété la gueule.

— Je me sens trop con, ai-je avoué en inspectant sa lèvre enflée.

— C'était de ma faute.

— Tu étais en rogne parce que je t'ai dit que je t'aimais et tout ça.

— Tu peux pas me sortir ce genre de conneries, a-t-elle répondu d'une voix rauque. C'est pas possible. Je suis déjà pratiquement mariée et je culpabilise assez comme ça.

— Je suis désolé. Tu te retrouves embarquée dans une liaison adultérine alors que tu devrais être en train de sucer des inconnus », ai-je répondu, incapable de laisser passer l'absurdité de la situation. Elle a souri.

« Et moi Tirésias j'ai d'avance baisé tout cela/ joué sur ton lit de mousse graisseux/ Moi qui ai tapiné sous le rempart de Thèbes / Et qui ai sucé les morts les plus bas / Octroie un dernier baiser supérieur… » puis, la bouche en cul de poule : « Et part à tâtons dans la rue sans lumière… » Elle m'a pris par le bras.

« Ça, c'est de la vulgarisation de Shakespeare.

— T'es con, c'est Eliot[1]. » Elle a ri et j'ai alors vu un nouveau trou vers le fond de sa mâchoire, là où une dent manquait. À la façon dont elle se balançait d'avant en arrière, je devinais qu'elle était dans le dur et qu'elle ne s'était pas piquée depuis trop longtemps.

« Viens, on y va, t'as pas l'air bien.

— Je dois attendre ici.

— Pourquoi on irait pas chez moi ?

— J'attends une livraison d'ici vingt minutes.

— De Domino's ?

— La dernière pizza de la ville. Cette putain d'île va entrer dans une sérieuse période de disette. »

Elle m'a fait le comparatif de trois ou quatre sortes d'héroïne comme si elle parlait de crèmes pour le visage. Posant ses pieds sur le sol cradingue, elle s'est penchée vers l'avant.

Tout en l'écoutant, j'ai eu l'impression de voir des petites traînées de nuit graisseuses qui dansaient autour de moi. J'ai d'abord cru que c'étaient des illusions d'optique causées par ma fatigue. Mais quand l'une des traînées s'est immobilisée, j'ai compris qu'un troupeau de rats grouillait autour de nous.

« Rita, il faut qu'on se casse d'ici. » Je l'ai secouée. « Ce coin est infesté de rats.

— Oh, relax, a-t-elle répondu, les paupières tombantes. Les rats c'est des gens comme les autres. Ici raton, raton, petit rat… » Sans se lever, elle a fait mine de tendre la main vers un énorme gaspard qui essayait de passer.

J'ai baissé les yeux pile au moment où la bestiole a sauté sur le pied nu de Rita.

1. Adapté de « La Terre dévastée » (*The Waste Land*), T.S. Eliot, traduction de Benoît Tadié.

« Oh merde ! » Elle l'a fait décoller dans les airs. Puis, relevant sa jambe, elle a attrapé son pied nu et s'est mise à rire, incrédule.

« Putain ! » Mon cri a fait fuir un paquet de vermines. J'ai regardé sa blessure. La plaie se trouvait juste au-dessus de sa cheville. Elle avait un petit bout de peau arraché et elle saignait.

« Mate-moi ce merdier ! Les rats passent leur vie à bouffer des ordures et ils ont des canines acérées comme... Et moi si j'oublie de me brosser les dents pendant deux jours, j'ai les dents qui... » Elle n'a fini aucune de ses deux phrases.

« Viens, ai-je crié en arrêtant un taxi qui approchait. Il faut que tu ailles à l'hôpital. Beth Israel est au bout de la rue.

— C'est mort ! a-t-elle hurlé à son tour. Pas tant que j'ai pas récupéré mon truc.

— Ma chérie, tu viens de te faire mordre par un rat. Tu pourrais choper... la peste.

— N'y pense même pas, m'a-t-elle averti en épongeant le sang de sa plaie avec le bas de son pantalon sale.

— Écoute, j'ai supporté un paquet de trucs de ta part, mais là c'est terminé.

— Eh bah casse-toi, a-t-elle sifflé.

— Très bien. » J'ai commencé à m'éloigner. « Mais ne reviens plus me taper de la thune. » C'était lamentable de dire un truc pareil mais je n'avais aucune autre carte en main.

« Attends deux secondes, merde. » Elle a bondi devant moi. « Il va arriver d'une minute à l'autre. Laisse-moi me piquer et ensuite on y va. » Elle m'a regardé, les yeux pleins de larmes. « Je t'en prie, Or, la douleur que je ressens est un million de fois pire que qu'une morsure d'un hamster de la street »

J'ai soupiré, je n'avais pas le choix. On s'est rassis sur les bancs crados et on est restés immobiles.

Alors que les voitures passaient, un grand mec noir patibulaire s'est lentement matérialisé dans la pénombre. Il s'est avancé vers nous d'un pas rigide et j'ai d'abord cru qu'on allait se faire racketter. Il est venu se planter devant Rita et il lui a demandé : « T'as quelque chose ?

— Si seulement, a-t-elle soupiré sans même le regarder. »

« C'était qui ce type ? ai-je demandé une fois qu'il s'est éloigné.

— LBJ, a-t-elle répondu d'un ton las. La Libre Bande des Junkies. Il cherche juste un dealer.

— Mais un mec arrive, non ?

— Oui, et il peut se toucher s'il croit que je vais lui filer mon plan.

— Je suis surtout content qu'il ne nous ait pas agressés.

— Ils servent à rien dans l'ensemble. » Après un instant de réflexion, elle a revu son jugement. « En fait, ils font pas de mal. »

Je l'ai regardée avec son t-shirt déchiré taché de sang, son jean troué dégueulasse et ses pieds noircis, et je me suis demandé si elle se rendait compte de l'épave qu'elle était. Dans la lumière du lampadaire, sa peau prenait une teinte rougeâtre. Pour la première fois, elle avait l'air encore plus ravagée que la version émaciée que j'avais faite pour ma fresque du purgatoire. Elle a dû sentir mon désarroi car elle m'a lancé d'un ton sec : « Si tu avais la moindre idée de tout ce que j'ai vécu dans ma petite vie.

— Comment ça ?

— Je suis née riche, a-t-elle expliqué fièrement. Tu vas croire que je mens, mais j'avais un professeur de tennis et un cheval qui s'appelait Barron. Lycée privé, grande fac. Mon putain de bal de débutante, c'était au Waldorf. J'ai rencontré Reagan quand j'étais ado...

— Tu as ton petit truc d'eau ?

— Pourquoi ?

— Pour nettoyer ta plaie.

— Ma mère était maniaque de la propreté. » Elle a fait tomber quelques gouttes sur la petite morsure. Je lui ai donné une serviette en papier propre que j'avais dans ma poche. Elle a doucement tapoté sa cheville. « Maman était tout le temps en train de se laver les mains. Sans déc. On n'avait pas le droit d'aller à la piscine municipale, ni de nager dans l'océan. Savon antibactérien quoi qu'il arrive. 'Lave-toi les cheveux… lave-toi les pieds…' Je suis passée de tout ça à… » Elle n'a pas fini sa phrase.

Elle n'en avait pas besoin. Elle était passée de tout ça à nettoyer une morsure de rat en attendant sa dose.

« Je serais surpris si dans dix ans Allen Street ne devient pas un quartier huppé, genre Eastlito, ai-je dit, imaginant une extension de Nolita. Ou Nochoto : North Chinatown.

— Pour l'instant c'est juste la Zonito. Ça devrait être un des mondes de Disneyland : Merdiland. » Elle a alors chantonné sur un air entraînant. « *Les gens c'est de la merde. L'air c'est de la merde. Je mange de la merde. Et même toi t'es une merde !*

— *Un monde merdique pour toi et moi*, ai-je conclu.

— Tu te rappelles, à notre premier rencard, je me suis chié dessus.

— Je ne me souvenais pas que c'était un rencard, mais effectivement, tu t'es souillée, ai-je répondu.

— Tu vois, tu essaies même d'extraire la merde de la conversation. » Elle avait l'air bizarre. « Tout ça. Toutes ces choses affreuses dont Maman a essayé de me protéger, tout ce qu'elle a essayé d'éliminer à grandes eaux. La vieillesse. La maladie. La mort. Tous ces vilains microbes. Mais tu ne peux pas t'en débarrasser. Tu savais que 5 % de l'eau du robinet d'ici c'est des eaux usées ? Tu te douches à la merde. L'eau minérale ? Laisse tomber ! Elle vient d'où, tu crois, d'une source sur Mars ? Non, elle vient d'*ici*, de Merdeville. Et tu sais ce que ça veut dire ? La merde c'est synonyme de maladie et de mort. C'est déjà en nous. Et toutes les chimios et les opérations du monde ne peuvent pas l'extraire. On naît avec notre mort en nous. » Elle s'est tue. J'ai écouté les voitures passer à toute blinde.

Un ado latino qui ne devait pas avoir plus de seize ans a déboulé de nulle part sur un VTT flambant neuf.

Elle s'est levée d'un bond et a couru vers lui. Ils ont chuchoté quelques mots rapides. Ils se sont serré la main, l'échange avait eu lieu. Il est reparti en pédalant comme un dingue, comme s'il était poursuivi. Rita est revenue avec le petit sachet qu'elle venait d'acheter. Elle a sorti son matériel sur le banc et a voulu procéder à son petit rituel. Mais ses mains tremblaient. Je voyais à la façon dont elle se tordait que son estomac lui jouait des tours. Elle s'est penchée vers l'avant et a eu un ou deux hoquets. Rien n'est sorti. L'héroïne avait dû lui ruiner l'appétit.

« Ça va ?

— Regarde si les poulets arrivent parce que si Roger l'Enculé débarque maintenant… je te jure que je lui chope son flingue et que lui fourre dans le cul ! Si ce bouffeur de nœuds essaie encore de me faire un coup comme ça, putain, je vais… » Elle a lentement repris son souffle.

« Du calme. » Il lui avait manifestement fait un truc affreux. « Je garde l'œil ouvert.

— C'est juste que je suis un peu tendue d'avoir dû poireauter aussi longtemps et… j'ai les nerfs à vif. » Sa tête et son corps étaient secoués de spasmes incontrôlables pendant qu'elle parlait. Elle a trempé le doigt dans son petit sachet et s'est frotté un peu de poudre sur la gencive. Elle a fermé les yeux et elle est restée assise, immobile, pendant une minute, comme si elle méditait.

Elle semblait avoir repris le contrôle de ses mains tremblantes en l'espace d'une seconde. L'instant d'après, sa dose était cuisinée et injectée et elle respirait profondément, se concentrant sur la magie qui opérait entre son cœur et son cerveau. Quelques minutes plus tard, elle a opéré sa grande transformation interne, passant de brebis tremblante à Super Héroïne.

« Allez viens », ai-je dit en la tirant du banc. Il fallait faire soigner sa morsure de rat.

« Je vais bien, a-t-elle répondu, lentement figée dans l'extase.

— Tu as promis, bordel. Et tu n'obtiendras rien d'autre de moi tant que tu n'auras pas fait ça.

— Ok ok », a-t-elle cédé, de mauvaise grâce. J'ai attaché mon vélo et on a marché sur Delancey. J'ai fini par héler un taxi qui descendait du pont de Williamsburg. Rita était toujours aussi peu intéressée par sa plaie, qui commençait à coaguler. On est descendus à l'angle de la Seizième Rue et de la Première Avenue.

# 21

« Mon amie s'est fait mordre par un rat », ai-je annoncé en entrant à Beth Israel. Une infirmière flegmatique nous a dit de prendre à l'angle et d'aller aux urgences. Alors qu'on arrivait devant les portes coulissantes, Rita s'est arrêtée, a pris une profonde inspiration et m'a dit : « Sois sympa, laisse-moi gérer ça.

— Comment ça ?

— Tu vas voir. »

J'ai supposé qu'elle préparait une combine mais je lui ai laissé le bénéfice du doute. Elle a mis un coup de pied dans la porte suivante en hurlant à tue-tête : « Aidez-moi ! Oh putain de Dieu, aidez-moi ! »

Un aide-soignant et une infirmière se sont précipités vers elle.

« Qu'est-ce qui s'est passé ? » a crié l'un. Rita s'est pliée en deux et s'est effondrée sur le linoleum lustré en se tenant le pied et en se tordant de douleur.

« Quel est le problème ? » a demandé l'autre. J'ai aidé deux aides-soignants à l'allonger sur un brancard. Ils lui ont fait traverser une grande salle éclairée pleine de nécessiteux qui attendaient leur tour.

« Je me suis fait mordre par un énorme bestiau !

— On a une morsure de rat ! a lancé une infirmière à une autre, comme si Rita s'était fait attaquer par un grand requin blanc.

— Mettez-la dans la quatre », a ordonné l'administrateur.

Je l'ai accompagnée dans la chambre.

« Oh mon Dieu ! Oh putain que ça fait mal ! » Elle se balançait d'avant en arrière en se tenant le pied. Une infirmière est arrivée et lui a écarté les mains pour examiner sa cheville.

« Où sont vos chaussures ?

— Je les ai retirées.

— Ça n'a pas l'air bien méchant.

— Mais la douleur me remonte dans la jambe et j'en chie ! »

L'infirmière a alors sorti une aiguille et a entrepris de trouver une veine. Elle a fini par lui nouer un garrot en caoutchouc autour de la jambe. Au bout d'une minute, elle a identifié quelque chose qui s'apparentait à une ligne noire qui s'étirait sous sa cuisse, mais elle n'arrivait pas à la viser.

« Qui vous a frappée ? a demandé l'infirmière qui avait remarqué sa blessure au visage.

— C'était un accident.

— Et votre problème de drogue, c'est un accident aussi ? » Rita n'a rien répondu. Après avoir poignardé encore deux fois la pauvre Rita dans la jambe et lui avoir appliqué le garrot sur le bras, l'infirmière a fini par trouver une veine et lui injecter un antidouleur nommé Toradol.

« Comment ça va ? ai-je demandé à Rita, que j'avais vue prendre plus de coups d'aiguille qu'un coussinet de tailleur à la retraite.

— C'est assez rafraîchissant d'avoir droit à une aiguille neuve, à vrai dire. La mienne est un foutu couteau à beurre. »

Au bout d'un moment, quand l'antidouleur a commencé à faire effet, Rita m'a dit : « Si j'avais su que j'allais recevoir une injection, je me serais piquée plus tard.

— Alors c'était pour quoi ton cinéma ?

— Hors de question de poireauter quatre heures pour un pansement. Ils vont rien me faire de plus. »

Elle n'était pas très loin de la vérité. On lui a fait remplir un formulaire d'admission dans lequel elle n'a offert aucune information exacte : pas d'adresse, une fausse date de naissance, pas d'antécédents médicaux, pas de contact d'urgence. Elle était même réticente à donner son nom et elle a fini par inscrire 'Bridget Jones'. Elle a rendu le formulaire puis deux heures ont passé. Assis dans un fauteuil à côté de son lit, j'ai essayé de dormir. Ce n'est qu'à quatre heures du matin qu'un ado étranger déguisé en interne est passé regarder sa cheville.

« J'ai cru comprendre que vous aviez été mordue par un rat.

— C'était plutôt un Rottweiler avec une longue queue, a-t-elle répondu alors qu'elle entamait sa redescente.

— Il me semble que les Rottweilers ont normalement une queue mais qu'on la leur coupe », a-t-il cru bon de préciser tandis qu'il désinfectait sa petite plaie. Il lui a fait une piqûre d'antibiotiques et l'a emmenée dans une autre pièce où elle a eu droit à trois points de suture et un bandage.

« Il faudrait vous faire une prise de sang pour vérifier que vous n'avez pas la rage.

— Pas la peine, le rat portait une capote. » Sans doute parce qu'il était évident qu'elle n'avait pas de quoi payer la consultation, le médecin n'a pas insisté.

« Si je vous prescris des antibiotiques, vous les prendrez ?

— Bien sûr, et il me faudrait aussi un antidouleur. » Il a griffonné une ordonnance qu'il lui a tendue. Tandis qu'elle la parcourait, il a ajouté : « Vous demanderez un antidouleur à votre pharmacien.

— Vous êtes vraiment forts pour niquer les espoirs des gens, vous. Ils vous apprennent ça en médecine ?

— Mrs Jones, a répondu le docteur, à bout de patience, si vous le souhaitez, l'infirmière peut vous fournir une brochure qui recense différents centres de désintoxication. »

Elle n'a rien dit. Une infirmière lui a passé une paire de chaussons jetables verts. Dès qu'on est arrivés sur le trottoir, elle a chiffonné l'ordonnance et l'a balancée sur un taxi qui passait. On a entamé notre lente marche à contre-courant du trafic sur la Première Avenue.

« C'était vraiment con de ma part, hein ? De me faire mordre par un rat.

— Une connerie de plus à ajouter à la longue liste » ai-je stoïquement répondu.

Quand on a enfin atteint la Quatrième Rue, on s'est assis sur des bancs près des HLM. J'étais totalement groggy, à deux doigts de l'effondrement. Elle baignait toujours dans le nirvana déglingué où l'avait envoyée le cocktail héroïne-Toradol.

« Je suis désolée, a-t-elle réussi à dire. Désolée de t'avoir rencontré, de t'avoir baisé et de t'avoir fait subir tout ça.

— Je ne te comprends pas. Je ne comprends pas vraiment pourquoi quelqu'un voudrait… » Je me suis retenu, je ne voulais pas la déprimer davantage. « Tu penses qu'il y a une vie après la mort ?

— C'est ici et maintenant mon au-delà, a-t-elle répondu. Tu ne peux pas vivre pleinement si tu t'inquiètes de la mort.

— Si tu penses vraiment qu'il n'y a rien après la mort, comment tu fais pour te foutre autant de ta vie ?

— La vie est jetable par nature, quoi qu'on fasse. Des milliards de personnes ont vécu et ont disparu. Des milliards d'autres vont naître et mourir. Qu'est-ce que ça peut foutre ? Si rien ne dure, c'est qu'il y a une raison. Tu crois que ton œuvre a une chance de résister au passage du temps ? À la limite, ce que je fais moi a plus de sens que ce que tu fais.

— C'est comme ça que tu justifies cette vie ?

— Et moi qui croyais qu'on avait une discussion théologique mais non, retour à la case départ. » Elle a laissé échapper un grognement.

Elle avait raison. Je n'avais rien à faire avec elle dans cet enfer si c'était pour me plaindre de la chaleur des flammes. Il fallait que je retourne à mon purgatoire.

« C'est juste que je suis stressé. Il ne me reste que quelques jours pour finir cette sculpture à la con ou je serai complètement baisé.

— Eh bien, tu devrais bosser dessus jusqu'à avoir terminé. » Elle a soupiré. « D'ailleurs...

— D'ailleurs quoi ?

— Je pars demain.

— Tu pars ? Tu vas où ?

— Cette ville traverse une pénurie sévère. Je vais passer quelques jours dans le Sud pour récupérer du matos, mais... » Il y avait quelque chose qu'elle ne me disait pas. Il y avait toujours un truc.

« C'est quoi le problème ?

— Je sais que ça va paraître affreux, mais tu crois que tu pourrais me prêter de l'argent que je te rendrai à mon retour ? C'est vrai quoi, tu devrais être riche dans quelques jours non ?

— Tu as besoin de combien ?

— Rien du tout. Deux.

— Deux quoi ?

— Deux cents. » Devant mon visage de marbre glacé, elle s'est expliquée : « J'ai un super tuyau d'un copain de Jersey. Avec deux cents balles, je peux prendre le bus, acheter en gros, reprendre le tunnel et être de retour quelques heures plus tard avec de quoi tenir la semaine. »

J'éprouvais une immense culpabilité d'avoir dépensé la majorité des mille dollars que Shade m'avait prêtés pour assouvir l'addiction de Rita plutôt que d'embaucher des déménageurs pour déplacer la sculpture jusqu'à Long Island. Le seul détail qui m'apaisait un peu était de ne pas avoir dépensé un cent pour moi.

« Deux cents dollars de drogue, ai-je soupiré sans cacher mon dégoût. Tu augmentes tes doses ?

— Pas du tout. C'est de la qualité à un prix imbattable ! Et tu n'auras pas besoin de me payer pendant une semaine et même deux ! Sans déconner, tu fais une affaire.

— On dirait une réduc de chez McDonald's », ai-je répondu, enchanté qu'elle puisse obtenir une ristourne pour se défoncer. On n'a pas parlé durant toute notre longue marche jusqu'à Chinatown. J'ai profité de ce temps pour essayer d'affermir ma résistance.

Retourne-toi et dis-lui d'aller se faire foutre. Si tu veux crever, fais-le avec tes ronds. Laisse-moi. Mais chaque fois que je me retournais, je restais muet. L'héroïne était son addiction et elle était la mienne. Je savais qu'au bout d'un temps mon amour s'affaiblirait et que j'arriverais alors à la quitter. Mais le simple fait de le savoir ne me donnait pas plus de volonté sur le moment.

Quand nous avons enfin atteint le loft, elle est montée et j'ai compté à contrecœur les dix billets de vingt dollars dont je n'avais pas les moyens de me séparer. Je les ai gardés un instant à la main.

« Je veux une dernière chose en échange, ai-je dit en pliant les billets dans mon poing. C'est bidon ce que je te demande, ok ?

— Comment ça bidon ?

— Je veux que tu me fasses du *phone sex* mais sans téléphone. »

L'idée du jeu de rôles l'a fait sourire. « Tu veux dire que tu veux que je te lèche le...

— Je veux que tu me regardes dans les yeux. Que tu fasses semblant que je suis quelqu'un d'autre. En fait, imagine que je suis Lucas. » J'ai vu sa bonne humeur disparaître quand j'ai prononcé son nom, quand j'ai violé son univers intime. Je me suis penché sur elle et j'ai doucement articulé : « Je veux juste que tu me regardes dans les yeux et que tu me dises 'je t'aime'. »

Elle s'est renfrognée et a regardé par terre, tourmentée, incapable de rester là, incapable de partir.

« Je sais que ça peut paraître pathétique, mais je te donne l'argent si tu dis ces mots. »

Plusieurs minutes se sont écoulées. Elle ne partait pas mais ne disait rien.

« Tu ne peux pas fermer les yeux et cracher le morceau ? » Je l'observais tandis que ses yeux magnifiques se remplissaient de larmes.

« Et pourquoi pas 'je t'aime vraiment beaucoup' sinon ? » ai-je enfin proposé.

Elle a souri et pris mon visage entre ses mains froides et crasseuses, caressant délicatement mes joues mal rasées. Mon univers tout entier est devenu un tunnel, avec ses yeux au bout. Elle s'est penchée vers moi et m'a embrassé doucement sur la bouche.

Elle s'est finalement reculée. Je ne pouvais pas la punir de conserver son dernier lambeau de dignité. Je lui ai mis l'argent dans la main et je l'ai raccompagnée en bas. Quand elle a traversé Canal Street, je suis resté de mon côté du carrefour. Bowery et Chrystie Street étaient en travaux, les voitures qui arrivaient du pont de Manhattan étaient détournées sur Allen.

« On se voit dans trois jours », ai-je lancé par-dessus le bruit des moteurs. Elle m'a fait un signe de la main. Je me suis retourné pour repartir, quand j'ai entendu mon nom.

« Je voulais juste te dire, a-t-elle crié par un interstice dans le mur des véhicules qui déboulaient. J'ai fait des études d'art ! J'ai une licence d'histoire de l'art !

— Tu déconnes.

— Il y a quelque chose dans les chefs-d'œuvre de Vinci ou de Giacometti qui vous montre que l'œuvre est totalement réalisée.

— Qu'est-ce qui est réalisé ? » J'arrivais à peine à l'entendre à cause des camions qui passaient.

« Leur art est complètement achevé, c'est un signe de grandeur, a-t-elle encore crié. Si l'humanité survit encore mille ans, les gens imiteront encore leur style et se serviront de leurs idées, mais aucun artiste ne pourra améliorer ce qu'ils ont fait. » Quand des voitures moins bruyantes sont passées, je l'ai entendue dire : « Certains de tes tableaux ont cette qualité, vraiment. Ils sont empreints de grandeur.

— Merci, ai-je répondu, regrettant de ne pouvoir ressentir la même chose.

— Ça n'est sans doute pas un hasard que... je ne fasse que du mal à ceux qui m'entourent. Tu es un grand artiste, crois-moi, ça vaut plus que tout ce que je pourrais te dire d'autre. » Elle s'est tue puis a ajouté : « Mon amour ne te rendrait pas service.

— Je ne veux rien d'autre aujourd'hui, ai-je répondu en toute sincérité.

— Il n'y a personne d'autre au monde que j'ai sincèrement hâte de voir. Personne d'autre qui... » Elle s'est interrompue et, en colère, a dû l'admettre : « Merde ! C'est vrai que je t'aime.

— Pourquoi est-ce que ça pose un problème ? » Je voulais me précipiter de l'autre côté de la rue pour la rejoindre mais le feu était passé au vert et les voitures avaient redémarré.

« Je déteste accorder un tel pouvoir... » Elle n'arrivait pas à continuer.

« Tu peux me faire confiance, l'ai-je rassurée.

— Non pas à toi. À la vie. Crois-le ou non, a-t-elle repris après un profond soupir, ça a demandé beaucoup de travail d'arriver là où j'en suis.

— Ça veut dire quoi ça ?

— Ça veut dire que j'ai merdé et que je t'aime. Et au revoir. » Elle a tourné les talons et elle est partie à toute vitesse. Une fois encore, dans son monde à l'envers où tout voulait dire son exact inverse, je n'étais pas sûr de ce qu'elle voulait entendre. Comme la plupart des gens déglingués, elle semblait parler à travers moi à une vie entière de traumas et de problèmes non-réglés. La seule certitude que j'avais, c'était que l'espace d'un instant je m'étais senti merveilleusement bien.

J'ai dormi tard le lendemain matin et Lynn ne m'a pas réveillé. Quand j'ai enfin émergé, bu mon café et repris position auprès de mon bloc, il était 17 heures et le soleil s'était couché. Je n'étais toujours pas sûr de terminer à temps. J'ai travaillé méticuleusement sur les derniers coups de ciseaux.

Quand je suis enfin remonté, il était 23 heures. La sculpture était presque terminée. Couvert de sueur et de poussière blanche, j'ai retiré mon masque et mes lunettes, prêt à me doucher. Le téléphone a sonné.

J'ai décroché et entendu la voix sensuelle de Bethsheba : « J'ai essayé de t'appeler toute la soirée, t'étais où ?

— Je travaillais.

— C'est dingue pour l'élection, hein ?

— Ouais, ai-je répondu d'une voix lasse.

— Il y a un grand vernissage demain à la Luftwaffe Gallery sur la Vingtième Rue. T'en es ?

— Qui expose ?

— Elmer Elder. » C'était un gars de *downtown* dont tout le monde parlait.

« Allez, pourquoi pas, ça me fera du bien de rigoler un peu. » Sur un post-it, j'ai distraitement griffonné « Demain soir, expo photo » et j'ai dessiné une grosse paire de seins à côté.

« On se retrouve devant à 19 heures, a-t-elle proposé.

— Ça roule. » Après avoir raccroché, je me suis dit que j'allais passer au bar.

J'ai voulu m'habiller mais mes bras étaient trop fatigués pour remonter mon pantalon. J'ai eu des crampes dans les doigts quand j'ai essayé de boutonner ma chemise. J'ai roulé sur le lit et je me suis endormi.

# 22

Alors que je sculptais le lendemain en fin de matinée, j'ai été brutalement tiré de mon état semi-végétatif par la porte coupe-feu qui s'est ouverte à toute volée dans un boum suffisamment sonore pour provoquer un infarctus.

« Regardez qui a presque terminé ! » C'était Shade. « Tu aurais déjà dû changer d'outils, m'a-t-il immédiatement rabroué. Souviens-toi de ce que je t'ai dit, tu dois utiliser les outils les plus fins quand tu arrives plus profond dans le bloc.

— Ouais, je sais, ai-je mollement protesté en m'étirant le dos et en bâillant.

— Et fais gaffe à la façon dont tu tiens cette pointe.

— Ça marche très bien pour le moment.

— Ouais, je connais ça les techniques qui marchent très bien », a-t-il répondu en me montrant son pouce. Sa dernière phalange était écrasée et il lui manquait son ongle. « J'ai connu des sculpteurs avec des ligaments qui partaient en couille après une vie à mal tenir leurs ciseaux.

— Merci du tuyau, ai-je conclu, peu réceptif à la critique.

— Mon Dieu, regarde tes mains, s'est-il exclamé en attrapant mes paumes calleuses. Mon petit bébé n'est plus vierge.

— Les filles aiment les hommes aux mains rugueuses.

— En vérité c'est le contraire, a-t-il répliqué. Tu ferais bien d'acheter de la pommade Jurgen avant de te retrouver avec des cals trop épais pour te branler. »

Je lui ai dit dans un bâillement que je mourais de faim.

« C'est dingue pour l'élection.

— Tout est bien qui finit bien. »

Il a rigolé et m'a regardé du coin de l'œil : « Ça fait combien de temps que tu es là ?

— Pourquoi ?

— Je t'emmène déjeuner. Le monde a changé, fils.

— Changé comment ?

— Tu n'écoutes pas la radio, tu ne lis pas les gros titres ? » Shade n'avait pas la télé et les journaux me déprimaient. « La nation est plongée dans une crise constitutionnelle. Il y a un gigantesque recomptage en cours. Des milliers de bulletins Gore ont été bazardés et Bush a trois cents voix d'avance.

— Tu te fous de moi ? » Je me suis arrêté net. « Ils ne peuvent pas annoncer que quelqu'un est président et puis… » Tout paraissait un peu irréel. « J'ai l'impression de me réveiller dans l'inverse de *La vie est belle*.

— Ne perds pas espoir, fils. Gore conteste le comptage. Tout ce qu'il nous faut, c'est deux ou trois bus de Juifs-Américains en visite en Terre Sainte. Une fois que leurs votes par correspondance auront été comptés, Gore l'emportera. »

On a marché jusqu'au rade à dim sum à emporter en discutant de l'élection. On s'est assis sur les bancs pour dévorer nos hors d'œuvre chauds et potelés.

« Salut Shade », ai-je entendu et, relevant la tête, je l'ai vu.

« Wayne, a lancé Shade, ça fait plaisir de te voir ! » Shade s'est levé et les deux hommes se sont pris dans les bras.

C'était le visage du démon : le chauve diabolique que Shade avait sélectionné parmi les précieux portraits qu'il voulait conserver. En le dévisageant tandis qu'il plaisantait avec le vieux peintre, j'ai vu que son visage glabre empreint de cruauté venimeuse avait vieilli de vingt ans. J'ai continué de manger courageusement face à ce disciple du diable.

« C'est Wayne qui est responsable de mon sourire de tombeur, m'a dit Shade.

— Quoi ? » J'ai avalé ma dernière bouchée.

« C'était mon dentiste pendant des années. Et quand je n'avais pas un flèche, Wayne s'occupait de mes caries et de mes canaux dentaires à l'œil.

— Quand même, Shade m'offrait des tableaux, a précisé le vieil homme. Ils décorent toujours mon bureau à ce jour.

— Des barbouillages, a modestement protesté Shade.

— Il a fait une série avec mes deux sœurs », a souri Wayne. Sans doute les deux femmes du portrait.

Shade a ouvert la bouche pour que le Docteur Quenotte inspecte son grand-œuvre, puis Wayne le diabolique dentiste est reparti. Je n'ai pas avoué qu'après un simple coup d'œil au portrait de cet homme, j'avais cru qu'il était l'incarnation du péché. Ce que j'ai fait, en revanche, c'est commencer à douter de mes interprétations esthétiques.

Shade a remarqué que certains toxicos de sa connaissance arrivaient lentement du bout de la rue. Comme il ne voulait pas faire la conversation, il m'a souhaité bonne journée et s'est éclipsé.

Les échangeurs d'aiguilles sont arrivés quelques instants après. Les drogués se sont alignés pour rendre leurs vieilles seringues. Je suis resté dans le coin en priant de voir arriver mon propre mal incurable, espérant que Rita soit rentrée de son achat en gros dans le New Jersey. L'obsession et l'espoir infini étaient les symptômes du manque amoureux. Quand l'un des bénévoles est passé près de moi, je lui ai discrètement demandé s'il avait vu Rita.

« Tu ferais mieux de demander à Lou, mon gars ! » Il a désigné un petit maigrichon boutonneux avec des cheveux blonds frisés et des lunettes.

« Tu as vu Rita ? ai-je répété.

— Tu n'es pas là pour l'échange, si ? a-t-il demandé en plissant le front.

— Non, je suis un ami.

— Ouais, je me souviens de toi.

— C'est moi qui t'ai dit que je l'avais vue dans le parc.

— C'est ça. » Il s'est approché tout près de moi, envahissant mon espace personnel. « Tu te souviens peut-être... qu'elle a un problème de drogue.

— Hélas, il se trouve que je me souviens de ce détail, ai-je répondu, sentant arriver le sermon.

— Certaines personnes l'ont aidée, lui ont donné de l'argent et lui ont permis de se fournir. » Il parlait lentement en me regardant droit dans les yeux.

« Moi, je suis artiste. Je ne prends pas de drogue, ai-je soufflé, malgré une pointe de culpabilité.

— C'est *toi* l'artiste ? » Une ampoule s'était allumée dans son cerveau.

« Elle a parlé de moi ? » ai-je demandé, empli de joie.

Il a hoché la tête silencieusement, a souri, et a reculé d'un pas.

« Elle a embarqué mon carnet de croquis et j'aimerais bien le récupérer, ai-je dit plutôt que d'exposer mon irrésistible dévotion.

« C'est toi qui as fait ces dessins d'elle ?

— Tu les as vus ?

— Ils sont incroyables, a-t-il répondu avec un grand sourire. Tu as fait autre chose d'elle ?

— Une fresque. Mais c'était avant, et un peu plus stylisé.

— La vache, j'adorerais voir ça.

— Alors tu sais où elle est, oui ou non ? » Ce petit hippie commençait à me gonfler.

Il m'a jeté un regard dur. Je sentais qu'il avait quelque chose à dire mais qu'il essayait de déterminer si j'étais fiable ou non. J'ai souri avec l'air de réellement m'inquiéter, essayant de dissimuler ma honte. Après tout, en plus de l'argent, je lui avais acheté de la drogue *et* je l'avais sautée.

« Ses parents sont venus, elle est repartie avec eux dans le Vermont pour commencer une cure de désintox.

— Tu déconnes ?

— Non. Elle est entrée dans une clinique.

— Je suis surpris qu'elle ne se soit pas rebellée.

— Ouais, je ne sais pas si elle a été d'accord ou s'ils l'ont forcée.

— Dans tous les cas, elle n'est plus en ville. Tu aurais pu commencer par là. » J'étais soûlé par tout le cirque qu'il m'avait fait pour me donner une simple réponse.

« Elle a laissé un numéro de téléphone ? ai-je demandé.

— Non.

— Merde. Comment je peux la contacter ?

— C'est ce que j'essaie de te dire. Je ne pense pas qu'elle reviendra.

— C'est quoi le nom de ses parents ? Je les chercherai dans le bottin. » Même le Vermont devait bien avoir un annuaire.

« Et si tu me donnais ton numéro, comme ça, la prochaine fois que je la vois je le lui passe ?

— Bonne idée. » J'ai griffonné le numéro de Shade. Il l'a regardé puis il a soudain fait la grimace et détourné le regard.

« Merde ! s'est-il écrié, plissant le visage comme un poing serré.

— Quoi ?

— J'ai pris un truc dans l'œil. » Il s'est couvert le visage avec sa main.

« Tu veux que je regarde ? » L'air sur Allen Street était chargé de suie.

« Non, merci. Elle avait l'âme d'une artiste, tu sais. Je pense que c'est pour ça qu'elle a commencé la drogue. Elle avait l'impression qu'elle devait tout vivre elle-même pour pouvoir comprendre les choses.

— Pourquoi on se sent obligés de vivre un enfer pour créer de l'art ? ai-je demandé – question rhétorique qui portait sur ma vie autant que sur la sienne.

— Je pense que c'est comme de se noyer. Quand tu te rends compte de ce qui t'arrive, c'est déjà trop tard. »

Je suis retourné à ma tâche, Sisyphe des temps modernes, condamné à faire rouler mon rocher pour l'éternité. Vers 17 heures, j'ai vu que les quatre faces latérales étaient parfaitement proportionnées par rapport au sommet. Les angles étaient parfaits : j'avais terminé. Il me restait deux jours de ponçage mais un autre coup de marteau ou une éraflure au burin aurait pu endommager la pièce.

Alors que je limais de grosses bosses, Lynn est passée.

« Je suis presque gêné de l'annoncer, mais je crois que c'est terminé.

— Terminé ? a-t-elle répété, comme si le mot lui était étranger.

— J'en ai fini avec les ciseaux.

— Félicitations ! » Elle s'est tue un instant et a fait un pas en arrière maladroit. « Tu as réalisé une vraie sculpture.

— Ouais, et c'est bien la dernière fois.

— Tu veux dire que tu as appris toute une technique pour ne réaliser qu'une seule pièce ?

— C'est seulement parce que le bloc était là que je l'ai fait.

— Une chance que ce ne soit pas un fusil qui ait traîné dans la cour, tu serais devenu tueur à gages. »

Au moment de partir, elle a ajouté : « N'oublie pas ton vernissage ce soir.

— Quel vernissage ?

— Tu n'étais pas censé retrouver une certaine paire de seins à une expo photo ?

— C'est vrai ! » J'avais complètement oublié mon rendez-vous avec Bethsheba.

« J'ai vu un drôle de post-it près du téléphone », a-t-elle expliqué avec un sourire.

J'avais encore d'intenses heures de finition avant de pouvoir faire la livraison. Mais après avoir été condamné à l'enfer de l'escalier de secours pendant ce qui m'avait paru durer des années, j'avais bien droit à ce bol d'air. Il était 18 heures et je devais me raser, me doucher, manger et arriver à Chelsea avant 19 heures. Je me suis traîné à l'étage et je me suis lavé. Je me suis habillé sans me sécher. Avant de partir de l'appart, j'ai eu une idée et j'ai attrapé un de mes premiers dessins de Rita, que j'ai soigneusement enroulé.

J'ai acheté une brioche au porc dans la rue et, pour me réveiller, un répugnant café vendu par un marchand de journaux. À 18 heures 45, j'ai attrapé le F à la station d'East Broadway. Sur le trajet, je n'ai pas arrêté de me demander pourquoi j'avais accepté d'aller à un énième vernissage à la con alors que j'avais moins de quarante heures pour livrer la sculpture. J'ai pris le bus de l'autre côté de la Vingt-troisième, direction la Dixième Avenue.

Bethsheba était déjà arrivée, avec une robe sans bretelles moulante qui semblait avoir été cousue pour elle. Elle se trouvait devant le bâtiment, parmi un groupe de gens sapés, en conversation avec un grand gay que je surnommais Microsoft. Il s'appelait en fait Microft mais j'avais du mal à me souvenir des noms. C'était un grand Allemand efféminé qui arborait une iroquoise violette. Il s'était attifé d'une combinaison orange moulante. S'il ne s'était pas habillé comme un danseur de roller-disco fluo, il aurait pu être la fierté de la Rhénanie.

« Salut les gars », ai-je dit en les rejoignant. Beth m'a fait une bise.

« Or, j'ai une question très importante à te poser, a immédiatement enchaîné Micro. Est-ce que tu signes tes exquises créations ?

— Au verso, parfois. Pourquoi ?

— Est-ce que tu donnes des titres à tes exquises créations ?

— Autrefois oui, ai-je souri. Mais seulement les plus exquises.

— As-tu une exquise composition intitulée « F-Train Blues » ? Une toile colorée du F entrant dans la station de la Deuxième Avenue ?

— De trente centimètres sur trente à peu près ?

— *Ja* ! C'est celui-là. »

Je me souvenais l'avoir torchée par un froid après-midi à la fin de l'hiver. La station de métro était le seul endroit où je pouvais rester des heures sans voir geler le cartilage de mes doigts. Au verso, avec un crayon de calligraphie noir, j'avais griffonné *Fucking Train Blues*, puis j'avais caviardé le *ucking*. Je me souvenais aussi l'avoir vendu directement depuis le chevalet à un esclave de l'heure de pointe pour cinquante balles. « Je l'ai peint il y a dix ans. Pourquoi, tu l'as vu dans un magasin de l'Armée du salut ?

— Non, à une grande fête dans les Hamptons cet été.

— Ah bon, dans les Hamptons ? Qui le possède ?

— Leon Noel, le négociant de matières premières. Il l'a mis dans ses toilettes.

— Eh bien j'espère que ça l'aide à se détendre au moment crucial. Allez rentrons, on va pas y passer la journée. » Le 531, Vingtième Rue Ouest était composé de galeries. Onze étages dont certains comptaient jusqu'à cinq espaces d'exposition. Celle que nous visions était au troisième.

Elmer Elder, sérigraphiste, avait été propulsé par un canon publicitaire vingt ans plus tôt, avec un groupe de jeunes artistes de *downtown*, tous protégés d'Andy Warhol, qui avaient été surmédiatisés et survendus au début des années 80. Ils avaient disparu l'un après l'autre au cours de la décennie. La réinvention d'Elder avait débuté au milieu des années 90, quand ses Polaroids amateurs de prostituées et de célébrités locales avaient commencé à apparaître sporadiquement dans les pages des magazines du quartier. Ils étaient accompagnés de légendes choquantes griffonnées à la main, des choses du genre « Aime sucer des bites ».

Même si son mérite artistique était fréquemment remis en question, son œuvre, qu'elle soit sottement pornographique ou d'une violence gratuite, était rarement ennuyeuse. Finalement, au bout de cinq ans, ses photos avaient suffisamment percé dans la conscience collective des gens de *downtown*, et un vendeur lui avait accordé une exposition. Ce soir, c'était le vernissage de sa deuxième.

L'attente pour l'ascenseur semblait particulièrement longue et les spectateurs s'accumulaient devant. Même si la galerie n'était qu'au troisième étage, personne n'osait s'aventurer dans les escaliers. Plusieurs personnes marmonnaient des commentaires sur l'élection, mais Microsoft et Bethsheba parlaient plus fort que tout le monde. Ils discutaient de la série qui faisait fureur : *Sex and the City*. Beth mentionnait le dernier épisode sur le fétichisme : « Je te dis que dans l'épisode de cette semaine, Carrie mange de la merde. »

On a enfin entendu le monte-charge s'arrêter. L'opérateur qui se trouvait à l'intérieur en a ouvert les portes. Nous nous sommes entassés avec le reste de la communauté artistique. Alors que la cabine entamait son ascension silencieuse, ils ont décidé de reprendre leur conversation.

« Arrête, Carrie n'a pas fait un truc pareil, a protesté Micro.

— C'est pour de faux, enfin, je ne pense pas que Sarah Jessica Parker mange *vraiment* de la merde, a précisé Beth. C'est sans doute du pudding au chocolat.

— Alors je suis sûr que c'est probablement un mensonge parce que s'ils cherchaient un accessoire pour faire du caca, ils ne prendraient pas quelque chose d'aussi mou que du pudding.

— C'était peut-être un brownie, j'en sais rien. Ils l'ont montré vite fait. »

Même si Beth gardait son sérieux, je savais qu'elle prenait un malin plaisir à faire chier tout le monde dans la cellule capitonnée.

« Je ne sais pas si je dois te croire, hésitait Micro. Si c'était en Allemagne, peut-être, mais à la télé américaine…

— Ce n'est pas de la télé, c'est HBO, a rappelé Beth.

— Écoute, je sais que les producteurs sont prêts à humilier ces pauvres filles à l'infini pour de l'audimat, mais je ne pense vraiment pas que l'Amérique soit prête pour la coprophagie. »

L'opérateur a finalement ouvert la lourde porte métallique et nous nous sommes déversés dans l'espace d'exposition. Il était bien plus petit que dans mon souvenir. Avant même le déchargement de notre cargaison, la galerie était déjà trop pleine. Nous avons tant bien que mal trouvé notre place dans la foule et nous nous y sommes fondus peu à peu. Contrairement à d'habitude, il y avait quelques célébrités mineures. J'ai remarqué Victor Oakridge riant aux éclats à l'autre bout de la pièce. Délaissant Beth et Micro, je me suis avancé vers lui.

Comme à son habitude, il était plongé dans une conversation avec deux autres vendeurs. Ils semblaient comploter pour dépouiller le jeune talent du moment.

« Excuse-moi, Vic, ai-je dit en le prenant par le coude. Si je pouvais te parler une minute en privé.

— Or, ne me touche pas s'il te plaît, a-t-il protesté tout en me suivant.

— C'est important. » Je l'ai pris à part et j'ai déroulé mon dessin de Rita. « Tu reconnais cette fille ?

— Fais-moi passer un test de paternité, je jure que je n'ai pas couché avec », a-t-il plaisanté. Je l'ai ignoré.

« Elle avait les cheveux longs quand je l'ai vue parler avec toi. »

Il a levé le dessin dans la lumière et j'ai vu sur son visage qu'il la remettait peu à peu.

« Or. » Le vilain critique Klein Ritter s'est glissé à côté de moi. « Je voulais te dire que...

— Plus tard ! » Je l'ai écarté pendant que Victor considérait le portrait.

« Mais demain le nouveau numéro de... »

Je lui ai hurlé dessus : « Casse-toi ! » Puis, me tournant vers Victor : « Tu la connais oui ou non ?

— Elle est ici ? » Il cherchait autour de lui.

« Non, qui c'est ?

— C'est la petite dernière des filles Wood. C'est quoi son prénom déjà ?

— Rita ?

— Non, ce n'est pas ça. Ça commence par un E, quelque chose comme Eustace ou Eudora, un nom d'héroïne de roman.

— Tu es sûr qu'on parle de la même fille ?

— Qu'est-ce qu'il y a, tu n'as pas foi en ton propre talent de portraitiste ?

— Non, c'est bien elle, mais...

— On n'oublie pas quelqu'un comme ça. La dernière fois que je l'ai vue, c'était il y a au moins un an, peut-être deux. Elle a une licence d'histoire de l'art et de muséologie. Elle était sur le point de prendre un gros poste de conservatrice assistante.

— Conservatrice ? Dans un musée d'art ?

— Plutôt des trucs genre arts traditionnels. C'était peut-être des collections textiles, quelque chose de pointu dans le genre. Elle s'y connaissait. Je me souviens avoir lu un de ses articles de recherche : 'La culture urbaine et l'art marginalisé'.

— Tu es sûr qu'on parle de la même fille ?

— Avec un petit rire sexy et un sens de l'humour plutôt trash.

— Ouais.

— Et, si je me souviens bien, un super cul. » J'ai acquiescé sans mot dire. « J'ai passé toute une semaine à essayer de la mettre dans mon pieu », s'est-il souvenu. L'espace d'un instant, j'avais l'impression d'avoir gagné le gros lot. J'avais couché avec et pas lui. « Tu le vends combien ? Tu l'as parfaitement saisie.

— Désolé, il n'est pas à vendre, ai-je répliqué en le lui reprenant des mains.

— Mais comment elle s'est retrouvée dans ton orbite ?

— Je l'ai rencontrée dans la rue. » Je ne voulais pas trop en révéler.

« Eh bien laisse-moi te dire que si tu cherches un raccourci pour ta carrière, tu es bien tombé. Elle a les diplômes, l'argent et des relations à plus savoir qu'en foutre. Qu'est-ce qu'elle devient ?

— Elle est avec sa famille en ce moment, ai-je résumé pour couper court à la conversation.

— En tout cas ça me fait plaisir de vous revoir ensemble tous les deux », a lancé Victor à quelqu'un derrière moi. Je me suis retourné : c'était June. Si je n'avais pas été ensorcelé par le noir sortilège de Rita, j'aurais probablement encore eu de la peine. Mais notre relation semblait appartenir à une autre vie. Elle portait une robe hors de prix gonflée au niveau de son buste, qui me paraissait étrange. Je me suis alors aperçu avec horreur qu'elle avait dû se faire refaire les seins.

« Il faut que je retrouve mon groupe » a dit Victor, en parlant de sa caste. Il a alors disparu.

« Je veux que tu saches, Or, que malgré le mal profond que tu m'as fait, je t'aimais vraiment et je pense qu'une partie de moi t'aimera toujours.

— Je suis désolé d'avoir détruit ton travail, ai-je répondu avec sincérité. Mais, par-dessus tout, je suis désolé d'avoir détruit la meilleure relation que j'aie jamais eue.

— Je te pardonne, a-t-elle déclaré avec une certaine formalité. Et je suis désolée d'avoir lacéré ton portrait des pêcheurs. D'ailleurs, j'ai toujours le Nageur que j'avais pris à l'expo de l'Entrance Art Gallery, si tu veux le récupérer.

— On n'a qu'à dire que c'est un cadeau de mariage. Il va bien avec celui que Barclay a acheté. » Je me suis tu, puis j'ai répété : « Je suis vraiment désolé d'avoir détruit tes tableaux.

— Regarde à quoi ça m'a menée. Jamais je n'aurais pu me payer ce mode de vie avec, a-t-elle pouffé. Tout s'est bien arrangé.

— Je t'en prie, ne dis pas ça. Je n'ai rien fait de plus atroce de ma vie. Tu as un tel talent et...

— Tu sais, être artiste c'est autant une affaire d'endurance que de talent, et moi, je n'en pouvais plus. »

J'avais envie de lui dire qu'elle renonçait à la grandeur de l'art pour des jouets et des distractions luxueuses, mais qu'est-ce que ça aurait changé ? Elle était mariée. Ils vivaient dans un univers de splendeur. Une fois au paradis, personne ne choisit de retourner en enfer.

Beth n'a même pas remarqué que je discutais avec mon ex. Elle était toujours occupée à moucheronner avec Microsoft.

« Voici Barclay ! » June a tiré le richissime avorton de l'épaisse masse huileuse comme un lapin d'un chapeau. Il a distraitement glissé sa petite main dans la mienne.

« C'est lui qui nous a présentés », lui a-t-il calmement rappelé.

Étonnamment, je n'avais plus envie de le tuer. La vie m'avait conduit à une étape totalement différente. Tout ce que je voulais désormais, c'était lui demander s'il était responsable du massacre chirurgical de la plus belle paire de seins que j'aie croisée.

« Bar ! » l'a appelé quelqu'un. Il s'est retourné et j'ai bien compris que le jeune fortuné était content d'avoir une excuse pour s'éclipser.

« Tu as entendu que Cali rentrait en Grèce ? ai-je demandé, faute de trouver un autre sujet.

— Ouais. Tu sais, la dernière fois que je l'ai vue, on s'est disputées.

— Ah bon, pourquoi ?

— Elle s'est pointée à mon mariage, elle s'est bourré la gueule et elle est venue me dire que j'avais largué le prince pour la grenouille. » J'ai rigolé. « Tu sais, je ne suis pas débile, Or. Tu es plus beau mais je ne t'ai pas quitté *toi*. C'est un mode de vie que j'ai laissé derrière moi. »

Je croyais qu'elle m'avait largué parce que j'avais détruit ses toiles, je n'ai donc pu m'empêcher de lui demander : « Tu m'as trompé, June ?

— Non, mais si j'avais su ce qui allait se passer, je l'aurais fait.

— Ça veut dire quoi ?

— Je disais simplement... Écoute, je voulais que tu saches que si jamais tu avais besoin d'aide ou d'argent...

— Et qu'est-ce que j'en ferais ? ai-je répliqué. Oh, je sais, je me paierais une paire de seins en plastique.

— Oh, tu crois que... ? a-t-elle commencé, comprenant que je parlais d'elle. Je suis enceinte, connard ! Et j'essayais juste d'être sympa. » Elle s'est retournée pour retrouver Barclay le Blindé.

Dès qu'elle est partie, j'ai eu envie de m'excuser. Elle s'était enchaînée à ce millionnaire poli mais chiant comme la pluie. Ce n'était peut-être pas un si mauvais deal, d'autant qu'elle avait connu son lot de privations. Mais pour moi, à cet instant, la passion, les retournements, les manigances et les paris risqués étaient ce qui faisait que la vie méritait d'être vécue.

Après avoir regardé les photos, j'ai retrouvé mon petit duo kitsch qui, ivres de narcissisme fragile, s'amusaient comme des petits fous. J'ai pris Bethsheba par le bras et je l'ai conduite vers l'espace voisin, plus vaste. Micro a suivi en continuant de lui parler. À chaque exposition, je cherchais la meilleure œuvre et j'essayais d'aller féliciter l'artiste. Selon moi, si on mettait de côté l'argent et la popularité, un compliment sincère de la part d'un pair restait une récompense importante.

L'exposition d'Elmer, bien qu'émoustillante au premier abord, n'était dans le fond qu'une resucée pathétique et immobile du principe de la caméra cachée. Une série de grandes photos intitulée *Vous savez comment on y va ?* montrait une magnifique blonde aux seins nus qui demandait nonchalamment son chemin à des passants. Le premier pigeon était un ouvrier du bâtiment qui essayait poliment de ne pas reluquer son énorme poitrine. La deuxième photo montrait un jeune flic qui semblait partagé entre faire appliquer la loi et profiter de la situation. *Mépris de classe* aurait été un titre plus approprié. Beth et Micro n'ont même pas remarqué la série, trop absorbés par leur conversation idiote où ils semblaient se parodier eux-mêmes.

L'exposition se poursuivait dans une autre salle. Une grande bannière annonçait : « Les sacrifices consentis par certains dilettantes pour admirer du 'Grand Art' ». La série de photos avait été prise dans un décor qui m'était familier. C'était à Dumbo et j'ai immédiatement reconnu la scène. Quand Bethsheba s'est soudain tue, j'ai compris qu'elle l'avait remarqué aussi. Une photo montrait une femme d'âge mûr suspendue à une corde devant une fenêtre. Sur une autre, un geek gardait un équilibre précaire sur une planche posée à trente mètres du sol. Et puis sur les deux tirages suivants, formats posters, nous nous sommes vus : Bethsheba qui allait passer par une fenêtre, la corde entre les mains, et moi qui avançais sur la pointe des pieds sur la poutre avachie au-dessus de la cour. Ce bâtard avait pris des photos en cachette pendant toute la journée.

« Le fils de pute ! » a soufflé Bethsheba.

Me laissant peut-être un peu emporter, j'ai arraché l'immense photo du mur.

« Mais qu'est-ce que vous foutez ! a crié quelqu'un pendant que je m'attaquais aux autres clichés.

— Elmer ! Roy !

— Qu'est-ce que tu branles avec mes photos ? » Un costard surmonté d'une tête peroxydée m'a immédiatement attrapé par derrière, me bloquant avec une clé de bras. J'étais encore courbaturé après une semaine à jouer du ciseau et je me préparais à une vive douleur. Mais en un instant, tout a changé. Bethsheba a traversé la salle en vol plané, atterrissant sur le dos d'Elmer comme un koala tueur et nous envoyant tous trois tête la première sur la table du buffet. Beth s'est relevée la première et s'est mise à donner des coups de pied dans les reins et les lombaires du sensationnaliste. Je me suis retourné et je lui ai balancé un coup de poing dans sa gueule de raie. Puis j'ai retenu Beth juste avant qu'elle n'abatte un lourd vase de marbre sur le gracieux crâne d'Elmer, ce qui l'aurait sans nul doute tué.

Tout le monde s'est amassé dans la petite salle.

Victor a ramassé une partie de la photo déchirée en s'écriant : « Je venais de l'acheter ! »

Puisque je connaissais une portion non nulle des spectateurs, j'ai pris la liberté d'essayer de me dédouaner. « Ce connard a fait risquer leur vie à des gens, tout ça pour prendre ses photos à la con. »

Puis, me tournant vers le galeriste, j'ai ajouté : « D'ailleurs, on va porter plainte contre cette galerie de merde parce qu'il n'a demandé aucune autorisation de diffusion.

— Je n'ai piégé personne, a-t-il protesté en se relevant et en essuyant le sang qui coulait de sa rhinoplastie improvisée. J'ai seulement mis des panneaux ! Si vous avez risqué votre vie, c'est uniquement à cause de votre propre connerie, bande de gogols. Et j'ai fait attention qu'on ne voie pas vos sales gueules sur les photos.

— Ça va être parfait pour mon article, a couiné Klein Ritter.

— La prochaine fois que tu fais un truc comme ça, ai-je hurlé sous le nez éclaté d'Elmer, sache que toi aussi tu mets ta vie en danger. »

Alors que Bethsheba et moi quittions rageusement les lieux, June m'a adressé un petit signe de tête compréhensif.

« Je suis désolé, lui ai-je dit au sujet de la vacherie que je lui avais sortie. Si tu peux me pardonner deux fois dans la même soirée...

— Pardonné », a-t-elle répondu, comme si elle tamponnait un papier.

Trop lâche pour nous rejoindre, Microsoft est resté tandis que Beth et moi dévalions les trois étages pour échapper à la police qui arrivait. Tout ce que je me disais, c'était que June devait penser que je m'étais donné pour mission de détruire les œuvres de tout le monde. On a marché jusqu'à la Onzième Avenue, où on a sauté dans un taxi. Peut-être parce que nous nous sentions tous deux idiots de nous être mis dans une situation où notre sublime stupidité avait pu être immortalisée sur pellicule, nous n'avons pas prononcé un mot. Quand le taxi s'est arrêté à l'angle de Delancey et Allen, j'ai sorti sept dollars pour partager la note. Avant que je puisse lui dire au revoir, elle m'a regardé, rouge comme une tomate, et a demandé : « Tu ne veux pas rentrer avec moi ?

— Je ne peux pas. J'ai une grosse deadline qui arrive. Peut-être après. »

Même si Rita avait un copain, je me sentais toujours engagé et, de toute façon, je ne pouvais pas coucher avec une autre fille avant de m'être fait dépister.

# 23

En descendant Allen Street ce soir-là, j'ai cherché des yeux ma muse toxicomane, même si on la disait dans le Vermont. Bien sûr, il n'y avait aucun signe de sa présence. Je l'imaginais affalée dans le hall sombre d'un immeuble sordide, complètement défoncée, en train de marmonner des pastiches profanes de poèmes classiques.

Il ne me restait plus qu'une journée pour poncer ma sculpture. J'étais complètement rincé après ma longue journée et les événements de la soirée, et je n'ai pu faire autrement que de m'écrouler sur mon lit. Serrant mon oreiller contre moi, en imaginant que j'avais Rita dans mes bras, je me suis endormi.

De bonne heure le lendemain, j'ai loué une meuleuse d'angle à Pearl Paint, avec du papier de verre de grains différents. Sur le chemin du retour, j'ai vu un journal qui annonçait les nouveaux chiffres du recomptage. Gore rattrapait son retard. Les votes de la Terre Sainte arrivaient.

J'ai sorti les vieilles rallonges de chantier du placard de Shade, je les ai branchées à la queue leu leu et je suis descendu à mon chantier. Puisque je n'avais pas de système d'aspiration pour la meuleuse, j'ai enfilé deux masques l'un par-dessus l'autre et une vieille paire de lunettes de protection. Plongé dans un nuage de poussière blanche, j'ai soigneusement poli les côtés de la pierre en commençant par du 60, tournant lentement autour de la sculpture pour ne pas perdre les proportions. Au fil de la journée, tandis que la pierre devenait plus lisse et que les marques du burin disparaissaient, je suis passé à un papier plus fin, avec un grain de 120. La sculpture gardait un aspect dégrossi, mais c'était raisonnable.

Il faisait chaud, aucun souffle de vent, et entre la poussière qui se dégageait de la pierre et les tours que je devais faire, je suais abondamment et ma peau me démangeait. J'ai continué à poncer sans m'arrêter et quand le soleil s'est couché, j'avais les bras en caoutchouc, avec la sensation que mes poignets et mes doigts blanchissaient.

Vers 20 heures, après ma douche, j'ai bu pas loin de huit litres d'eau glacée puis j'ai sombré dans un sommeil noir.

Un rêve dérangeant, avec quelqu'un de piégé, qui peine à sortir, appelle à l'aide, une fille dont je n'arrivais pas à voir le visage, mais pour qui j'avais une immense affection. Rita, évidemment.

J'ai émergé pour lâcher une pisse désespérée. Puis j'ai ouvert le robinet et j'ai découvert que pour une raison ou une autre l'eau était coupée. J'étais toujours épuisé, mais souffrant d'une pâteuse de l'espace, il fallait que je boive.

Il n'était qu'une heure du matin. Le bar en bas était encore ouvert et j'avais besoin d'enrôler des volontaires pour déplacer ma sculpture. J'ai attrapé le vieux peignoir en éponge de Shade et ses chaussons et je suis descendu.

« La Cour suprême de Floride est à majorité démocrate, expliquait Cecil à quelqu'un au comptoir. Si ça remonte jusqu'à eux, ils protégeront la démocratie. »

Pablo m'a jeté un coup d'œil depuis un coin de la salle, il était en train de discuter avec sa copine. Rien qu'à sa posture tendue, j'ai vu qu'il était sur la défensive. Était-ce à cause de la défaite de Nader ou de la victoire de Bush, ce n'était pas clair. L'élection présidentielle avait laissé des traces. Il y avait une demi-douzaine de bouquinistes que je connaissais qui discutaient et buvaient.

« Il y en a combien parmi vous qui pourraient m'aider demain ? ai-je lancé à la cantonade.

— Bah ouais, carrément, on attendait que ça, a ironisé quelqu'un.

— Je vous donne vingt dollars pour dix minutes de boulot.

— Quelle heure ? a demandé Pablo.

— À 13 heures, pour dix minutes.

— Ok, je peux t'aider », a-t-il répondu. Un silence est tombé et j'ai regardé les autres.

« Pour dix minutes, je peux aussi je pense », a dit Ike. D'autres ont accepté de me retrouver chez Shade le lendemain en début d'après-midi.

« Pourquoi tu as besoin de tout le monde pour dix minutes ? » a demandé Cecil.

J'ai expliqué que je voulais charger ma sculpture de chinois à emporter sur un chariot puis la hisser à l'arrière de mon van. Il a dit qu'il essaierait de venir. Sans un mot sur Gore, Nader ou l'élection, Pablo a fait signe qu'il aiderait aussi. Je les ai remerciés et je suis remonté me coucher.

Vers 9 heures le lendemain, j'ai pensé à la tâche monumentale que ce serait de livrer mon mini-colosse jusqu'à Long Island, d'amener la montagne à Moe Hammerman. Je me suis jeté dehors pour rendre la meuleuse et récupérer ma caution. J'allais avoir besoin du moindre cent.

Il faisait bon. On aurait dit qu'une journée de septembre s'était glissée dans le line-up de la mi-novembre.

Quand je suis rentré, j'ai été frappé par une angoissante révélation : une fois à Long Island, je n'allais jamais pouvoir extraire la sculpture de mon van seul. J'ai appelé Moe Hammerman à son bureau pour lui exposer le problème.

« Appelle l'Étoile de David. » C'était le nom du cimetière. « Demande Marty, c'est le fils d'un ami. Il pourra peut-être t'aider. Et je te rappelle, mon petit gars, qu'on avait dit que les frais de transport sortaient de ta poche. »

Je lui ai confirmé que ce n'était pas un problème.

« Ça donne quoi la sculpture ?

— Comme convenu, un carton de chinois à emporter dégrossi de soixante centimètres de côté.

— Ouvert en haut, a-t-il complété.

— Ouvert en haut ? Quoi ! Non... »

Il a explosé de rire. « Relax, relax. Je te fais marcher. » J'ai laissé échapper un petit rire nerveux. « Ça m'a l'air parfait. La cérémonie est prévue demain matin. J'ai fait venir tout le North Shore.

— Super, pensez bien à leur donner le nom de l'artiste.

— J'y manquerai pas. J'y vais tout à l'heure, juste après le boulot en début de soirée. Est-ce qu'on se croisera ?

— Non, je vais venir la déposer dans l'après-midi. » Avec mon van pourri, il fallait que je parte avant les bouchons.

« Ça marche, mais je ne paye pas tant que je n'ai pas vu le résultat, donc j'enverrai un chèque par la poste une fois qu'il sera passé sous les fourches claudines. » Je n'ai pas pris la peine de le corriger.

« Est-ce que le cimetière a été prévenu de la taille et de la forme inhabituelles de la pierre tombale ?

— Ouais, ça leur va. Une chance qu'on n'ait pas prévu plus gros. »

J'ai téléphoné au cimetière de l'Étoile de David et j'ai demandé à parler à Marty. On m'a passé un garçon avec une voix de fausset. Je lui ai dit que Moe Hammerman m'avait conseillé de le contacter et je lui ai expliqué mon problème en détail. J'avais besoin de quelque chose pour soulever la sculpture de mon van et la poser sur la tombe.

« Elle pèse combien la pierre ? a demandé l'administrateur à la voix pubère.

— Environ une tonne.

— On a une vieille grue à nacelle mais c'est plus ou moins un treuil. Ça devrait marcher, on s'en sert pour des pierres standards, mais ça fait longtemps qu'on ne l'a pas utilisée.

— Ça m'a l'air bien.

— Vous avez déjà opéré une New England 129 électrique à commande manuelle ?

— Non.

— Si vous voulez je vous la loue, et pour cent dollars je vous file un coup de main.

— Je vous en serais éternellement reconnaissant. » J'avais environ cent soixante dollars en poche. À cet instant, il m'est apparu que si je payais cinq mecs vingt dollars chacun pour charger la pierre dans le van, je n'aurais pas de quoi le payer lui.

« Vous serez là à quelle heure ?

— Vers 15 heures ça devrait être bon, ai-je répondu, plein de confiance.

— Ce serait bien si vous pouviez me payer en liquide », a soufflé le jeune Marty, me donnant l'impression qu'il faisait ça dans le dos de son boss. Je lui ai assuré que ce n'était pas un problème.

« C'est l'enterrement de qui ? »

J'ai précisé que c'était en fait l'inauguration du monument à la mémoire du défunt et je lui ai donné son nom.

« Alors on va faire comme ça : j'irai chercher le treuil et on se retrouve sur site à 15 heures. » Quand je lui ai avoué que j'étais un peu dans le flou quant à ma destination, il m'a donné des instructions détaillées pour venir depuis Manhattan puis pour retrouver la tombe dans le cimetière. Je l'ai remercié pour son aide précieuse.

Il était un peu plus de 11 heures et je mourais de faim. J'ai couru à la gargote à dim sum et j'ai emporté plusieurs beignets à la crevette. Totalement satisfait de ma logistique de transport de sculpture, je suis allé les déguster sur un banc d'Allen Street.

« Comment ça va, mon chou ? » Un vieux travesti reposait sa vieille carcasse sur un banc défoncé en face du mien. Son corps semblait rejeter les masses de silicone maladroitement injectées dans ses lèvres et ses joues. Avec le maquillage criard, la perruque et les vêtements, cela donnait le triste portrait d'un homme arrivé jusqu'aux portes de la féminité avant de s'en voir refuser l'entrée.

« Je t'ai vu avec Shady l'autre jour, a-t-il poursuivi.

— Ouais », ai-je répondu d'un ton sec. Ce coin me rappelait parfois le New York des années 70, une époque qui me manquait mais que je détestais. La ville était alors abordable mais j'en avais peur.

« Je t'ai pas vu à la cérémonie l'autre jour, a-t-il repris.

— Quelle cérémonie ?

— Pour Rita.

— Qu'est-ce qu'elle a Rita ? » Je me suis arrêté de manger.

« Son copain a organisé une cérémonie en sa mémoire l'autre jour. Je vous ai vus discuter après.

— Qu'est-ce que tu racontes putain ? » J'avais l'impression de vivre un effondrement monumental.

« La fille qui travaillait ici, Rita. Crois pas que je t'ai pas vu en train de la draguer. » Il souriait.

— Qu'est-ce qui lui est arrivé ?

— Overdose. On l'a retrouvée morte.

— Quand ça ?

— Il y a quelques jours. Il y a toute une cargaison frelatée qui a circulé. Il y a eu genre six morts à Jersey City. C'était la seule de Manhattan.

— Qui l'a retrouvée ?

— Louie, son mec.

— Lou ? » J'ai reconnu le nom. C'était comme ça que s'appelait le gamin maigrichon et boutonneux qui m'avait posé toutes ces questions débiles la dernière fois que j'étais venu. Je me suis souvenu de la lèvre enflée et du coquard de Rita. Elle avait dit que c'était une prostituée qui l'avait frappée, mais elle me laissait entendre que son copain était un gangsta, elle semblait avoir peur de lui.

« Rita et lui étaient ensemble depuis le lycée. » Je me souvenais qu'elle prétendait que son mec s'appelait Lucas.

« Quand est-ce qu'elle est... morte ? ai-je demandé, peinant à prononcer le mot, résistant à l'idée.

— Il y a genre deux ou trois jours. Quand t'étais là avec Shade. »

Ça devait être le lendemain du soir où je l'avais vue pour la dernière fois.

« C'est toi le peintre, s'est souvenu le travesti. Je me rappelle quand tu m'as dessiné.

— Ouais », ai-je répondu d'une voix blanche. Pas étonnant que Lou m'ait fait croire qu'elle était dans le Vermont. Je l'aurais éclaté direct.

« Hé, s'est écrié le tox. Tu pourrais peut-être peindre une fresque à sa mémoire.

— Il travaille au programme d'échange de seringues, ce Lou ?

— Il travaille au Centre de prévention des risques, m'a-t-il corrigé, avant d'ajouter : il prévient les risques.

— Sur l'Avenue C et la Troisième Rue ?

— Ouais, c'est bien ça. Tu aurais une cigarette, mon chou ? »

Je n'en avais pas mais je l'ai remercié et je suis allé récupérer mon vélo. L'argent que j'avais donné à Rita, elle l'aurait trouvé de toute façon. Si quelqu'un était responsable de sa mort, ça devait être ce petit con. Je pédalais furieusement et, alors que je passais devant le Tenement Museum, des larmes me sont montées aux yeux. J'ai décidé à cet instant que j'allais le tuer. Grillant les feux rouges et traversant les rues encombrées, je laissais ma rage monter et je cherchais une brique ou autre chose pour lui fracasser le crâne.

La mort était le plus fascinant des tours de magie. Comment les gens pouvaient-ils passer de quelque chose – et à mes yeux elle était presque tout – à absolument rien en un clin d'œil ?

Quinze minutes plus tard, je déboulais sans prévenir au Centre de prévention des risques, bien décidé à en faire courir quelques-uns à ce Lou. À l'intérieur, je suis tombé sur une jolie photo encadrée de Rita qui avait dû être prise quelques années plus tôt. Elle était accompagnée d'une légende : *Rita Wood 1975-2000*. Elle était jeune et belle et rien qu'en la regardant, je savais qu'elle ne pouvait alors pas imaginer prendre de l'héroïne un jour.

« Je peux vous aider ? a demandé un vieux monsieur latino avec un air assez discernable d'ancien taulard.

— Je cherche Lou.

— Il ne travaille pas aujourd'hui, a prétendu l'autre.

— Oh mais si, est intervenue une femme. Il est derrière.

— Est-ce que je peux lui parler une seconde ? » J'essayais de me contenir.

« Bien sûr », et elle a crié d'une voix chantante : « Louie ! »

Je lui ai adressé un sourire. L'instant d'après est apparu Lou, le freluquet qui ne devait pas peser plus 70 kilos tout mouillé. Il devait mesurer 1 mètre 75 et portait des lunettes à monture métallique et une petite boucle à l'oreille droite.

« C'est toi l'artiste, m'a-t-il reconnu. On était en train de regarder CNN. Non mais t'as vu tout ce bordel autour de l'élection ? » On s'est serré la main. Je ne pouvais pas me le faire tout de suite car les autres allaient venir à son secours. Je ne comptais pas non plus tourner autour du pot.

« Tu ne m'as pas dit que Rita était morte. »

Il a bafouillé.

« Oh, je... Viens, on va faire un tour. »

Il est sorti et je l'ai suivi.

Un bloc plus loin, il s'est lancé : « Je sais que ça paraît affreux. J'avais vu tes dessins, mais je savais qu'elle n'était sûrement pas dans une relation stable. J'ai simplement pensé que si tu n'avais pas une trop grande connexion avec elle, je te rendais service en ne te disant rien.

— Mon cul ouais, ai-je répliqué pour donner le ton. Tu essayais de me balader.

— Elle est morte. Je voulais t'épargner.

— Où elle est ? » Je voulais voir son corps.

« Elle a été incinérée hier. Ses cendres ont été dispersées dans l'océan. » Je ne pouvais pas concevoir qu'une personne aussi vive, originale et complexe ne soit plus.

« Elle m'avait dit qu'il y avait un peintre dont elle était en train de tomber amoureuse, a-t-il dit doucement. Moi aussi je l'aimais.

— Mais tu lui mettais quand même sur la gueule ? ai-je répliqué férocement.

— N'importe quoi !

— Elle m'a dit que tu l'avais tabassée ! ai-je hurlé en le collant contre une porte.

— C'est pas ce que tu crois », a-t-il bredouillé.

Je lui ai balancé un coup de poing à la mâchoire qui a fait sauter ses lunettes. Il a voulu m'attraper le bras mais j'ai continué de le cogner, les yeux remplis de larmes.

« J'essayais de la retenir d'acheter de la drogue ! a-t-il crié en se couvrant la tête. Je ne l'ai jamais tabassée ! La seule fois où on s'est battus c'est quand j'ai essayé de l'empêcher de se défoncer. *Tu* lui as acheté sa drogue ! C'est toi qui l'as achetée !

— Elle t'a dit ça ? » Je me suis arrêté. Les larmes m'aveuglaient.

« Ouais. » Il a relevé la tête. « Elle m'a dit que tu lui achetais son héro quand personne ne voulait le faire. » Il s'est interrompu, tremblant, et s'est redressé. « Je la connais depuis qu'on est gamins, on est allés à la fac ensemble et on est venus ici ensuite.

— Elle disait que c'était toi qui l'avais initiée.

— Arrête ! Pas du tout. » Reprenant son souffle, il a regardé s'il saignait de la lèvre. « On a essayé des trucs à la fac, mais je n'ai jamais été accro. En arrivant ici, j'ai commencé à bosser au programme d'échange de seringues. Puis elle s'est engagée aussi et elle s'est mise à consommer…

— Écoute, l'ai-je coupé, sentant monter le dégoût et la culpabilité. Je n'ai pas envie de savoir. Je veux juste récupérer mon carnet.

— Est-ce que je peux te racheter les croquis ? a-t-il demandé d'une voix timide.

— Jamais de la vie ! Pas moyen.

— Bon, alors viens. » Je l'ai suivi sur quelques blocs jusqu'à un immeuble rénové mais merdique. Il a ouvert sans mot dire une lourde porte métallique. Je l'ai accompagné dans l'escalier puant et étroit jusqu'à son appartement du deuxième. Quand il a ouvert la vieille porte en bois, j'ai immédiatement su que c'était là que Rita avait vécu. Il y avait des photos d'eux enlacés sur les étagères.

Les dessins que j'avais frénétiquement produits à la chaîne au milieu de nos nuits fiévreuses s'alignaient sur les murs du salon, soigneusement encadrés. Dans une pièce au fond, j'ai remarqué une pile de cartons.

« C'était sa chambre ? » Il a fait oui de la tête.

Je suis entré sans demander. Il y avait un oreiller posé sur un carton. Je l'ai pris et j'ai inspiré profondément son odeur. Elle était là.

« Et elle est morte dans… » Je n'arrivais pas à parler.

« Je l'ai retrouvée là, a-t-il dit en pointant tristement le sol. Au moins ce n'était pas dans la rue ou dans un hall d'immeuble.

— Et comment…

— C'était un mauvais mix. Je pense qu'elle est partie vite. Elle avait les yeux ouverts. Elle avait l'air paisible, comme si elle n'avait pas souffert.

— Je n'arrive pas à y croire. » Je me suis laissé tomber dans un fauteuil.

« J'ai essayé de la protéger. Tous les copains avec qui je travaillais demandaient aux dealers de ne rien lui vendre. Je ne lui donnais pas d'argent.

— Je lui ai filé quatre cents dollars. »

Il m'a regardé pendant un temps infini. Il ne pouvait pas me faire sentir plus mal que je ne l'étais.

« Ce n'était qu'une question de temps, a-t-il fini par lâcher, miséricordieux.

— C'est l'univers qui est comme ça, ai-je décidé. Tu trouves l'amour de ta vie et il faut que ce soit une toxico complètement cinglée. » Dans la mesure où il s'agissait de sa copine, la remarque était sans doute un brin déplacée. « Elle disait qu'elle pouvait décrocher si elle voulait, mais elle ne le faisait jamais.

— Il y avait une raison, a-t-il fini par dire.

— Ah oui, c'est vrai, ai-je ricané en repensant à sa *raison* pourrie. Elle était atteinte par un mal mystérieux et l'héroïne en était le remède miracle.

— Il y a deux ans, on lui a diagnostiqué une leucémie lymphoblastique aiguë. Une LLA.

— LLA ? » Tout ce que j'avais compris, quand elle m'avait parlé de sa maladie c'était : « elle est là ». Je croyais qu'elle essayait de la personnifier.

« C'est une tumeur au cerveau. Traitable chez les enfants. Fatales chez les adultes. Il n'y a pas beaucoup de symptômes. On saigne des gencives, on a la peau qui marque plus facilement.

— Une tumeur au cerveau !

— Le neurologue lui avait donné six ou huit mois, un an au plus. Là, ça faisait deux ans qu'elle se shootait à l'héroïne. Elle était convaincue que c'était ça qui la faisait tenir.

— Elle a commencé à se piquer après le diagnostic ?

— Pas tout à fait. Elle avait commencé par sniffer, puis se shooter le week-end. Tu te fais un petit sachet le samedi et le dimanche, tu frissonnes un peu le lundi et le mardi. Une désintox express, comme elle disait. On le faisait tous les deux, mais ce n'était pas bien méchant. On maîtrisait. Elle était à la fac à l'époque. C'est après son diagnostic qu'elle s'y est mise sérieusement. »

Tout s'expliquait. Elle était en stade terminal. Pourquoi serait-elle allée s'inquiéter du sida ou d'être accro ? Un an plus tard elle serait morte de toute façon. C'était un magnifique petit doigt d'honneur à la mort.

« On pourrait se dire qu'avec un an ou deux à vivre, on irait plutôt faire un voyage autour du monde, ai-je dit à Lou.

— Elle en a fait des voyages autour du monde, avec sa famille. Elle a tout fait, elle est allée partout. Je pense qu'elle essayait de trouver un endroit qu'elle n'avait jamais vu.

— Mais qui a envie de visiter l'enfer ? ai-je demandé à voix haute.

— Je crois que personne ne le prévoit. Elle s'est enfoncée peu à peu et puis elle a commencé à changer.

— Sa famille a réagi comment ?

— Sa mère était dévastée. Elle a essayé de l'aider mais Rita la repoussait. Ils savaient qu'elle se piquait. Ils m'envoyaient de l'argent pour elle mais je ne lui donnais pas de liquide. Alors elle a commencé à prendre des trucs dans la maison. Après avoir vendu le magnéto et la télé, elle s'est prostituée. Quand je m'en suis aperçu, je lui ai promis que je paierais ses doses, mais je crois qu'elle était entrée dans un personnage bizarre, qu'elle était devenue quelqu'un d'autre. Je l'ai surprise une ou deux fois en train de tapiner, j'ai essayé de l'en empêcher. C'est là qu'on a eu ces disputes horribles.

— Je l'ai vue mal en point une ou deux fois. Je croyais que tu lui mettais sur la gueule. » J'ai souri. « Elle laissait entendre que t'étais un gros Black ou un gangster latino. »

Il a rigolé. « Elle était plus grande et probablement plus forte que moi. Elle m'a déjà cassé une bouteille sur la tête. » Il a désigné une cicatrice qu'il avait sur le front. « La seule fois où je lui ai fait une marque sur la peau, c'est quand j'ai essayé de l'empêcher de sortir. Elle revenait toujours. » Il s'est mis à pleurer doucement.

« C'est de ma faute. Je lui ai donné l'argent pour se tuer, ai-je lâché. J'aurais dû faire ce que tu as fait, mais j'étais insatiable, je la voulais avec moi, je voulais son amour. » Il a détourné le regard dans une direction, puis une autre. J'enviais tout le temps qu'il avait passé avec elle.

« Elle disait que sa recherche quotidienne d'héroïne était un boulot à temps plein. » Il s'était ressaisi. « Ça remplaçait sa peur de la mort. Je regrette juste de l'avoir vue au plus bas. À gratter de la nourriture. Faire la manche. Racoler.

— Je regrette de ne pas l'avoir connue avant tout ça, ai-je renchéri. Mais elle n'aurait probablement rien voulu avoir à faire avec quelqu'un comme moi. »

L'un de mes croquis accrochés au mur la montrait nue, tordant son corps fiévreusement à la recherche d'une veine.

« Je suis tellement heureux que tu aies fait ces dessins, a-t-il dit en les observant. Je les regarde la nuit. Tu l'as vraiment saisie. » Il a commencé à les décrocher et les ranger en une pile nette. « Ses gestes, ses expressions : tu as capturé tellement plus que n'importe quel appareil photo. Quand elle me les a montrés, c'était la première fois que je la voyais aussi en joie depuis une éternité. »

Il les avait encadrés si joliment dans des châssis en pin brut et accrochés si harmonieusement dans la maison que j'avais l'impression d'être dans un petit musée. C'était évident qu'ils étaient bien plus qu'un objet de décoration. Ils l'aidaient à surmonter sa mort. Si l'art pouvait avoir une fonction plus noble que celle-là, je n'arrivais pas à l'imaginer.

« Laisse tomber, ai-je dit alors qu'il peinait à décrocher le fil de fer à l'arrière de l'un des cadres. Je te les laisse. »

Je me suis levé. Il était l'heure d'aller déplacer la pierre tombale.

« Attends, a dit Lou. Tu veux voir comment elle était avant ? »

Il a pris un gros album photo sur l'étagère et a tourné les pages de plastique. Les photos devaient dater d'une dizaine d'années. Des images de Rita en adolescente maigre défilaient : en train de rire, de nager, de skier, de faire un bras de fer. Je ne pouvais m'empêcher de lui sourire.

« Tiens. » Il a pris une photo dans l'album et me l'a tendue. Elle y faisait son inimitable moue si adorable. C'était parfaitement elle. On s'est serré la main et je suis parti.

# 24

Une vie entière était passée et quand je suis enfin arrivé au loft, j'étais mort à l'intérieur. Tout désir, tout intérêt avait disparu, me laissant dans une sorte de désert mental. J'étais encore dans le déni, mais c'était sans nul doute un deuil. Il m'a fallu une dose invraisemblable de volonté ne serait-ce que pour monter l'escalier. Je devais inlassablement repousser cette pensée récurrente : je ne reverrais plus jamais Rita. La douleur avait figé mon cerveau et le gavait d'une énorme tambouille insipide. J'avais l'impression qu'une vie entière ne me suffirait pas à digérer.

Je me suis arrêté devant ma fresque de Rita tiraillée entre deux enfers. Coincée là pour l'éternité.

J'ai sorti de la peinture et j'ai commencé à travailler sur les tableaux des nageurs, mais je n'y étais pas. Mon regard se perdait sans cesse vers la fresque de Rita. J'essayais de me reprendre, de basculer vers un mode d'autoprotection, de me bâtir une forteresse solide en empilant des constats froids : je n'étais pas si proche d'elle. Je la connaissais à peine. Elle ne m'avait jamais confié ses secrets. Elle n'en avait jamais rien eu à foutre de moi. Elle m'utilisait. Comme une prostituée typique. Je n'aurais jamais dû lui parler. Elle m'avait dit qu'elle m'aimait uniquement pour que je continue de lui donner de l'argent.

Puis je me rendais compte que je ne la reverrais plus jamais, et toutes ces idées soigneusement disposées s'effondraient. La porte s'est ouverte derrière moi.

« Non mais tu as vu ce qui se passe avec cette putain d'élection ? » C'était la voix de Lynn, mais je ne pouvais détacher mon regard du visage de Rita.

« Ça va, Or ? » Elle s'est approchée doucement.

« La fille qui a posé pour ce tableau vient de mourir, ai-je articulé lentement. Elle avait vingt-cinq ans.

— C'était la fille que tu voyais ?

— Ouais.

— Elle est morte de quoi ? a demandé Lynn d'une voix douce.

— Overdose. » Elle m'a serré dans ses bras pendant un moment. « Aussi, elle avait peut-être le VIH et on a couché sans protection.

— Merde, Or...

— Je l'aimais.

— Si tu avais été séropo, elle aurait couché avec toi sans capote ? » Je n'ai rien dit. « Si j'avais le VIH et que je tenais à quelqu'un, je n'accepterais pas de coucher avec sans protection.

— Qu'est-ce que tu veux, je n'ai jamais autant aimé quelqu'un.

— C'était vraiment elle que tu aimais ?

— Pourquoi tu me demandes ça ?

— Parfois on tombe amoureux d'une idée plutôt que de la chose elle-même.

— Je n'arrive pas à me dire que je ne la reverrai plus. » Lynn m'a pris encore dans ses bras jusqu'à ce que l'interphone sonne.

« C'est aujourd'hui le grand jour où tu livres ta sculpture, non ? a-t-elle demandé.

— Ouais, j'ai fini hier soir. » Je me suis alors souvenu que c'était l'heure d'y aller. Ce devait être un de mes copains de livraison qui avait sonné. J'ai nettoyé ma palette et plongé mes pinceaux dans l'eau.

« Tu as terminé ! s'est-elle exclamée, tout excitée, en tapant dans ses mains. C'est super. Tu vas prendre des photos ?

— Je n'ai pas le temps.

— Tu veux que je descende en faire quelques-unes ? Il t'en faut pour ton portfolio. C'est le genre de truc qui aide beaucoup à obtenir des bourses. »

J'ai souri parce que je ne comptais plus le nombre d'œuvres que j'avais produites et vendues sans jamais savoir où elles avaient fini par atterrir.

« Avec plaisir », ai-je finalement dit. Après tout, bon an mal an, j'avais réalisé ma première et, je l'espérais, dernière sculpture. Elle a attrapé son appareil photo et elle est descendue en courant.

L'instant d'après, Pablo est entré. Il avait l'œil droit poché, la narine rougie et la lèvre ouverte.

« Il y a quelqu'un d'autre en bas ? lui ai-je demandé.

— Pas que je sache.

— Mais qu'est-ce qui t'est arrivé ?

— Bush. » Il a eu un sourire triste.

« Bush t'a frappé ?

— Je me suis battu avec Cecil.

— Quand ?

— Un peu avant qu'ils enregistrent le dernier décompte du comté de Broward mais après qu'ils ont officiellement arrêté de redépouiller dans celui de Miami Dade.

— Tu déconnes !

— Bah ouais, je déconne. C'était hier soir, ducon ! Juste après ton départ. » Il a regardé dans le vide. « Ce con de Nader n'a même pas eu ses pauvres 5 %.

— Je suppose que Cecil ne nous rejoint pas.

— Probablement pas », a-t-il admis alors qu'on s'engageait dans l'escalier. Il fallait vraiment que cette journée se termine. Il était 13 heures passées et personne d'autre n'était là.

« Je suis sûr que d'autres vont arriver, a-t-il dit pour tenter de me consoler.

— C'est juste que j'ai un planning serré. J'ai un type qui m'attend à l'autre bout avec un treuil pour m'aider à déplacer ce générateur de hernie.

— Et si on essayait de le bouger ? » a-t-il proposé.

J'ai couru chercher mon diable que j'avais laissé dans le loft. Lynn avait fini de photographier l'œuvre. Elle nous a aidés : on a chacun attrapé un angle du petit carton de pierre et on a essayé de le soulever. Au prix de beaucoup de grognements et de jurons, nous avons réussi à déplacer le monolithe de quelques centimètres seulement. La sculpture d'albâtre était bien plus lourde qu'il n'y paraissait. Au bout de quelques minutes supplémentaires à haleter et râler, tout ce qu'on avait réussi à faire, c'était se flinguer le dos. Même si on avait pu la pousser au bord de la marche sur laquelle elle se trouvait, elle aurait sans doute basculé et nous aurait écrasés. Lynn devait partir bosser et nous a souhaité bonne chance. Nous avons décidé d'attendre que d'autres copains arrivent. Pour ne pas perdre de temps, Pablo m'a aidé à décharger tout le bordel accumulé dans mon van au fil des années. On l'a relocalisé temporairement dans le loft de Shade.

Au milieu du fatras, j'ai découvert un nombre infini de carnets remplis de brouillons et des toiles désencadrées que j'avais peintes, rangées et oubliées depuis des années. Je n'en revenais pas du volume de peintures et de dessins que je croyais avoir perdus ou vendus. La plupart étaient des études de New York, des reliquats de diverses séries peintes au cours de la dernière décennie. Des œuvres que je me rappelais à peine avoir faites et que j'étais heureux de recroiser, comme de vieux amis. Ensemble elles formaient une impressionnante chronique, assez cohérente, d'une ville vivante, mouvante. Des vues de gratte-ciel à des saisons et sous des lumières différentes. Des vélos attachés à des poteaux. Des sans-abri dormant dans des campements en carton autour de la mairie et dans le New York Coliseum avant sa démolition. Divers sentiers de Central Park entourés de lointains immeubles. Des passagers emmitouflés, entassés à l'heure de pointe dans le métro, et ainsi de suite.

Alors qu'on déchargeait tout ça, Pablo a fini par m'avouer que ce n'était pas Cecil qui l'avait cogné. Après les annonces décevantes tombées dans la soirée, il s'était disputé avec sa blonde, laquelle avait dégoupillé. Il s'avérait qu'elle n'était pas croate mais serbe et que selon elle, bon Dieu de merde, Milosevic était un héros de la nation. Le ton était monté et elle lui en avait collé une.

« Ce n'était pas ton jour, niveau politique. »

Le van était maintenant vide, le moteur n'aurait donc d'autre poids à supporter que celui de la sculpture. J'étais soulagé que Shade ne soit pas là. Je savais qu'il ne m'aurait jamais pardonné d'avoir dilapidé toute son avance, tout ça pour que Rita finisse emportée par une dose d'héroïne mal coupée.

« Bon, fait chier, a lâché Pablo après avoir monté le dernier chargement de livres et de toiles sur le diable. T'as combien sur toi ?

— Je peux te payer un peu plus tard ? Je suis un peu short là.

— Dis-moi combien tu as. »

Je ne savais pas s'il voulait lancer son propre mouvement politique ou faire appel à quelqu'un pour nous aider. J'ai compté tout le fric que j'avais en poche : six billets de vingt, trois de dix, deux de cinq et six de un. 166 dollars. C'était toute ma fortune.

« Viens. » Il m'a entraîné dehors. Il avait une idée de génie mais n'était pas prêt à la partager. Je l'ai suivi jusqu'à l'une des nombreuses petites aires de chargement où nous sommes tombés sur un Chinois qui mâchait son chewing-gum assis dans une chargeuse.

« Tu parles anglais ? » a demandé Pablo.

Le type nous a regardés sans rien dire. Pablo a sorti les plus petites coupures et les a agitées devant le conducteur. « Vingt dollars.

— Vous voulez quoi ?

— Vingt dollars et tu viens nous aider cinq minutes. » Pablo a tendu cinq doigts.

« Non. » Il a repris sa position et sa mastication.

Pablo a couru vers la zone de chargement suivante. Un type conduisait un chariot élévateur à fourche, également connu sous le nom de transpalette, et montait des palettes en bois chargées de nourriture.

« Tu veux te faire du cash ? » lui a demandé Pablo. Le type l'a ignoré.

« C'est bien un chariot comme ça qu'il nous faut », ai-je confirmé à Pablo tandis qu'on continuait de chercher. Nous avons trouvé un autre travailleur clandestin qui venait de finir de charger de grandes palettes de nourriture emballées dans du film plastique.

Pablo a agité vingt-cinq dollars en petites coupures et dit : « Juste trois minutes. Tu nous aides maintenant et c'est pour toi.

— Combien ? a demandé le type.

— Vingt-huit dollars. » Pablo les a recomptés. « Trois minutes.

— Cinquante dollars », a sifflé l'autre type. Le capitalisme abolissait décidément toutes les frontières.

« Va chercher ton van, m'a dit Pablo en complétant la somme avec mes billets. On te retrouve chez toi. »

J'ai couru jusqu'à mon van et je suis revenu en trombe pour me garer sur une place livraison en face de mon immeuble.

Pablo et le mec au chargeur Nissan m'attendaient.

« Bush va expulser tous les immigrés clandestins, disait Pablo au conducteur. Tu verras.

— Bush mauvais ? » a demandé l'Asiatique. Je sentais qu'à l'instar du nouveau président, il n'avait pas plus de dix mots de vocabulaire en anglais.

« Oui, Bush mauvais.

— Non, Bush bon, a répondu l'autre dans un éclat de rire.

— Laisse tomber », ai-je marmonné en ouvrant le grand portail métallique qui menait à l'arrière de l'immeuble. Le camarade a démarré son véhicule comme une auto-tamponneuse et emprunté l'étroit couloir qui menait à l'escalier de secours. Il a monté les fourches de son chariot à deux mètres et demi de haut, ce qui permettait heureusement d'atteindre le premier palier où se trouvait la sculpture. Pablo et moi avons ensuite poussé la pièce, la laissant en équilibre sur un angle pendant que le conducteur avançait, glissant les deux longues fourches en dessous. Une fois la sculpture bien installée sur le chariot élévateur, il a fait marche arrière. Mais de retour dans la rue, j'ai vu que mon van était serré par deux camions de la poste. Il était clair qu'il ne pourrait pas faire passer l'emballage d'albâtre par la porte arrière.

« Il va falloir que tu fasses une manœuvre, a remarqué Pablo, soulignant l'évidence.

— En fait, s'il met la sculpture à l'arrière, tout le poids va être concentré vers le cul de la camionnette, ai-je soudain compris. Les pneus risquent de se dégonfler et le carton peut glisser quand je monterai une rampe. Alors que s'il le pose là, ai-je poursuivi en désignant le toit, il sera mieux centré et j'aurai plus de puissance.

— Mais le toit va s'enfoncer.

— Non, non, il est renforcé. Les barres en acier sont fixées au châssis. Le plombier qui me l'a vendu pouvait trimballer des baignoires et des chaudières en même temps. » Pablo a admis que ça valait la peine d'essayer.

Le pilote de transpalette s'est avancé sur le trottoir jusqu'à se trouver perpendiculaire au van, puis il a lentement élevé la sculpture aussi haut que possible, soit à peu près trois mètres et demi. Le bas de la fourche frottait le toit de la camionnette.

« Une seconde », ai-je crié avant qu'il la redescende. Sur le trottoir, j'ai trouvé une vieille palette que quelqu'un avait balancée. Je l'ai disposée entre les barres d'acier et j'ai fait doucement glisser la sculpture dessus. Quand l'opérateur a abaissé la fourche, les planches se sont brisées en deux et se sont pliées vers l'intérieur, tout comme les barres d'acier – mais ça tenait.

« On dirait un œuf carré dans un nid, a fait remarquer Pablo, mais j'ai l'impression que ça ne bougera plus.

— On va prier pour que ça tienne, ai-je marmonné dans ma barbe.

— Et tu as quelqu'un qui t'aide à le descendre à l'arrivée ? a redemandé Pablo.

— Ouais, normalement. »

Pendant qu'il surveillait mon van, j'ai couru à la quincaillerie et j'ai acheté environ dix mille mètres de cordes de chantier. On a passé une demi-heure à ligoter la pyramide inversée. Une fois qu'on a terminé, Pablo a posé plusieurs questions épineuses : « Tu crois vraiment que ton van va tenir le coup jusqu'à Long Island ?

— Il roule pas trop mal en ce moment.

— Tu ne penses pas qu'il vaudrait mieux rouler de nuit quand il n'y a personne sur la route ?

— Je dois y être avant la fin de l'après-midi si je veux que le mec m'aide à la descendre.

— C'est juste que je ne voudrais pas que ça devienne ta pierre tombale à toi, a-t-il plaisanté avant de courageusement proposer : Tu veux que je t'accompagne ?

— J'aimerais bien, mais le van ne peut pas supporter de charge supplémentaire. »

Je l'ai remercié pour sa gentillesse. J'avais pensé prendre la route à 13 heures 30. Il était 14 heures. Avec un peu de chance, si je ne me perdais pas trop, je pouvais être au cimetière à 15 heures et Marty pourrait m'aider à descendre le monstre.

« Et tu rentreras avec combien ?

— À peu près 6 000 dollars. » L'espace d'un instant, je me suis autorisé à rêver du van de Cali, et après avoir remboursé Shade, il me resterait encore de quoi payer ma dette de stationnement. Une nouvelle vie m'attendrait à mon retour.

En inspectant une dernière fois ma vieille Chevy, je me suis aperçu que j'étais posé directement sur le châssis. Les amortisseurs étaient quatre poings serrés et les vieux pneus étaient enflés en bas. J'ai mis le contact et passé la première. J'ai délicatement touché la pédale et le van a démarré laborieusement. Alors que je remontais Orchard Street, le moteur a râlé comme un poitrinaire. Et c'est reparti, semblait-il soupirer par son grincement mécanique. J'ai tourné sur Delancey, je roulais maintenant à 45 kilomètres/heure. Tout semblait aller. Si la circulation sur le pont de Williamsburg me faisait perdre mon élan, j'étais baisé. Malgré le passage de quatre à deux voies, j'ai vu une rangée de voitures qui avançaient en un convoi régulier comme si elles étaient sur un lent tapis roulant menant à Brooklyn. J'ai pu garder le pied sur l'accélérateur et monter sur le dos de ce dinosaure d'acier, direction Williamsburg.

Le moindre nid-de-poule, la moindre crevasse, le moindre écart entre les grandes plaques métalliques et la chaussée et j'entendais un énorme bruit sourd au-dessus de ma tête. Une fois sur le pont, j'ai pu accélérer jusqu'à environ un tiers de la traversée de l'East River. Puis j'ai tapé une bosse ridicule. J'ai entendu un terrifiant froissement derrière moi. C'était comme si la main de Dieu était descendue des cieux pour écraser mon van telle une canette de bière. Tout le monde roulait au pas. J'ai ensuite entendu un crissement démoniaque et j'ai soudain pris conscience d'un nouveau rai de lumière qui se projetait sur le tableau de bord. En relevant la tête, j'ai constaté que le toit s'était déchiré. J'avais une vue sur le ciel bleu. Le poids de la pierre l'avait fait céder. Une plaie triangulaire de près d'un mètre fendait le wagon que j'avais peint sur le plafond métallique. À chaque cahot, la pierre glissait un peu plus. J'ai bientôt eu peur qu'elle tombe. Si ça se produisait, elle traverserait le plancher et couperait en deux ma transmission.

C'est alors qu'un deuxième événement inconcevable s'est produit. Tandis que je continuais de gravir la pente en pétaradant, une voiture a pilé à environ trois mètres de moi. J'ai immédiatement compris que si je m'arrêtais aussi, ce serait la fin. Avec tout ce poids et cette pente, je n'allais jamais pouvoir redémarrer. J'ai ralenti autant que j'ai pu et j'ai commencé à prier. Deux mètres et demi, deux mètres, un mètre cinquante, un mètre vingt, un mètre, cinquante centimètres et, pile au moment de l'impact, il a redémarré. J'ai appuyé sur l'accélérateur et j'ai continué de grimper, prenant progressivement de la vitesse. Ma vaillante petite auto livrait son ultime bataille.

Je ne suis plus passé aussi près de la catastrophe durant la suite du trajet, mais les menaces étaient toujours présentes. J'ai roulé au pas sur diverses voies rapides, bien plus lentement que les voitures qui m'entouraient. La seule fois où la circulation s'est arrêtée, j'ai pris la bande d'arrêt d'urgence, sous le regard dégoûté de mes frères automobilistes. J'avais trop peur de freiner avec une telle masse sur le toit. Après m'être un peu perdu sur la rive nord de Long Island, je suis enfin arrivé au lieu du repos éternel des restaurateurs juifs et de leur clientèle.

J'ai repris les instructions et j'ai roulé dans les allées ondoyantes et bordées de verdure du cimetière jusqu'à ce que je le voie, cet étrange trépied rouge actionné par des petits leviers. Je me suis garé à côté et j'ai regardé l'heure. J'étais en retard et Marty le *smooth operator* n'était pas là. Pendant dix minutes, j'ai essayé de tirer sur des poignées à boule noire et d'appuyer sur les boutons verts et rouges de la machine. Rien ne se passait.

« C'est vous que j'ai eu au téléphone ? m'a demandé un gars dégingandé d'une vingtaine d'années en sortant de derrière un mausolée.

— Ouais, tu peux faire marcher ce truc ?

— Vous avez le cash ? »

J'ai compté mes cent derniers dollars. Il les a glissés dans sa poche de chemise et m'a dit de me garer dans l'herbe, sous la grue. Apparemment, elle ne tournait pas à gauche et à droite et permettait seulement de lever et abaisser les choses. Il est monté sur mon van et a regardé la sculpture enfoncée dans le toit.

« Comment vous l'avez foutue là-haut ?

— Je m'estime surtout heureux qu'elle ne soit pas passée à travers », ai-je dit en grimpant à mon tour.

Après avoir détaché les kilomètres de cordes complexement nouées, le plus gros problème a été d'écarter les bords de mon toit perforé pour retirer les planches de la palette fracassée. On a ensuite recouvert l'œuvre d'une bâche et on a enfin tissé un filet de chaînes tout autour. Il a soigneusement attaché toutes les chaînes au crochet qui pendait au bout de la petite grue.

« Elle a l'air assez légère, ai-je remarqué. Tu es sûr que ça va marcher ?

— On va bien voir. » Il a mis une clé dans la fente et a commencé à manipuler des leviers. La sculpture s'est légèrement soulevée du toit de mon véhicule meurtri. J'ai déplacé le van et il est allé soigneusement positionner le carton d'albâtre sur le site sacré.

Il m'a d'abord paru bizarre, comme un panier pique-nique au milieu d'un cimetière. Mais peu à peu, avec un ou deux pas de recul, j'ai trouvé qu'il s'intégrait bien dans le paysage. Les autres pierres blanches, géométriques et uniformes, l'encadraient joliment. Ma sculpture se fondait dans son environnement tout en prenant discrètement une identité propre. Je savais qu'elle était formidable parce que j'étais submergé d'une vague de fierté.

Marty est reparti avec sa petite grue, et moi aussi. C'était presque l'heure de pointe. J'ai tranquillement croisé tous les voyageurs pendulaires coincés pare-chocs contre pare-chocs dans le chaos qui s'étirait sur la voie d'en face. Toute l'opération avait l'étrange goût d'une victoire qui me semblait vaine. Sans sculpture sur laquelle travailler et sans Rita, je n'avais plus ni but, ni joie. La perspective d'une grosse liasse de billets et d'un nouveau van ne comblait pas ce vide envahissant. Je roulais doucement, revenant sans cesse à Rita et à ce que Lynn avait dit sur le fait de tomber amoureux non pas d'elle, mais d'une idée.

Dans ce monde de pigeons ignares, fades et craintifs, elle était un paon sous acide. Malgré la concession d'amour que je lui avais arrachée à la dernière minute, je me demandais si elle avait jamais réellement prêté attention à moi. En repensant à toutes ces décisions bizarres et suicidaires qui faisaient d'elle ce qu'elle était, je me suis surpris à sourire. Le simple fait d'être encore en vie et de ne pas avoir à souffrir pour elle m'emplissait d'une étrange énergie.

Mon pauvre van, lui, ne partageait pas ce regain de forme. Il y avait un péage pour prendre les ponts de Triboro et le tunnel. Tout le monde était à l'arrêt sur le pont de la Cinquante-neuvième Rue, alors j'ai pris vers le sud et je me suis retrouvé à remonter vers ce bon vieux pont de Williamsburg. C'est là que le van a commencé à me lâcher. Quand je suis arrivé au sommet de la pente, le moteur s'est emballé mais les vitesses ne s'enclenchaient plus. Le van a peu à peu ralenti puis s'est arrêté.

Des klaxons ont commencé à couiner tandis que j'enfonçais l'accélérateur et que mon brave véhicule poussait un dernier soupir de fumée noire. Le vieux tacot ne répondait plus. J'ai passé la marche arrière et j'ai reculé de dix centimètres puis j'ai passé la première en mettant les gaz : rien.

« Tu vas bouger ton tas de merde, connard ? a lancé un salaud de SUV derrière moi.

— Je suis coincé ! Si vous pouviez juste me pousser un peu…

— Pas moyen que je raye mon pare-chocs sur ton tas de boue ! »

Alors que les voitures me doublaient, avec force grondements et regards noirs, je suis sorti pour essayer de le pousser et j'ai découvert le problème. Les roues avant étaient coincées dans une ornière de dix centimètres de large sur la chaussée. On aurait dit qu'elle avait été pensée spécialement pour les véhicules à bout de forces comme le mien. Mais je n'étais qu'à quelques mètres du milieu du pont, là où la montée se muait en descente. Perclus de courbatures, j'ai essayé de faire osciller le van comme une balançoire pour le libérer, mais il ne bougeait pas. Il me restait un billet de vingt dollars, que j'ai tenté d'agiter pour obtenir de l'aide.

« Tenez, cent dollars, ai-je menti au conducteur d'un énorme camion poubelle. Tout ce qu'il me faut, c'est une petite poussée, juste trente centimètres, allez, c'est rien. »

Cet enfoiré ne m'a même pas regardé. C'est alors que l'inévitable sirène a retenti. Une voiture de flics s'est arrêtée. J'en voyais un entrer le numéro de ma plaque sur son ordinateur de bord. Je savais ce qu'il allait trouver : une symphonie d'amendes de stationnement impayées.

« Oh la vache, s'est-il exclamé alors que le premier flic descendait de la voiture, on dirait bien qu'on a touché le jackpot.

— Une dépanneuse a été appelée, a expliqué l'autre. Vous allez devoir payer deux cents dollars. En plus des mille deux cents dollars d'amendes en retard. » Tandis que l'un des flics rédigeait ma contravention, l'autre faisait la circulation.

« Une fois que vous aurez tout payé, vous pourrez récupérer votre véhicule à la fourrière de College Point. Vous voulez mon avis ? Laissez-le là-bas. »

Vu l'intensité maniaque de son écriture, il devait être en train de rédiger le prochain grand roman américain. J'avais gardé mon van bien plus longtemps que n'importe quels copine ou appartement. Je me suis surpris à repenser à Rita. Tout l'amour que j'éprouvais pour elle ne l'avait jamais empêchée de me taper de l'argent, de se servir de moi. June s'était mariée et retrouvé enceinte de son millionnaire, mais toujours en pensant à moi. Alors que le flic entamait sa troisième page, j'ai commencé à m'énerver et à avancer vers lui, plus que disposé à me le faire.

Le barrissement d'un klaxon de semi-remorque qui passait à ce moment-là m'a momentanément assourdi. Je me suis aperçu qu'emplâtrer un flic était le meilleur moyen de mourir ou de me faire arrêter. Brooklyn était tout près. N'ayant aucune raison de rester plus longtemps sur ce pont à la con, j'ai longé le terre-plein central face au trafic, entre la glissière de sécurité et les voies du métro aérien.

Environ cinq minutes plus tard, j'ai traversé la rampe qui descendait et je me suis retrouvé dans les rues crades et chargées de monoxyde de carbone du sud de Williamsburg.

# 25

La Pomegranate Gallery était plongée dans l'obscurité quand je suis passé devant. J'étais en chemin pour aller prendre la ligne L, mais puisque j'étais là, j'ai essayé d'ouvrir la porte. Elle était verrouillée mais je voyais une petite lueur au fond. J'ai tapé au carreau et par chance, Persephone est apparue et m'a ouvert.

« Or, qu'est-ce que tu fais là ?

— Je passais dans le coin et je me suis dit que je pouvais en profiter pour récupérer mon *Pêcheur latino*.

— Tu n'as pas eu mon message ? » Elle avait l'air ravie de me voir. Elle a refermé la porte derrière moi.

« Quel message ?

— Déjà, Moe vient d'appeler. Il a adoré la sculpture et il te donne une prime de cinq cents dollars. » J'ai souri. « Et pourquoi tu ne m'as pas parlé de l'article dans *ARTNews* ?

— De quoi tu parles ? »

Elle m'a tendu le numéro de la semaine. En couverture, il y avait un tableau d'une rue encombrée de *midtown* que j'avais fait et offert à Cali au moins cinq ans plus tôt. Le gros titre annonçait : « Le plus beau pinceau de New York – Or Trenchant, par Klein Ritter. »

Je me suis souvenu de Shade me disant que Cali avait donné certains de mes tableaux à Ritter. Ça devait être elle qui avait manigancé tout ça. C'était sans doute aussi de ça que le terrible critique avait voulu me parler quand je questionnais Victor Oakridge au vernissage d'Elder.

« Je vais pouvoir vendre ton Pêcheur maintenant, a-t-elle souri, même avec un trou au milieu. »

Je ne pensais pas qu'une simple une allait vraiment me faire percer mais l'article me placerait sans nul doute sur les radars. D'un autre côté, ce n'était pas comme si je n'avais pas mangé mon pain noir. Pendant des années, des gens riches et influents avaient acheté mes toiles pour des nèfles. Avec l'inflation soudaine de ma valeur, ces collectionneurs allaient faire un joli profit. C'était comme ça que marchaient les affaires. Ce n'était jamais une évaluation réelle de l'œuvre, le but était d'acheter à bas prix et de revendre cher. L'artiste était un indice fluctuant sur le marché de l'art dont la mort terrible et prématurée faisait grimper automatiquement le prix de son œuvre.

Grâce à cet article, je regagnais pour quelque temps mon statut d'artiste exposable à Chelsea. Avec toutes les toiles que j'avais déposées chez Shade, j'étais certain d'avoir de quoi monter deux, voire trois ou quatre expos sérieuses.

J'ai remercié Persephone pour ces incroyables nouvelles, tout en regrettant de ne pas pouvoir les partager avec Rita. Je la voyais, seule, coincée pour toujours de l'autre côté de Canal Street.

« Tu n'as pas l'air si ravi.

— Je ne m'imaginais pas devoir sacrifier autant.

— Tu es encore jeune. Tu sais combien d'artistes ont attendu un grand article comme celui-là toute leur vie et ne l'ont jamais eu ? »

J'ai contrefait le meilleur sourire possible et je suis parti. Passant devant un magasin d'alcool, je suis entré y acheter un demi-litre de vodka bas de gamme avec mes vingt derniers dollars. Tout en marchant lentement vers l'ouest, j'ai ouvert la bouteille et j'ai commencé à boire. À cet instant, j'ai pris la décision de ne pas acheter le van de Cali. C'était fini de vivre dans des camionnettes. Rita avait dévoilé mon hypocrisie : même si je devais renoncer à une partie de ma liberté artistique et travailler, ma propre auto-dégradation devait cesser.

Il faisait très doux pour un mois de novembre. L'alcool qui circulait dans mon corps me calmait peu à peu. J'ai marché dans les rues vides jusqu'à atteindre le grillage où Bethsheba m'avait conduit le soir de notre dîner romantique. Le fleuve s'étirait de l'autre côté. Je l'ai longé, j'ai retrouvé le trou dans la clôture et je m'y suis glissé. Je suis retourné à la zone où nous nous étions assis au bord de l'eau.

Sur les rives rocailleuses de l'East River, j'ai fini la vodka en regardant le ciel nocturne parcouru des derniers soubresauts du coucher de soleil. La ligne des gratte-ciel était belle et je sentais la chaleur m'envahir.

En contemplant la douve mouvante qui me séparait du château fort des temps modernes qu'était Manhattan, je me suis surpris à penser au Nageur de l'East River comme à une personne vivante. Je me suis demandé comment il s'y prendrait pour traverser cet étroit chenal.

À cause de la vodka autant que de ma longue marche, je transpirais abondamment. J'ai retiré ma veste.

Pourquoi cette série de tableaux du Nageur m'avait-elle autant consumé ? La dernière fois que j'avais été obsédé à ce point, c'était quand j'avais peint les châssis du métro : la mort à laquelle j'avais échappé sans raison évidente. Dieu ou le destin m'avait poussé sous le train et cette même force anonyme m'avait laissé vivre. Ces tableaux étaient différents pourtant. Le nageur bravait les flots et triomphait. Les tonnes d'acier avaient une force intrinsèque et une destinée inflexible : sous les roues de ce train, il n'y avait jamais eu la moindre place pour ma pathétique volonté pré-pubère. Dans les vagues, même si les probabilités m'étaient défavorables, j'avais mes chances.

J'ai trempé une main dans l'eau qui clapotait contre la rive : elle était froide, mais je mourais encore de chaud. J'ai su à cet instant qu'il fallait que j'entre dans le fleuve. J'ai retiré mes chaussures, mon pantalon, mon slip et mon t-shirt. Désormais nu, je m'y suis glissé. J'ai immédiatement été engourdi par le froid, mais ça ne faisait pas mal. La fraîcheur de l'eau était parfaite. J'avais vraiment eu dans l'idée de faire trempette et de ressortir, mais l'instant d'après, je nageais vers le milieu du fleuve. Il était assez étroit à cet endroit. Il n'y avait presque pas de courant. J'ai décidé de nager quelques minutes puis de faire demi-tour. Pourtant, à mi-chemin, la tentation qu'il y avait à regagner Manhattan à la nage était irrésistible.

À chaque fois que mon bras fendait l'eau, à chaque battement de jambes, je me concentrais sur une même incantation : *Si je ne lui avais pas donné l'argent, elle ne serait pas morte. Si je ne lui avais pas donné l'argent, elle ne serait pas morte...*

Vers la moitié de la traversée, la température qui me rongeait les os a vraiment commencé à faire effet. Le corps se refroidit sept fois plus vite dans l'eau que dans l'air. Le froid paralyse les muscles et transforme le nageur en pataugeur. Je n'arrêtais pas de penser, *Ce n'est pas de l'eau, c'est juste un milliard de particules*. Je savais que je pouvais encore réussir la traversée. Je me répétais qu'elle n'était froide que si je *croyais* qu'elle était froide. Ironiquement, ma plus grande peur était que l'on vienne m'interrompre en me repêchant. Un train de la ligne J ou M pouvait passer sur le pont de Williamsburg. Et si aucun passager ne me remarquait, je risquais encore de me faire repérer depuis le pont de Manhattan ou de Brooklyn.

Alors que j'étais à la deuxième travée du pont de Williamsburg, un gros remorqueur est passé. J'ai plongé sous la surface. L'énorme vague laissée par le bateau dans son sillage m'a soulevé et propulsé sur les six ou sept derniers mètres, tête la première, directement dans l'énorme digue qui étayait le parc – *pow !* J'étais à Manhattan avec un nez en sang. L'extrémité nord d'East River Park était une falaise de béton sans aucune prise : impossible d'escalader jusqu'au sentier. Je claquais des dents. J'ai trouvé une corde jaune attachée à de vieux pilotis en bois sur la Douzième Rue, mais je n'arrivais pas à me hisser sur le ponton. Mes bras tremblaient et mes muscles commençaient à convulser. Je me suis laissé retomber dans l'eau et j'ai nagé en petit chien en longeant le mur.

Je voyais des anneaux en acier noir disposés tous les trente mètres environ mais ils étaient trop hauts. Enfin, dans la digue, une faille à laquelle s'agripper. Toutes mes sensations avaient disparu. Quand j'ai enfoncé mes doigts dans la pierre, je me suis demandé si je n'allais pas trop loin. Est-ce que j'étais en train de me broyer les os sans m'en rendre compte ? Alors que j'essayais de me hisser en contrôlant mes tremblements, j'ai eu l'impression que je m'étais transformé en une espèce d'amphibien. J'aurais aimé avoir des ventouses pour escalader la paroi devenue glissante. Un moment plus tard, après que je me suis hissé de quelques mètres, une grosse vague provoquée par la marée montante m'a fait retomber dans l'eau.

« Au secours ! » ai-je crié. Mais je ne voyais âme qui vive. C'était là que j'avais passé les étouffantes journées de l'été précédent à peindre les pêcheurs latinos. Ils étaient tous rentrés chez eux.

J'ai aperçu un petit tuyau qui dépassait en haut de l'enceinte, mais encore trop haut pour que je puisse l'atteindre. Il surmontait un panonceau sur lequel était écrit : « En cas d'écoulement par temps sec, merci d'appeler le NYCDEP. »

En dérivant lentement vers le sud avec le courant, je suis passé devant deux autres pilotis et des grilles en métal rouillé, parfois remplacées par des barrières en bois, mais encore inaccessibles.

Par deux fois j'ai entendu ou cru entendre des voix, et malgré mes dents qui claquaient, j'ai toussé un appel au secours. En vain.

La raffinerie Domino Sugar qui s'élevait sous le ciel noir de l'est et les tours du World Trade Center à l'ouest me toisaient comme un gang de divinités ambivalentes. Dans le courant qui m'emportait, j'avais l'impression d'être une tête coupée qui tentait de s'immobiliser tandis que la ville défilait.

Le froid, tel un trou noir monstrueux, aspirait ma vie. Mon seul salut était d'essayer de retourner à Brooklyn, mais je m'en savais incapable. En passant sous le pont de Williamsburg, je n'étais plus qu'un corps congelé.

Tandis que l'anesthésie se transformait en une douleur sourde et lancinante, j'ai bu la tasse et coulé. Mais j'ai donné une impulsion sur le limon et remonté lentement à la surface.

« Oh bah merde ! ai-je entendu. Qu'est-ce tu branles comme ça dans la flotte ? » Dieu n'avait pas l'air très sophistiqué.

En relevant la tête, j'ai vu un vieux sans-abri penché par-dessus une balustrade rouillée. Il avait un bonnet et une barbe. Il a disparu un moment puis est revenu précipitamment, en faisant descendre une couverture dégueulasse vers moi. Il a attaché une extrémité à la rambarde.

« Si tu tires dessus, elle va se déchirer. Entortille-la d'abord. »

J'ai obéi et, une main après l'autre, je me suis hissé lentement en me râpant contre un muret de crépi. J'étais secoué de tremblements incontrôlables mais je ne lâchais pas. Quand je me suis trouvé assez près, il s'est penché et m'a saisi par l'épaule. Il a jeté ses bras autour de mon torse nu et m'a soulevé. Il m'a fait passer par-dessus la rambarde et m'a déposé sur le sentier froid comme si j'étais un gros poisson qu'il venait d'attraper.

« T'avais plus de quoi te payer le métro ou quoi ? »

Je me suis roulé en une boule grelottante sur le sol, près de la couverture crasseuse, et j'ai essayé de me sécher. Il m'a aidé, m'essuyant avec un vieux journal. Sa main sale sur mon dos m'a fait l'effet d'un tison ardent.

J'avais de la chance : c'était une nuit assez clémente, il devait faire un peu plus de 15 degrés. Après avoir retrouvé un peu de chaleur, je me suis remis sur mes pieds engourdis et cuisants de mille piqûres. J'ai promis à mon royal sauveur de revenir le récompenser.

« Je dirais pas non ! » a-t-il admis. Je voyais sur ses joues et les bords de sa bouche les séquelles laissées par la drogue.

En guise de vêtements, il m'a donné sa vieille couverture, que je chérirai jusqu'à la fin de mes jours. En sortant du parc, et en marchant dans les rues, j'ai imaginé Rita dans l'eau avec moi et je me suis demandé si elle se serait laissée couler ou si elle aurait lutté pour survivre. Cheveux mouillés et pieds nus, j'ai titubé sur un bon kilomètre dans le Lower East Side, sans réponse.

La façon dont elle avait affronté la mort pouvait de prime abord paraître courageuse, voire audacieuse. Mais maintenant que j'avais moi-même dû me battre pour conserver la vie, sa conduite me faisait plus l'impression de tenir du dépit que d'un mécanisme de survie. Tant qu'elle évoluait dans ce demi-monde opiacé, elle n'était ni vivante, ni mourante.

La fois où je l'avais vue ressentir quelque chose s'approchant le plus de l'amour, c'était quand elle avait été attristée de ne pas pouvoir l'exprimer. Ce n'est qu'au cours de ces quelques minutes qu'elle avait baissé sa garde cynique. De bien des façons, elle était morte longtemps avant que je la rencontre.

Prenant soin de ne pas marcher sur des éclats de verre, je suis passé comme un fantôme entre les bancs d'Allen Street où nous nous étions assis pour notre dernière soirée ensemble. Personne n'a eu l'air de me remarquer.

Dans un état de zombie, je suis arrivé devant le Mekong Delta, couverture enroulée autour de moi. Lynn a contourné le comptoir et remonté la file des clients qui me dévisageaient, l'air ahuri.

Elle m'a serré contre son corps si chaud, frottant mon dos et mes jambes de la paume de ses mains. J'avais l'impression qu'elle m'insufflait de la vie.

« Je suis désolé, ai-je murmuré. C'est une longue histoire.

— Où est ton van ? Où sont tes vêtements ? » Elle a regardé alentour.

« Tous perdus. »

Elle a crié en direction de la cuisine qu'elle revenait dans une minute. Les bras autour de moi, elle m'a conduit jusqu'en bas de notre loft.

« Qu'est-ce qui s'est passé, putain ?

— J'ai traversé l'East River à la nage.

— Mais t'es complètement malade ! » s'est-elle écriée avec colère. Bizarrement, ça me faisait du bien de me faire disputer.

Une fois dans le loft, je lui ai assuré que j'allais bien et qu'elle pouvait me laisser seul.

« Grimpe dans la douche, m'a-t-elle ordonné en tournant le robinet d'eau chaude.

— Ça va. Retourne bosser avant de te faire virer. »

Elle m'a promis de revenir à sa pause avec de la soupe et un plat.

« Merci mille fois. » J'étais on ne peut plus sincère. Elle m'a embrassé sur la joue puis elle est partie.

Depuis la douche, j'ai aperçu ma fresque. J'ai repensé à Rita qui disait que puisque rien ne dure, rien n'a d'importance. Elle était partie, mais elle serait jusqu'à la fin de mes jours en moi. Sa vie, même si elle avait été limitée dans le temps, était devenue mon infini personnel.

La cascade d'eau brûlante n'a pas fait disparaître la sensation de froid mais elle m'a totalement vidé. Allongé sur le lit, j'ai observé mes dessins du Nageur de l'East River. C'étaient ces images obsédantes qui m'avaient attiré dans les flots. Je n'avais pas réussi à m'en défaire. J'avais voulu à tout prix éprouver leur authenticité. Après avoir survécu à cette traversée, j'étais enfin prêt à passer à autre chose. La série était finie. Aucun coup de pinceau supplémentaire ne pouvait souligner la douleur profonde et la peur que je venais de ressentir. Rien ne les rendrait plus convaincants.

Rita avait eu raison : l'art était une chose, la vie en était une autre.

# REMERCIEMENTS

Dan « The Man » Mandel, Joelle Yudin, éditrice phénoménale, Brian Lipson, Jennifer Zeger, Susan Weinberg, Jennifer Hart, Heather Burke, Marie Elena Martinez, les frères Burke & Patrick, Kim Kowalski, Pete Morse, Charles Small, Ken Dombrowski, Melissa Barberia, et tous les autres païens d'East River Park.

*Composé et mis en pages*
*par Nord Compo à Villeneuve-d'Ascq*
*et achevé d'imprimer en juillet 2025*
*par Corlet,*
*en Normandie.*

ISBN : 978-2-413-09221-6
Dépôt légal : septembre 2025
Numéro d'impression : 25030847